NEW WAY

LE VIDE DE NOS CŒURS

JASMINE WARGA

Hugo Roman

Première publication par Balzer + Bray, 2015.
Balzer + Bray est un label de HarperCollins Publishers.
Titre original : My Heart and Other Black Holes.

Pour la présente édition :

38, rue La Condamine
75017 Paris
www.hugoetcie.fr

Ouvrage dirigé par Dorothy Aubert

ISBN : 9782755618532
Dépôt légal : mai 2015
Imprimé en France par CPI Brodard et Taupin - N° 3010276

NEW WAY

LE VIDE DE NOS CŒURS

Traduit de l'anglais (États-Unis) par Maud Desurvire

JASMINE WARGA

Hugo Roman

MARDI 12 MARS
J - 26

La musique, surtout la musique classique, et en particulier le *Requiem en ré mineur* de Mozart, possède une énergie cinétique. Si on écoute bien, dès le début on entend l'archet du violon trembler sur les cordes, prêt à mettre le feu aux notes, à les faire naître. Et une fois qu'elles retentissent, ces notes se télescopent, jettent des étincelles, volent en éclats.

Je passe beaucoup de temps à me demander si la mort produit le même effet, la même résonance, si comme ces notes de musique, j'exploserai moi aussi en vol en poussant un dernier cri de douleur avant de me taire pour toujours. Ou si, à l'inverse, je me transformerai en parasite presque inaudible et pourtant incessant, si on tend bien l'oreille…

Si je ne rêvais pas déjà de mourir, mon job au centre d'appels de Tucker's Marketing Concepts ferait sans aucun doute l'affaire. Heureusement pour eux, en termes de responsabilité ils sont tranquilles, car je suis prédisposée au sujet.

TMC est une entreprise de télémarketing située au soussol d'une artère commerçante miteuse, et je suis la seule employée ici qui n'ait pas assisté de son vivant à la chute de l'Empire romain. Plusieurs petites tables en plastique gris, sans doute achetées en gros dans un entrepôt, sont alignées en rangs. Chaque employé est équipé d'un téléphone et d'un ordinateur. Ça sent un mélange de moisi et de café brûlé partout dans les locaux.

En ce moment, on mène une étude pour le compte de l'agence Paradise Vacations, qui veut savoir ce qui importe le plus aux yeux des vacanciers : la qualité de la restauration ou celle des chambres d'hôtel. Je compose le prochain numéro sur ma liste : Mme Elena George, domiciliée à Mulberry Street.

– Allô ? répond une voix éraillée.

– Bonjour, Madame George. Je m'appelle Aysel et je vous appelle de la société Tucker Marketing Concepts pour l'agence Paradise Vacations. Auriez-vous un instant pour répondre à quelques questions ?

L'élocution chantante de la plupart de mes collègues me fait défaut. Je ne suis pas vraiment l'employée modèle de la boîte.

– Je vous ai dit d'arrêter de m'appeler, s'agace Mme George avant de me raccrocher au nez.

Vous pouvez toujours fuir, Mme George, vous ne pourrez pas nous échapper. Je rédige une petite note dans mon registre d'appels. Apparemment, deux semaines de vacances à Hawaï avec perspective de multipropriété, ça ne la branche pas. Navrée, Paradise Vacations.

Passer plus d'un appel sans pause entre deux, c'est trop m'en demander, alors je pivote vers mon ordinateur. L'accès illimité et gratuit à Internet est bien le seul avantage de ce job. Je double-clique sur le navigateur et me connecte au site Smooth Passages, mon favori du moment.

– Aysel, lâche brusquement M. Palmer, mon chef, en écorchant comme toujours mon prénom.

Ça se prononce *â-zèle* pas *aï-zeule,* mais il s'en fiche.

– Combien de fois devrai-je vous dire de ne pas lambiner sur votre ordinateur ?

D'un geste, il montre mon registre d'appels.

– Il vous reste encore beaucoup de numéros.

M. Palmer fait partie de ces gens dont la vie pourrait être radicalement transformée si pour une fois, juste une seule, ils changeaient de coiffeur. Pour l'heure, mon chef a une coupe au bol. Je lui dirais bien qu'une coupe en brosse mettrait sûrement son menton en valeur, mais je présume qu'il coule des jours plutôt heureux avec Mme Palmer et n'a donc pas besoin de faire peau neuve. Eh non, pas de crise de la cinquantaine pour M. Palmer.

Ça me fait mal de l'avouer, mais je suis un peu jalouse. Lui au moins, si l'envie l'en prend, il peut s'arranger. Deux trois coups de ciseaux et il sera comme neuf. Alors que dans mon cas, il n'y a vraiment rien à faire.

– Quoi ? s'impatiente-t-il en croisant mon regard qui le scrute.

– Vous avez de beaux cheveux.

Je tournicote sur mon siège. D'accord, j'ai exagéré, mon boulot n'a pas un mais deux avantages : Internet en libre accès et un fauteuil pivotant.

– Hein ? grogne-t-il.

– Vos cheveux, ils sont très beaux. Vous n'avez jamais envisagé de changer de coupe ?

– Tu sais, Aysel, j'ai pris un risque en t'embauchant, s'impatiente-t-il en agitant un doigt fripé près de ma figure.

Tous les gens du coin m'ont prévenu que tu allais me causer des ennuis à cause de ton…

Il laisse sa phrase inachevée et détourne les yeux.

À cause de ton père, me dis-je pour la finir à sa place. Dans ma bouche se répand le goût métallique et aigre de l'humiliation que je connais bien désormais. On peut scinder ma vie en deux époques distinctes : avant qu'on parle de mon père tous les soirs aux informations, et après. L'espace d'un instant, j'imagine à quoi ressemblerait cette conversation si mon père n'était pas mon père. M. Palmer ne s'adresserait sûrement pas à moi comme si j'étais un clébard errant en train de dévaliser ses poubelles. J'ai envie de croire qu'il ferait preuve de plus de tact. Mais aujourd'hui, plus personne ne prend de gants avec moi.

Baissant le menton, je m'efforce de faire bonne figure.

– Désolée, Monsieur Palmer. Je m'y remets tout de suite.

Mon chef n'en rajoute pas et se contente de jeter un œil aux trois immenses banderoles rutilantes qui ont été accrochées récemment sur le mur du fond de l'agence. Sur chacune d'elles apparaît Brian Jackson qui pose un peu pour la galerie : les bras croisés sur la poitrine, les bras levés en signe de victoire, les bras pliés le long du corps en plein sprint… Sa peau a été photoshopée pour qu'elle soit parfaite, en revanche il était inutile de retoucher ses cheveux blond cendré ou ses yeux bleu vif. Et pour l'avoir croisé dans les couloirs du lycée, je sais que ses mollets sont réellement musclés à ce point. Au bas de chaque banderole est griffonné en majuscules rouges :

L'ENFANT DE LANGSTON, KENTUCKY, EN ROUTE POUR LES JEUX OLYMPIQUES

Elles ne disent rien du premier héros local qui a failli se qualifier pour les Jeux. Pas la peine. À la façon dont M. Palmer observe la bannière, je comprends qu'il y pense lui aussi. Toute personne ou presque qui croise le front luisant et les gros mollets de Brian Jackson ne peut s'empêcher de penser à Timothy Jackson par la même occasion. Et quiconque arrête son regard sur ces banderoles, puis sur moi, repense forcément à Timothy.

Finalement, mon chef se détache des photos et reporte son attention sur moi sans toutefois réussir à me regarder dans les yeux. Fixant le vide au-dessus de ma tête, il s'éclaircit la voix et me dit :

– Écoute, Aysel, ça serait mieux que tu ne viennes pas travailler demain. Pourquoi tu ne prendrais pas un jour de congé ?

Accoudée sur la table devant moi, je voudrais pouvoir me fondre dans son plastique gris et me transformer en un alliage synthétique de polymères insensible et inanimé. Sous le poids de mon corps, je sens qu'un bleu commence à endolorir mes coudes tandis que je fredonne tout bas la *Toccata* et *la Fugue en ré mineur* de Bach. Accaparée par les notes sombres et pesantes de l'orgue, j'imagine les touches du clavier s'agencer en forme d'échelle, une échelle qui mènerait à un endroit paisible, désert, loin de TMC et de M. Palmer, loin de tout et de tout le monde.

Prenant à tort mon silence pour de la confusion et non pour de la honte pure et simple, mon chef étire les mains devant lui en les frottant comme s'il venait de se les laver. C'est le sentiment que j'inspire à la plupart des gens : l'envie de se laver les mains.

– Comme tu le sais peut-être, demain nous allons passer des appels au nom de la ville de Langston pour tenter d'inciter la population à participer au rassemblement de samedi en faveur de Brian Jackson.

La voix tremblotante, il jette à nouveau un coup d'œil furtif aux banderoles, comme si l'allure de sportif déterminé de Brian Jason pouvait l'aider à trouver le courage de poursuivre.

Il faut croire que le charisme de Brian déteint effectivement sur M. Palmer car il reprend d'une voix plus calme :

– Brian va rentrer de son camp d'entraînement pour le week-end, et la mairie tient à ce que tous les habitants lui manifestent un accueil chaleureux. Je sais que tu aimerais contribuer, mais j'ai peur que certains de nos clients soient un peu mal à l'aise que tu les invites à ce rassemblement à cause de, hum, ton père et…

Il continue de bafouiller en baissant d'un ton, et à vrai dire je ne comprends pas grand-chose à ce qu'il raconte. On dirait un mélange d'excuses, d'explication et de réquisitoire. Je m'efforce de ne pas rire à l'évocation du terme « client » qu'il a employé. À mon avis, ces gens qu'on harcèle au quotidien ne se voient pas comme des clients mais plutôt comme des victimes. Et, grâce à mon père, je suis assez douée pour donner l'impression à chacun qu'il pourrait être une victime potentielle.

Cramoisi et troublé, M. Palmer s'éloigne et commence à flâner entre les autres rangées, demandant au passage à Marie d'arrêter de mâcher du chewing-gum et suppliant Tony d'avoir l'obligeance de ne pas étaler de la sauce à hamburger partout sur son clavier.

Une fois qu'il est à bonne distance, je rouvre la page d'accueil de Smooth Passages. Pour faire court et simple, c'est un site destiné aux suicidaires. Des sites comme celui-ci, il en existe des tas. Certains sont plus fantaisistes, d'autres ciblent en particulier les candidats ayant une méthode de prédilection, comme l'asphyxie par exemple, ou s'adressent à une certaine catégorie d'individus tels que les athlètes blessés en dépression et autres conneries du genre. Comme je n'en ai encore pas trouvé un dédié aux enfants non désirés de criminels psychopathes, pour l'instant Smooth Passages me convient bien.

Leur site web est simple, sans HTML criard ou vieillot. Tout est en noir et blanc. Très classe, si tant est qu'un site dédié au suicide puisse être classe. Il comprend des petites annonces et des forums de discussion que je consulte principalement. Ces derniers temps, je me suis surtout intéressée à cette rubrique intitulée « Partenaires de suicide ».

Le problème avec le suicide, et ça peu de gens en ont conscience, c'est que c'est un projet très difficile à mener à terme. Oui, je sais : les gens passent leur temps à rabâcher que « le suicide c'est la voie des lâches ». Et je suppose qu'ils n'ont pas tort. Moi, en l'occurrence, j'abandonne, je capitule. Je fuis ce gouffre qu'est mon avenir pour éviter de devenir justement la personne que je redoute. Pour autant, la lâcheté du geste n'est pas un gage de facilité.

En fait, ce qui me préoccupe, c'est que mon instinct de survie est trop élevé. À croire que mon esprit dépressif est constamment en conflit avec mon corps. Je redoute qu'à la dernière minute, pris d'une impulsion débile, ce dernier l'emporte et qu'au final je ne passe qu'à moitié à l'acte.

Rien ne m'effraie plus qu'une tentative ratée. Je n'ai surtout pas envie de me retrouver en fauteuil roulant à manger de la bouillie sous la surveillance continue d'une infirmière insolente, passionnée par les émissions de téléréalité larmoyantes.

Voilà pourquoi, dernièrement, je lorgne du côté des « Partenaires de suicide ». Je suppose que cette rubrique sert à trouver un autre raté vivant dans le coin et d'organiser son départ avec lui. C'est un peu un suicide sous influence mais, d'après ce que je lis, c'est sacrément efficace. Allez, je me lance.

Je passe en revue quelques-unes des annonces. Aucune ne me convient. Soit les postulants habitent beaucoup trop loin (pourquoi tant de Californiens veulent-ils se faire sauter la cervelle ? C'est pas censé rendre heureux d'habiter au bord de la mer ?), soit le profil ne correspond pas (aucune envie d'être en relation avec un adulte ayant des soucis conjugaux. La mère au foyer hyperactive et stressée, très peu pour moi.)

J'envisage de publier ma propre annonce mais ne vois pas trop ce que je pourrais écrire. Et puis, quoi de plus déprimant que de proposer son aide et chercher un partenaire si c'est pour qu'au final on vous rejette ? En jetant un œil dans mon dos, je constate que mon chef se trouve à quelques rangées de là. En train de masser les épaules de Tina Bart. Comme d'habitude. En fin de compte, il est peut-être moins heureux que je le croyais avec Mme Palmer.

Surprenant mon regard, il soupire d'un air navré. Je lui décoche mon plus beau sourire hypocrite, décroche mon téléphone et compose le prochain numéro sur ma liste : Samuel Porter, domicilié à Galveston Lane.

Alors que la sonnerie habituelle retentit dans le combiné, j'entends mon ordinateur biper. Merde, j'oublie tout le temps de couper le son.

Laura, une femme d'une cinquantaine d'années qui occupe le poste voisin et qui porte un rouge à lèvres trop vif pour son teint jaunâtre, me lance un regard suspicieux.

– Ça doit être une mise à jour du logiciel, lui dis-je sans conviction.

Elle lève les yeux au ciel. Apparemment, Laura est un détecteur de bobards à elle toute seule.

Samuel Porter ne répond pas. Faut croire qu'il n'est pas fan de piña colada. Je raccroche et clique à nouveau sur Smooth Passages. Apparemment, le bip vient d'un nouveau message publié sur le forum « Partenaires de suicide ». Il est intitulé « 7 avril ». Je l'ouvre :

> Je reconnais qu'au début je trouvais ça nase. Tout l'intérêt de me suicider, c'est justement de me retrouver seul pour l'éternité, donc je ne voyais pas pourquoi je voudrais m'associer à quelqu'un pour passer à l'acte. Mais aujourd'hui c'est différent. J'angoisse de me dégonfler à la dernière minute ou quelque chose de ce genre. C'est pas la seule raison, mais je ne préfère pas en dire plus ici.
>
> Je pose seulement quelques conditions. Primo, je ne veux pas de quelqu'un qui a des mômes. J'aurais du mal avec ce genre de conneries. Secundo, vous devez habiter à moins d'une heure de chez moi. Je sais, ça peut sembler abusé vu que je vis dans un patelin paumé mais, pour l'instant,

je m'y tiens. Et tertio, il faut que ça ait lieu le 7 avril. Date non négociable. Pour plus d'infos, envoyez-moi un message.

Signé : FrozenRobot

Je consulte ses stats et m'efforce de ne pas porter de jugement sur ce pseudo. Mais FrozenRobot, sérieux ? J'ai conscience que sur ce site, tout le monde est un peu, voire *très* à fleur de peau, mais quand même. Un peu de dignité, quoi.

Visiblement, FrozenRobot est un garçon. Il a dix-sept ans, donc juste un an de plus que moi. C'est bien. Tiens et puis, il est de Willis dans le Kentucky, c'est à une quinzaine de minutes en voiture de chez moi.

Secouée par une brusque poussée d'adrénaline, je me rappelle vaguement que c'est à cela que ressemble l'excitation. FrozenRobot tombe à pic. Pour la première fois de ma vie, j'ai peut-être de la chance. C'est forcément un signe du destin : si on a de la chance uniquement le jour où on veut planifier son suicide, c'est qu'il est vraiment temps de tirer sa révérence.

Je relis son message. Le 7 avril, ça me va. Aujourd'hui, on est le 12 mars. Même si, ces derniers temps, chaque jour qui passe semble durer une éternité, je devrais pouvoir tenir encore un petit mois.

– Aysel ? m'interrompt encore M. Palmer.

– Quoi ? je réponds sans vraiment le calculer quand il s'approche.

Il me contourne pour se poster derrière moi et tapoter sur l'écran de mon ordinateur. Je tente de réduire la fenêtre, en vain.

– Écoute, peu m'importe ce que tu fais durant ton temps libre, mais ça doit rester en dehors du travail. Compris ?

Sa voix est aussi ferme qu'un vieux coussin de canapé. S'il me restait un tant soit peu de pitié à éprouver pour quelqu'un en dehors de moi, ça serait pour lui.

Soyons fou, on va partir du principe qu'il ne connaît pas Smooth Passages. Il doit penser que je surfe sur un site pour fans de heavy metal ou un truc de ce genre. Mais ce que Palmer ignore, c'est que moi, la musique, j'aime quand elle est douce et instrumentale. Ses parents ne lui ont donc jamais appris à ne pas se fier aux clichés ? Ce n'est pas parce qu'une fille de seize ans a une tignasse rebelle et met tous les jours des tee-shirts à rayures foncées qu'elle ne sait pas apprécier un beau solo de violon ou un délicat concerto pour piano.

Dès que mon chef s'en va, j'entends Laura se moquer.

– Quoi ?

– Tu n'as pas Internet chez toi ? questionne-t-elle d'un air sévère.

Le bord du gobelet en plastique dans lequel elle sirote le café gracieusement fourni par la boîte est barbouillé de son affreux rouge à lèvres rose pétant.

– Et toi, tu n'as pas de machine à café chez toi ?

Comme elle hausse les épaules l'air vexée, je crois la discussion close mais en fait non.

– Le bureau n'est pas un endroit pour aller à la pêche aux rencards. Garde ça pour ton temps libre. Tu vas nous causer des ennuis.

– C'est ça, dis-je en baissant les yeux vers mon clavier.

À quoi bon expliquer à Laura que je ne me cherche pas un petit copain, du moins pas dans le sens qu'elle croit ?

Je contemple les miettes de biscuits au fromage coincées entre les touches F et G, et c'est à cet instant précis que je me décide : je vais répondre à FrozenRobot.

Rendez-vous pris pour le 7 avril.

MERCREDI 13 MARS

J - 25

Le seul cours pendant lequel je suis attentive, c'est la physique. Je ne suis pas un génie en sciences, loin de là, mais à mon sens s'il y a bien une matière qui peut apporter des réponses aux questions que je me pose, c'est celle-ci. Depuis toute petite, je suis fascinée par le fonctionnement des choses. J'avais la manie de désassembler mes jouets pour examiner la façon dont tous les petits éléments s'imbriquaient. Je ramassais le bras d'une poupée ou les roues d'une petite voiture (ma demi-sœur Georgia ne m'a jamais pardonné l'autopsie que j'ai pratiquée sur sa « Barbie va au bal ») et j'observais attentivement les pièces détachées. Un jour, j'ai même démonté le réveil de mon père. À son retour, il m'a trouvée assise sur la moquette beige, les piles éparpillées çà et là à côté de mes baskets.

– Qu'est-ce que tu fais, Aysel, avait-il demandé.

– Je l'ai cassé pour apprendre à le réparer.

Il avait posé la main sur mon épaule – je me souviens de ses mains, immenses, avec de longs et larges doigts, le genre de mains à la fois intimidantes et rassurantes – et il m'avait dit :

– Tu sais, Zellie, il y a assez de choses cassées comme ça dans le monde. Tu ne devrais pas t'amuser à en casser d'autres par plaisir.

Son réveil est resté démonté pendant des années jusqu'au jour où je l'ai jeté.

Bref, au moins la physique me paraît utile. Ce n'est pas comme en cours de littérature, où on lit des poèmes écrits par des dépressifs. Aucun intérêt. Pour la prof, Mme Marks, il est primordial de déchiffrer ce que ces poètes cherchaient à exprimer. À mon sens, c'est plutôt clair : *j'ai le cafard et je veux crever*, voilà ce qu'ils disaient. C'est pénible de voir tous mes camarades décortiquer chaque vers. Il n'y a rien à comprendre. Quiconque a déjà été déprimé à ce point sait que la dépression n'a rien de sublime ni de littéraire.

La dépression, c'est comme un poids dont on ne peut pas se défaire. Un poids qui vous écrase et vous donne l'impression que la moindre tâche, comme nouer ses lacets ou mâcher une tartine, est une marche de trente kilomètres en montée. La dépression fait partie intégrante de vous ; elle s'infiltre dans vos os, dans vos veines. S'il y a bien une chose que je sais à ce sujet, c'est ça : on n'y échappe pas.

Et je suis presque sûre d'être plus calée sur ce thème que tous mes camarades réunis. Les écouter débattre me donne la nausée. Résultat, pour moi le cours de littérature revient à observer un groupe d'écureuils aveugles en quête de noisettes. Exemple, Mme Marks sort :

« Arrêtons-nous sur ce vers. Le poète John Berryman écrit : "*La vie, mes amis, est ennuyeuse.*" Que voulait-il dire ? »

Et mes camarades de s'agiter en braillant des trucs absurdes du genre « il avait pas de pote avec qui sortir le samedi soir » ou bien « comme la saison de foot était terminée, y'avait rien d'intéressant à la télé ».

Je dois me faire violence pour ne pas intervenir en hurlant : « Il était déprimé, putain ! Voilà. C'est tout. Il sait qu'en ce qui le concerne, la vie ne va pas s'arranger. Ce sera toujours le même merdier insipide et déprimant. Ennui, tristesse, ennui, tristesse, etc. Il veut juste en finir, point final. »

Mais pour ça, il faudrait que je prenne la parole en classe, ce qui serait contraire à l'un de mes principes : ne pas participer. Pourquoi ? Parce que je suis déprimée, merde. Parfois, Mme Marks me lance un regard d'un air de dire qu'elle sait que je sais ce que Berryman insinuait, mais elle ne me demande jamais mon avis.

Au moins en physique, mes camarades ne cherchent pas à tout prix à compliquer les trucs simples. Non, en physique, on essaie tous (plus ou moins) de simplifier des trucs compliqués.

M. Scott écrit une équation au tableau. En ce moment, on étudie le mouvement parabolique. On analyse les propriétés d'un objet en mouvement sous la seule influence de la pesanteur. Il y a plein de variables à prendre en compte tel que l'angle depuis lequel l'objet est lancé et la vitesse initiale.

Mon attention zappe rapidement. Trop de chiffres. Je commence à rêvasser sur la pesanteur. Certains jours, je me demande si c'est pas ça, le problème. La pesanteur nous retient au sol et nous procure ce faux sentiment de stabilité alors qu'en fait, nous ne sommes que des corps en mouvement. Elle nous empêche de partir à la dérive dans l'espace et de nous percuter involontairement les uns les autres. Elle évite au genre humain d'être un gros fouillis inextricable.

J'aimerais bien que la pesanteur disparaisse et nous laisse devenir un gros fouillis.

Malheureusement, ce n'est pas la réponse à la question que M. Scott vient de me poser :

– Aysel, peux-tu me dire quel est le point le plus haut atteint par le ballon de foot ?

Je n'étais même pas au courant que l'objet en question était un ballon de foot. Je lui lance un regard ahuri.

– Aysel ? insiste-t-il.

Il a une façon cool de prononcer mon nom. Il essaie de prendre l'accent espagnol qu'il a probablement cultivé il y a un milliard d'années au lycée. Le problème, c'est qu'Aysel n'est pas un prénom d'origine latine. C'est turc. Depuis le temps, on aurait pu penser que M. Scott aurait fait le lien.

– Euh…

– « Euh » n'est pas une réponse numérique, Mademoiselle Seran, réplique-t-il en s'adossant au tableau blanc.

Toute la classe ricane. Il s'éclaircit la voix mais trop tard. Il a déjà perdu le contrôle. Je les entends, leurs insultes à voix basse, mais pour moi ce ne sont que des sifflements indistincts. Et peu importe ce qu'ils racontent, ce ne sera jamais pire que ce que je m'imagine la nuit, seule dans mon lit, en me demandant s'il est matériellement possible de se débarrasser de son propre patrimoine génétique.

La sonnerie retentit. M. Scott nous donne du travail. Presque tous les élèves s'en vont sans prendre le temps de noter ses consignes. Je reste assise et les reporte soigneusement dans mon cahier. Face au sourire triste qu'il m'adresse, je me demande si je lui manquerai quand je ne serai plus là.

Une fois la salle déserte, je me lève et m'en vais. Les yeux rivés sur le carrelage crasseux, je remonte le couloir en pressant le pas à contrecœur car il n'y a rien de pire que d'aller en sport hormis arriver *en retard* en sport. Or, je ne suis pas trop d'humeur à effectuer des tours de piste en plus. M. Summers, l'entraîneur, dit toujours que la course à pied renforce les muscles du cœur et permet de vivre plus longtemps. Raison de plus pour ne pas courir davantage, merci bien.

C'est le moment de la journée que j'aime le moins. Pas parce que je redoute d'avance le calvaire des abdos et de la balle aux prisonniers. Si je déteste ce cours, c'est parce que, pour y aller, je suis obligée de passer devant le mémorial qui témoigne du crime de mon père.

Chaque fois, j'essaie de ne pas regarder et de garder la tête baissée. Mais c'est plus fort que moi, il faut que j'y jette un œil. Ma gorge se noue. La voilà, cette belle plaque en argent à la mémoire de Timothy Jackson, ancien champion régional du 400 mètres. Elle orne le mur à la sortie du gymnase, histoire de rappeler à tout le monde que Timothy Jackson allait devenir le premier citoyen de Langston à participer aux Jeux olympiques, mais qu'il est mort dans des circonstances tragiques à l'âge de dix-huit ans.

Ce qu'on a omis de préciser sur cette plaque (mais on ferait aussi bien), c'est que si Timothy est mort, c'est la faute de mon père. Vous avez bien lu, mon paternel est l'être brillant qui a démoli les rêves de Jeux olympiques de toute une ville. Tous les ans, à la date d'anniversaire de Timothy, les infos diffusent un reportage spécial pour être sûr qu'on le garde bien en mémoire. Ça fait maintenant trois ans qu'il est mort, et ça, croyez-moi, personne n'est près de l'oublier. Surtout maintenant que Brian Jackson s'apprête à se qualifier pour le 400 mètres. Oui, exactement la même discipline. Brian tente aujourd'hui d'accomplir le rêve que son grand frère n'a jamais pu réaliser et, dans les médias locaux comme dans les couloirs de mon lycée, on ne parle que de cette histoire.

Les poings serrés le long du corps, je me force à dépasser la plaque et pénètre dans le gymnase. Tandis que le soleil répand sa lumière sur le parquet ciré, je me demande sur qui mes camarades déverseront toute leur haine, leur colère et leur peur quand je ne serai plus là.

Vivement que je ne sois plus là.

MERCREDI 13 MARS
J - 25

Un peu plus tard

En rentrant du lycée, je trouve ma mère assise à la table de la cuisine. La pièce est étroite et minuscule. Si j'étends les bras de chaque côté, je peux toucher des paumes ses murs vert d'eau. Le cou tendu, l'air concentré, elle est en train d'éplucher des factures mais, en entendant la porte, elle se retourne. Et voilà : comme tous les jours depuis trois ans maintenant, elle m'accueille encore avec la même expression sur le visage, un mélange de grimace et de froncement de sourcils.

Jusqu'à il y a trois ans, je vivais la semaine chez mon père et le week-end chez ma mère. Mais ensuite, quand mon père a été écroué, ma mère n'a eu d'autre choix que de me récupérer chez elle et Steve à plein temps.

Avant que mon père commette son meurtre, ma mère posait sur moi un regard empreint d'amour et de nostalgie, comme si j'étais un miroir de son passé. Ses yeux foncés en amande devenaient vitreux. Ses cheveux châtains tombaient par-dessus ses frêles épaules tandis qu'elle penchait la tête en avant pour m'étreindre fermement les mains, comme si, en se cramponnant à moi suffisamment fort, j'allais lui faire remonter le temps. J'étais comme une sorte de bleu indélébile. Pas douloureux mais sensible, né de souvenirs mélancoliques.

Ça ne me dérangeait pas. En mon for intérieur, je me réjouissais de représenter à ses yeux une machine à voyager dans le temps, d'être son lien avec la Turquie, mon père et sa jeunesse.

Mais depuis trois ans, c'est terminé. Tout a changé. Désormais, je vis avec elle, Steve, Georgia et Mike. Elle ne l'a jamais dit tout haut, mais je sens bien que je suis une intruse dans leur bonheur familial. De simple bleu, je suis devenue une plaie à vif purulente. L'évolution ne va pas toujours dans le bon sens.

– Tu rentres de bonne heure, finit-elle par remarquer.

De jour en jour, son accent turc s'efface derrière des intonations du Sud. En fait non, ce terme n'est pas le bon : les habitants du Kentucky n'ont pas un accent du Sud mais ce qu'on appelle *bluegrass,* nettement moins charmant que le premier. Pensez moins *Autant en emporte le vent* et plus musique country. J'ai tout fait pour ne pas le prendre. Mais à présent, si je meurs avant mes dix-sept ans, je me dis qu'apprendre à parler normalement n'avait finalement pas grand intérêt.

– Je ne travaille pas aujourd'hui.

Je me garde de préciser qu'on m'a demandé de ne pas venir de peur que je mette les « clients » mal à l'aise. M. Palmer est le roi de l'euphémisme. Ma mère et lui s'entendraient sûrement à merveille, étant donné qu'elle qualifie le drame de mon père de « regrettable incident ». Enfin, ces derniers temps, elle fait plutôt comme si ça n'était jamais arrivé. Comme si le fait de passer un événement sous silence le faisait disparaître. Flash info : non, ça ne fonctionne pas comme ça.

Georgia entre d'un pas énergique dans la cuisine. Ses cheveux couleur miel rassemblés en queue de cheval haute, elle pose ses pompons sur la table en bois éraflée.

– Tu viens au match ce soir, hein ?

C'est à ma mère qu'elle pose la question. Moi, je suis invisible.

Georgia est ma demi-sœur. On a la même mère, mais ça ne saute pas aux yeux au premier regard.

– Je vais tout faire pour être là.

Traduisez : les poules auront des dents le jour où ma mère ne viendra pas regarder Georgia encourager les basketteurs de Langston lors d'un match. Bien qu'elle ne soit qu'en seconde, ma sœur fait partie de l'équipe de pom-pom girls de première division et, apparemment, ce n'est pas rien. Mais contrairement aux autres sports où les divisions sont établies en fonction du niveau de compétences, chez les pom-pom girls, j'ai plutôt l'impression que c'est en fonction de la profondeur de bonnet.

– Ce sont les matchs de qualifications, lui rappelle Georgia en insistant.

Son ton est calme, comme quelqu'un qui a l'habitude d'obtenir ce qu'il veut. Georgia est douée pour ça. Elle a toujours été manipulatrice. Lorsque l'affaire avec mon père a éclaté, elle aussi a eu un peu la pression, mais elle s'est débrouillée pour tourner ça à son avantage.

Je me souviens qu'un jour, quelques mois après l'incarcération de mon père, je l'ai vue parler avec un garçon dans un couloir du lycée. Je me suis cachée dans un coin pour les espionner, prête à intervenir si elle avait besoin de soutien. Mais c'est justement le problème avec Georgia : elle n'a jamais besoin de moi.

– Ouais, avait-elle répondu à la question du garçon que je n'avais pas entendue, faute d'être arrivée plus tôt.

Elle tripotait nerveusement le collier en coquillages que je lui avais offert pour son anniversaire deux ans plus tôt.

– Aysel est ma sœur, mais lui, c'est pas mon père.

– Mais tu l'as déjà vu, son père ? avait insisté le garçon d'un ton avide.

En observant de dos ses touffes de cheveux blonds comme les blés, j'en avais déduit que ça devait être Todd Robertson, un mec de mon âge, que tout le monde comparait à l'acteur principal du film de vampires à l'eau de rose qui avait eu beaucoup de succès cet été-là. À l'époque, Georgia était en sixième. Elle avait froncé le nez en réfléchissant à la question.

– Oui, j'ai dû le voir une ou deux fois.

– C'est vrai ? s'était emballé Todd qui espérait visiblement que Georgia lui confie un scoop.

– Oui, il était pratiquement de la famille.

Todd s'était rapproché d'elle.

– Je pourrai te raconter des anecdotes démentes si tu veux, avait-elle promis d'un ton enjôleur.

Je me souviens que ça m'avait mise hors de moi, qu'elle soit prête à sacrifier nos « secrets » de famille juste pour être populaire mais depuis, j'ai appris à ne plus relever. Georgia est comme elle est, je sais à quoi m'attendre. N'importe comment, on ne peut pas vraiment reprocher à quelqu'un d'essayer de survivre.

Ça vaut aussi pour mes anciens amis, qui n'étaient pas très nombreux en réalité. Dès que la nouvelle du crime de mon père s'est répandue dans les couloirs du lycée, ils se sont tous dispersés aussi vite que possible, excepté quelques-uns qui ont essayé de me soutenir. Anna Stevens, en particulier, mon ancienne meilleure amie. Elle a fait de son mieux pour me réconforter, mais je l'ai rejetée. Même si elle n'était pas de cet avis, je savais qu'il valait mieux pour elle qu'elle se désolidarise. En fin de compte, je considère que je lui ai rendu service en quelque sorte.

D'un pas nonchalant, Georgia fait le tour de la table de la cuisine puis s'assied.

– À mon avis, il y a de grosses chances pour qu'on gagne ce soir. Ce serait historique. Il faut que tu viennes, Maman !

La conversation s'interrompt un petit moment, puis ma mère prend une grande inspiration et dit :

– Si tu m'accompagnais ?

Je jette un œil dans mon dos, certaine que Mike, mon demi-frère cadet, est arrivé sans que je l'entende – bien que la discrétion ne soit pas son fort. Même si Maman lui a demandé cent fois d'arrêter, il est toujours en train de se balader dans la maison en faisant rebondir son ballon de basket. Pour ma part, ça ne me dérange pas.

– C'est à moi que tu parles ? dis-je à ma mère, tout à fait sérieuse.

Georgia ne bronche pas, mais je vois bien sa grimace,

comme si elle venait de boire d'un trait quatre litres de lait caillé. Jamais elle ne m'insulterait devant Maman, mais elle fait tout ce qu'elle peut pour signaler qu'elle ne veut pas de moi ce soir. Qu'est-ce que vous voulez que je dise ? Dans la catégorie source d'embarras, j'arrive en tête de classement.

Ma mère acquiesce et je détecte un léger tremblement dans sa voix.

Certains jours je suis convaincue que même ma propre mère a peur de moi.

– Merci pour la proposition, mais j'ai plein de boulot, dis-je en attrapant une barre de céréales aux pépites de chocolat dans le placard.

Je sais, c'est bizarre. Mais parfois, j'ai une faim de loup. C'est presque comme si je voulais me bâfrer pour combler le vide en moi, alors que d'autres jours, c'est limite si j'accepte de grignoter un bout de tartine.

Mais même si aujourd'hui j'ai plus ou moins d'appétit, c'est surtout pour me donner une contenance que je prends cette barre de céréales. Je ne tiens pas à donner d'autres raisons à ma mère de s'inquiéter pour moi. Je sais qu'elle m'observe attentivement, à la recherche du moindre signe de mon état de santé psychologique douteux. Je fais de mon mieux pour ne rien laisser transparaître devant elle. Une fois que je serai morte, je ne veux pas qu'elle culpabilise en se disant qu'elle aurait pu réagir.

– Bonne chance pour ce soir.

Je lance un signe hypocrite de la main à ma sœur puis je monte l'escalier en direction de ma chambre. Enfin : notre chambre. Mais vu qu'elle sera au match, disons que pour ce soir, ça sera la mienne. Une fois que j'y suis, je me glisse au fond de mon lit. Je rabats la couette anthracite sur ma tête et fais comme si j'étais au beau milieu de l'océan en train de boire la tasse sous le fracas des vagues pendant que l'univers entier sombre dans le néant. J'essaie d'imaginer mon énergie potentielle devenant tour à tour énergie cinétique puis énergie nulle. Tout en fredonnant le *Requiem* de Mozart, je me demande ce qu'on ressent quand toutes les lumières s'éteignent et que le silence éternel se fait. J'ignore si ça sera douloureux et si j'aurai peur durant les derniers instants, mais je croise les doigts pour que ce soit vite réglé, paisible et définitif.

Le 7 avril. Vivement.

Parfois, je suis convaincue que le fait de trouver du réconfort dans la musique classique alors que c'est mon père qui m'y a initiée est un peu glauque. Il adorait ça. Bach, Mozart, on pouvait lui demander n'importe qui, il les connaissait tous. Ses cassettes faisaient partie des rares objets qu'il a emportés en partant pour l'Amérique. Quand j'étais plus jeune, il en insérait une dans le vieux radiocassette qu'il gardait sur le comptoir de son épicerie et il me racontait une anecdote de son enfance : lorsqu'il jouait aux échecs avec son père sur un bel échiquier d'albâtre ou qu'il mesurait la pointure des clients dans la boutique de chaussures que tenait son oncle. Pendant qu'il racontait tout ça, je gambadais dans le magasin en me dandinant gauchement tandis que les notes de musique s'élevaient et retombaient en rythme.

Et puis un jour, il m'a obligée à m'asseoir.

– Écoute bien, Aysel, a-t-il exigé. Toutes les réponses sont dans cette musique. Tu les entends ?

Alors j'avais écouté pendant des heures. J'avais tendu l'oreille pour essayer de mémoriser toutes les notes. Je n'entendais jamais vraiment les réponses, mais je hochais la tête pour lui faire croire. Je ne voulais pas que mon père se fâche et éteigne la musique, ou qu'il recommence à s'enfermer dans sa chambre pendant des heures comme il le faisait parfois. Avec mon père, il fallait toujours y aller doucement, comme si on marchait sur un trottoir verglacé : quand ça glissait comme sur des roulettes, c'était vraiment génial, mais ça pouvait aussi très vite déraper.

Je ferme les yeux et me force à chasser ce souvenir, puis je me tourne et me retourne dans mon lit en fredonnant je ne sais combien de fois le *Requiem* de Mozart mais en vain, je ne trouve qu'une seule réponse dans les notes : le 7 avril.

Étant donné que les murs de notre vieille maison en bois ne sont pas très épais, j'entends d'ici ma mère et Georgia jacasser dans la cuisine.

Je les imagine dans les bras l'une de l'autre, Georgia qui serre la taille fine de ma mère, et ma mère qui caresse les cheveux de ma sœur. Toutes deux sont assorties, comme une mère et sa fille sont censées l'être. Comme je ne l'ai jamais été. J'ai toujours été trop tranchante sur les bords, et mes entailles sont trop profondes.

Voilà ce qu'on devrait écrire sur ma tombe :

« Aysel Leyla Seran, la fille toujours inadaptée ».

Et puisque je n'ai jamais vraiment été à ma place nulle part, la vie de ma mère sera mille fois mieux sans moi. Quand je ne serai plus là, elle ne sera plus forcée de se rappeler mon père chaque fois qu'elle croise mon nez anguleux ou mes boucles brunes, ni mes joues rondes et mes fossettes. Ce sont elles qui l'énervent le plus, mes fossettes, je le sais bien. Heureusement, elles ressortent surtout quand je souris et c'est pas comme si ça m'arrivait souvent ces derniers temps.

Sans moi, ma mère n'aura plus à veiller toute la nuit, inquiète que le gène du meurtrier soit héréditaire et que, d'un jour à l'autre, je fasse sauter l'école ou un truc horrible de ce genre. La police, les médias, les ragots : elle ne supporterait pas de revivre tout ça. Elle préfère ne pas y penser, mais au fond je vois bien qu'elle se débat avec ses craintes et ses doutes. Ses coups d'œil furtifs et les questions très poussées qu'elle me pose parfois d'un ton prudent sont sa manière à elle d'évaluer à quel point je suis atteinte.

J'aimerais pouvoir affirmer que je suis sûre d'être différente de mon père. Que mon cœur ne bat pas au même rythme et que mon sang ne coule pas à la même vitesse. Mais j'ai des doutes. Si ça se trouve, lui et moi partageons la même énergie potentielle.

Ma seule certitude, c'est que je ne vais pas rester là à attendre de voir si je deviens un monstre comme lui. Je ne peux pas infliger ça ma mère.

Ni à elle ni au reste du monde.

MERCREDI 13 MARS
J - 25

Beaucoup plus tard

Seul avantage au fait que Georgia soit partie au match : j'ai la maison pour moi toute seule. Autrement dit, je vais pouvoir utiliser l'ordinateur. En temps normal, je ne peux pas, du moins pas sans être surveillée. Il n'y a qu'un ordinateur à la maison et il date de la préhistoire. Il tourne au ralenti, pire qu'un chien à trois pattes, et son clavier est poisseux à cause des gouttes de jus de fruits que Mike a renversées dessus. Bien qu'aux yeux de ma mère Steve incarne l'homme de ses rêves – un travailleur honnête qui a réussi et fait fortune –, la réalité est qu'il travaille à la chaîne à l'usine Sparkle, non loin d'ici. C'est un fabricant de dentifrices et bains de bouche bas de gamme qui maintient à flot l'économie de Langston. Bien sûr, son job est un gagne-pain honnête, nettement mieux que les anciennes activités criminelles de mon père, mais il n'a pas vraiment les moyens d'acheter un portable à chacun d'entre nous, donc on est coincés avec ce tas de ferraille. Mais ce soir, le tas de ferraille est tout à moi.

Je me connecte à Smooth Passages. Rien que pour charger la page d'accueil, ça prend une dizaine de minutes ; car Steve n'est pas non plus d'avis qu'il faille payer pour avoir un accès haut débit à Internet. Quand la connexion s'établit, je découvre un nouveau message de FrozenRobot :

> Si tu es vraiment sérieuse à ce sujet, fixons une date et un lieu de rencontre. Mais tu as intérêt à être motivée. Dégonflé s'abstenir.
>
> Roman

J'hallucine de me faire taxer de dégonflée par un mec qui se fait appeler FrozenRobot ! Apparemment, son vrai nom c'est Roman. Pas sûre que ce soit tellement mieux que son pseudo.

Je résiste à une forte envie de répondre par une blague sur Jules César et rédige une réponse brève sans envolées shakespeariennes :

> Je suis aussi sérieuse qu'une crise cardiaque. Bon, blague à part, je ne suis pas une dégonflée. Comme je t'ai dit, j'habite Langston. Où veux-tu qu'on se retrouve ?

Je traîne encore un peu sur le site. D'après les messages sur le forum, les partenaires de suicide ElmoRains et TBaker14155 ont sauté le pas. J'ignore comment SovietSummer231 a obtenu l'info, mais avec un peu de chance, FrozenRobot et moi connaîtrons le même succès. Je ravale la grosse boule dans ma gorge. Bon sang, tout ça est vraiment tordu. Le regard levé vers le plafond, songeuse, je me demande si j'aurais le cran de me pendre. Si je prenais mon courage à deux mains, je n'aurais pas à me prendre la tête à trouver un partenaire.

Le tas de ferraille émet soudain une sorte de coup de sonnette qui me fait sursauter. FrozenRobot a répondu. Visiblement, lui non plus n'est pas allé au match de qualif'. J'ouvre le message :

> Si on disait demain soir à 17h30 ? On a qu'à se retrouver au Root Beer Stand en retrait de la nationale 136. Tu vois où c'est ? En principe, c'est pas loin de chez toi. Je mettrai une casquette rouge pour que tu me reconnaisses.
>
> Roman

Ça me met un peu mal à l'aise que FrozenRobot, alias Roman, propose un rendez-vous dans un lieu aussi fréquenté. Je suppose donc que ce n'est pas un tueur en série ni un violeur. Remarquez, ce ne serait peut-être pas si grave s'il était tueur en série. Au moins, on en finirait vite. Sauf s'il est de ceux qui aiment torturer. Je ne veux pas agoniser, je veux mourir sur le coup. Oui, je suis lâche à ce point.

Je lui réponds que c'est d'accord pour demain. Demain, je finis le boulot à 17h donc je n'aurai qu'à mentir à ma mère en disant que je vais finir tard. Fastoche. Le lieu choisi ne me plaît pas trop, mais je n'ai pas envie de démarrer ce « partenariat » en faisant ma difficile. Ce bar en plein air est vite bondé après les matchs de foot et de basket. Les pom-pom girls partagent des milk-shakes avec des boules de glace, et les basketteurs s'enfilent des frites au fromage épicé. À vomir.

Inutile de préciser que ce n'est pas le genre d'endroit que je fréquente. Pas que j'en fréquente vraiment beaucoup d'autres, d'ailleurs.

J'éteins l'ordinateur, remonte dans ma chambre et sors mon manuel de physique de mon sac à dos. C'est bizarre, mais plus je me rapproche de la mort, plus j'ai soif d'apprendre. Sans doute que je ne veux pas mourir complètement débile. J'ouvre mon cahier et recopie rapidement les énoncés de problèmes proposés à la fin du chapitre indiqué par M. Scott.

On a entamé le chapitre sur la conservation de l'énergie. D'après le prof, elle ne peut ni se créer ni se détruire mais uniquement se transférer. L'énergie potentielle peut devenir énergie cinétique puis redevenir potentielle, mais en aucun cas se volatiliser dans les airs. Je n'y comprends pas grand-chose. Une fois de plus, je relis le premier exercice d'entraînement : « Un parachutiste de 65 kg se trouve à bord d'un avion planant à 600 mètres d'altitude. Quelle est son énergie potentielle avant de sauter ? »

Remuant nerveusement mon crayon, je résiste à l'envie de mâchonner sa gomme. Ce n'est pas tant l'exemple qui m'embête. Je sais quelle formule je dois utiliser, et ma petite calculatrice bien pratique peut faire le calcul à ma place. Non, ce qui me chiffonne, c'est que si toute cette énergie est indestructible, qu'est-ce qu'elle devient à notre mort ? Mon ventre se noue à cette question.

Alors je rédige mon propre énoncé problématique : *Aysel*

Seran, seize ans, 52 kg, est pendue au plafond à 2,30 m de haut. Quelle est la valeur de son énergie potentielle ? Que devient toute cette énergie à sa mort ? En quoi se transforme-t-elle ?

Un cadavre conserve-t-il son énergie potentielle, se transfère-t-elle sur autre chose ou bien est-il possible qu'elle se volatilise simplement dans le néant ?

S'il y a bien une question à laquelle je ne sais pas répondre et qui m'obsède, c'est celle-là.

JEUDI 14 MARS

J - 24

Je n'ai pas de voiture personnelle, mais j'en ai une à disposition dont j'ai le droit de me servir pour aller et venir du boulot. Notre antique Ford Taurus sent le vieux fast-food et ses sièges sont troués, mais le moteur ronronne toujours et c'est tout ce que je demande. Steve l'a achetée à un de ses copains il y a quelques années. À ses seize ans, Georgia en deviendra propriétaire. La bonne nouvelle, c'est que je ne serai plus là pour la partager avec elle.

En sortant du parking de TMC, je tourne à gauche et pars en direction de la nationale 132. La route est cahoteuse, pavée de nids-de-poule. Personne ici ne veut payer d'impôts pour la réparer. C'est un peu dommage car ça pourrait être une très jolie route touristique vu qu'elle longe la rivière Ohio. Pas qu'il y ait vraiment de quoi se vanter de ce cours d'eau. Il est trouble, pollué et entaché d'un terrible passé mais bon, ça reste de l'eau. Même un peu dégoûtante, une rivière dégage toujours quelque chose de magique grâce à son mouvement. Les rivières ne font jamais de sur-place, elles. À l'époque où l'histoire avec mon père a éclaté, je m'imaginais souvent descendre l'Ohio à bord d'un radeau que j'avais construit et dériver sans but, emportée par le courant. Je rêvais d'être recueillie par une gentille famille du Mississipi, un couple sans enfant qui serait fou de joie d'avoir une petite fille. Ils ne sauraient pas qui était mon père ni quel crime il avait commis. Ils m'aimeraient, et leur amour chasserait mes idées noires.

Poursuivant sur la nationale 132, je songe au fait que cette route relie Langston à Willis, et me relie à ce FrozenRobot. À quel moment Langston devient-elle Willis ? Impossible à dire. La seule chose qui sépare ces deux villes, c'est ce ruban de bitume usé jusqu'à la corde, bordé par la rivière boueuse d'un côté et par les mauvaises herbes de l'autre. Les deux sont des trous perdus jalonnés de vieilles bicoques branlantes, de bancs en bois pourris et de monuments rouillés dédiés à la guerre de Sécession. Chacune possède sa propre station-service. Les deux s'affichent comme des villages charmants et essaient d'appâter les voyageurs pour qu'ils s'arrêtent boire un soda dans le vieux *diner* de la grand-rue ou qu'ils se prennent en photo près de la grande fontaine en bronze devant le tribunal. Mais personne ne vient jamais exprès à Langston ou à Willis. Ce sont des patelins qu'on traverse, pas qu'on visite.

Alors que le bar apparaît au loin, je remarque qu'il y a déjà beaucoup de monde. Le lycée de Langston ne jouait pas ce soir mais peut-être que celui de Willis, si. Une fois garée, je reste assise au volant quelques instants en inspirant plusieurs fois à fond et en tirant sur l'encolure de mon tee-shirt à rayures. J'ai le cœur qui bat, sensation que j'aurais cru plus typique du trac des premiers rencards. Non pas que j'aie déjà vraiment vécu l'expérience, à moins de compter un rendez-vous au centre commercial quand j'étais en sixième, où mon prétendant avait mangé trop de chips au cheddar et essuyé ses doigts pleins de miettes sur mon chemisier tout neuf.

Pourtant, je ne devrais pas avoir le trac. De toute évidence, ce mec est aussi paumé que moi. On a besoin l'un de l'autre. Je jette un rapide coup d'œil à mon reflet dans le rétroviseur, mais aussitôt je me sens bête de me soucier de mon apparence. Ce n'est pas comme si j'auditionnais pour le rôle de la petite amie de FrozenRobot.

Un petit coup au carreau me fait sursauter. Je me jette en avant sur mon siège, la poitrine pressée contre le volant.

Dehors, un garçon d'à peu près mon âge me fixe. Il porte une casquette rouge.

Il se penche à la vitre.

Je l'abaisse.

– ALS0109 ?

C'est mon pseudonyme sur Smooth Passages. Il faudrait que je dise quelque chose mais comme j'ai l'impression d'avoir du coton plein la bouche, je le fixe d'un air interdit.

Il se racle la gorge en baissant les yeux.

– Désolé. Je crois que je me suis trompé.

– Non ! dis-je en poussant un petit cri sorti de nulle part. C'est moi, Aysel.

Le froncement de ses sourcils forme de petites rides au milieu de son front. Il ôte sa casquette.

– ALS0109, c'est bien moi.

Un sourire en demi-teinte s'ébauche sur ses lèvres.

Pour ma part, ça doit faire trois ans que je n'ai pas souri. FrozenRobot devrait peut-être reconsidérer son plan de carrière. Il n'est peut-être pas aussi déprimé qu'il le croit.

– Tu te dégonfles pas déjà, j'espère ? s'inquiète-t-il en jetant un œil à l'intérieur de ma voiture.

Je me demande s'il remarque tous les paquets de fast-food qui jonchent le sol.

Pas du tout, qu'est-ce qui te donne cette impression ? J'empoigne le volant, presque tentée d'enfoncer l'accélérateur et de repartir. Je ne m'attendais pas à ça. Ce mec n'est pas du tout comme je l'imaginais. Rien à voir, même. Ce n'est pas un gringalet boutonneux qui a l'air de ne jamais être sorti de sa grotte, contrairement à ce que laisse penser son pseudo. Non, pas du tout. Il est grand, type basketteur, il a les cheveux châtains rasés et des yeux noisette très enfoncés. Maigre, mais pas dans le sens mauviette. Un peu dégingandé, disons. Voire gauche. Mais quand même. Il ne correspond pas du tout à l'idée que je m'étais faite de lui.

– Hé, j'avais dit pas de dégonflé, s'impatiente-t-il. Merde, j'étais sûr que ça arriverait. Surtout quand j'ai vu que tu étais une nana.

Là, je retire la clé du contact et sors de la voiture en manquant de le cogner avec la portière. Oups.

– Tu veux dire quoi par là ?

– Ben, tu connais forcément les stats. Les mecs passent à l'acte alors que les filles ne font qu'en parler.

Je lui lance un regard noir.

– C'est des conneries sexistes, ça. Et puis, si t'es si un gros dur, pourquoi tu t'es inscrit sur le site et à quoi ça te servirait un partenaire, hein ?

– Waouh, je voulais pas… bafouille-t-il avec un mouvement de recul. Je suis pas sexiste.

Il baisse les yeux vers ses baskets blanches.

– Et je ne suis surtout pas un gros dur.

– On aurait dit, pourtant.

– J'ai l'air d'un dur ?

Il relève la tête en me faisant un grand sourire. Ses yeux noisette sont plus pétillants qu'ils ne devraient. Ça ne va pas du tout.

– Non, d'un macho, dis-je sans lui rendre son sourire.

– Écoute, reprend-il lentement, d'une voix douce. Ça ne me dérange pas que tu sois une fille. Je t'assure. J'ai aucun problème avec les nanas.

– Aucun, hein ? je répète d'un ton totalement impassible.

– Tu m'as compris.

– Je crois pas, non.

Il fronce les sourcils tout en triturant sa casquette dans sa main.

– Excuse-moi, sincèrement. On recommence à zéro ?

– Non, impossible.

Il se renfrogne davantage en remuant nerveusement les pieds. Depuis le début, il se tient un peu voûté mais là, il commence à se tasser encore plus sur lui-même.

Je le regarde gigoter avec embarras encore quelques secondes, puis je dis :

– En revanche, je suis disposée à t'écouter si tu peux m'expliquer clairement pourquoi tu as besoin d'un partenaire de suicide.

Il soupire en remettant sa casquette et attrape la visière pour la rabattre sur les bords, jetant une ombre sur son visage.

– Ok, je t'expliquerai tout. Justement, je me disais qu'on pourrait se prendre une table et discuter de tout ça en mangeant un bout.

Il marque une pause et me dévisage un peu trop longtemps à mon goût.

– Sauf si tu as déjà décidé que j'étais un vrai con et que tu es prête à te barrer ?

Je réfléchis un instant puis secoue la tête.

– Non, je ne suis pas prête à me barrer, du moins pas tout de suite. Et puis, je ne partirai pas tant que je n'aurai pas goûté leurs frites au fromage.

Sur ce, je me dirige vers le bar. Il me rattrape au petit trot sans rien dire, et on se traîne jusqu'au comptoir pour passer commande.

Le Root Beer Stand, dont le nom officiel, je crois, est Chez Tony mais tous les gens du coin appelle ça juste « le Root Beer », est une sorte de food truck. On passe commande, puis le plat est préparé dans le camion et on vous l'apporte là où vous avez choisi de vous installer. Une sorte de grande tente abrite plusieurs tables de pique-nique, mais les soirs où il y a vraiment foule, il est presque impossible de trouver une place assise.

Je commande la première. Barquette de frites au fromage et milk-shake à la fraise.

Je prends mon ticket plastique qui porte le numéro 7 et pars m'installer à une table du fond. Une fois posée, je regarde FrozenRobot passer sa commande. Il a l'air de connaître certains clients présents. Il leur fait signe de la tête, dit bonjour. Bizarre. Si FrozenRobot a autant d'amis, pourquoi est-ce qu'il veut se zigouiller ?

Je devrais sans doute commencer à l'appeler Roman, mais je trouve ça trop intime. C'est plus facile pour moi de le considérer sous l'angle du pseudo. Pour un mec qui a envie de se suicider, il continue visiblement à se soucier de son apparence. Ses cheveux semblent avoir été coupés récemment et sa tenue décontractée – sweat à capuche et pantalon de survêt – est plutôt branchée. En fait, Roman a l'air d'un mec qui pourrait sortir avec Georgia.

Nauséeuse, je me demande subitement si tout ça n'est pas une blague tordue orchestrée par ma sœur. Mais en fait non, impossible. Georgia se soucie trop peu de ma vie pour perdre son temps à mijoter un coup pareil. Du moins, je crois.

FrozenRobot commence à marcher dans ma direction quand deux types l'arrêtent. Assez grands mais pas autant que lui, ils le tapotent dans le dos, et lui acquiesce, l'air d'accord avec ce qu'ils racontent.

En l'observant, je me demande si j'aurais envie de me suicider si j'étais comme lui. Mais au fond, je sais que tout ça n'a rien à voir.

Avant, je m'amusais à parlementer avec moi-même : *si les rumeurs sur Papa cessent, si Maman recommence à me considérer comme une enfant normale et si tu arrives à garantir que tu ne deviendras pas comme ton père, peut-être que…* Mais c'est la dernière hypothèse, qui fait échouer toute l'affaire.

Il n'y a pas moyen de le garantir, et je sais pertinemment qu'il y a quelque chose qui cloche chez moi. Quelque chose de cassé. Les gens ont toujours du mal à comprendre que la dépression n'est pas une question d'environnement extérieur mais un problème *intérieur*. Quelque chose en moi ne tourne pas rond. Bien sûr, certaines choses de ma vie me donnent le sentiment d'être seule au monde, mais rien ne m'isole et ne me terrifie plus que ma petite voix intérieure. Elle s'entête à me répéter qu'il y a de fortes chances pour que je finisse exactement comme mon père.

Je parie que si on m'ouvrait le ventre, la grande limace noire de la dépression en sortirait. Les conseillers d'orientation adorent rabâcher qu'il suffit de « penser de façon positive », sauf que quand on a ce mollusque dans le ventre qui étouffe le peu de bonheur qu'on arrive à éprouver, c'est mission impossible. Comme machine à détruire les pensées positives, mon corps est d'une efficacité redoutable.

Les jours où je suis vraiment mal, je vais jusqu'à me demander si mon père était habité par la même bestiole et si c'est pour cette raison qu'il a commis toutes ces horreurs. Du suicide à l'homicide, il n'y a peut-être qu'un pas. C'est le genre de pensées qui me terrorisent et qui me font dire que je ne pourrai jamais attendre jusqu'au 7 avril. Il faut que je me débarrasse de cette limace et de moi avec.

– Re, me salue FrozenRobot en posant son 8 plastifié à côté de mon 7.

Quatre-vingt-sept. Si seulement ce nombre avait une signification. Ces derniers temps, j'ai tenté d'interpréter un peu tout et n'importe quoi. Comme si j'attendais une sorte de feu vert de l'univers qui dirait : « C'est bon, tu es libre de partir, maintenant. »

Il joue avec les tickets pour les faire tenir debout sur la table. Il leur cherche peut-être aussi un sens. À moins que ce soit juste un TOC.

– Tu es une star ici, dis donc.

– Avant, oui, nuance-t-il en grimaçant.

– Ça a l'air d'être toujours d'actualité.

La serveuse m'apporte les frites et le milk-shake. Puis elle décoche un sourire à FrozenRobot et, ma parole, elle bat même un peu des cils.

Une fois qu'elle est repartie, je remarque qu'il rougit.

– Tu vois. C'est ce que je disais.

– Pas moi, celui que j'étais avant, objecte-t-il en me proposant le ketchup.

J'en verse un peu sur une serviette en papier puis glisse une frite au fromage dans ma bouche. C'est sans doute malpoli de commencer à manger avant qu'il soit servi mais, à mon avis, FrozenRobot ne choisira pas son partenaire de suicide en fonction de ses bonnes manières.

Peu après, la serveuse revient avec sa commande. Il a pris un cheeseburger, des frites, un milk-shake au chocolat et des beignets de piment. Avant de repartir, elle lui décoche un autre sourire charmeur et Roman s'empourpre à nouveau.

J'avale une petite gorgée de milk-shake en grimaçant. La fraise est plus acide que je ne l'aurais imaginé, mais le milk-shake me procure une agréable sensation de fraîcheur dans la gorge.

– Commence pas, prévient-il en me jetant un regard après le départ de la serveuse.

– J'ai rien dit.

– Je ne suis pas comme tu l'imaginais, je parie ? enchaîne-t-il en fourrant une frite dans sa bouche.

Mais il se force, ça se voit. Le geste est trop rapide. Il n'a pas vraiment faim. Je la connais, cette manœuvre.

Je m'abstiens de répondre et lui renvoie plutôt la question :

– Et moi ? Tu m'imaginais comme ça ?

Il me fixe un instant.

– Honnêtement, non. Mais tant mieux.

– Je devais quand même correspondre un tout petit peu à l'idée que tu t'étais faite de moi vu que tu m'as repérée sur le parking.

Les traits du visage subitement rembrunis, il attrape deux petits beignets qu'il croque d'une traite.

– Pourquoi tu fais cette tête ?

Il continue de mastiquer. Son visage se crispe légèrement lorsqu'une goutte échappée du piment glisse sur son égratignure à la main gauche.

– Allez, dis-moi. Comment tu as su que c'était moi ?

Il lève le nez.

– Je ne veux pas te vexer.

– Sans blague.

Mon ton est plus dur que voulu. Je bois à grand bruit une gorgée de milk-shake pour tenter de détendre l'atmosphère. Je ne veux pas qu'il pense que je suis une mégère. Du moins pas tout de suite. S'il me trouve trop désagréable, il se pourrait qu'il choisisse une autre paumée à ma place.

– Tu as l'air d'avoir envie de te pendre, c'est tout, finit-il par lâcher. D'être vraiment au bout du rouleau.

Il me fixe et j'en fais autant, abasourdie. Gêné, le pauvre se tortille sur son banc et se met à fixer ses baskets blanches. Comme il incline la tête, menton rentré, je distingue des taches de rousseur sur sa nuque. Je mets un instant à encaisser, puis brusquement j'éclate de rire. Mais ça me fait mal à la gorge. Alors je bois une autre gorgée de milk-shake.

– Je suis ignoble, hein ?

– Non, dis-je en secouant la tête. Tu es franc, ça me plaît. Et maintenant tu as la preuve que je suis pas une dégonflée.

Il hausse les épaules en tripotant la fermeture Éclair de sa veste à capuche.

– Ça, ça reste à voir. Je dis juste que tu as vraiment l'air d'avoir envie de mourir, mais je ne suis pas tout à fait convaincu que tu seras capable d'appuyer sur la détente.

Cette fois c'est moi qui me renfrogne.

– C'est bien pour cette raison que je me suis inscrite. J'ai besoin de… d'encouragement.

J'avise l'inscription sur sa veste. C'est écrit « Université du Kentucky – Basketball » en grosses majuscules noires.

– Travail d'équipe. Soutien moral. C'est ce qu'on dit chez les sportifs, non ?

Son regard dévie sur sa veste.

– Je ne joue plus.

– C'était pas ma question.

– Je sais, admet-il. Je crois que je comprends ce que tu veux dire. Tu penses que ce sera plus facile avec quelqu'un que toute seule.

Je m'accoude et me penche vers lui en m'inspirant de notre serveuse très sûre d'elle.

– Et donc, à ton avis ? Tu es l'homme de la situation ? On ira au bout ensemble ou pas ?

Ça ne me ressemble pas d'être aussi provocatrice mais, pour une raison que j'ignore, j'éprouve le besoin d'inciter FrozenRobot à me choisir.

Il change de position, ouvre son burger et pose les tomates sur le côté. Il n'en a toujours pas avalé une seule bouchée.

– Pour l'instant, je sais pas trop.

– Qu'est-ce que tu as besoin de savoir ?

– Un peu plus sur toi, pour commencer.

– Quoi, par exemple ?

– Ça vient d'où, ce prénom : Aysel ?

Il le prononce correctement. Je m'efforce de ne pas paraître impressionnée.

– C'est turc.

– Tes parents sont turcs ?

J'acquiesce sans en dire plus sur eux.

J'évite aussi de préciser mon nom de famille. Ma mère est en train d'essayer de me donner son nouveau nom : Underwood. Je n'ai surtout pas envie que FrozenRobot me cherche dans Google et découvre qui est mon père. Il est peut-être paumé, mais je doute qu'il aurait envie de lier ses ambitions suicidaires aux miennes s'il connaissait la vérité sur mon histoire.

– Tu parles turc ?

Je fais non de la tête.

Mon père ne m'a jamais appris sa langue. Parfois, je trouvais le courage de lui poser des questions sur la Turquie et, s'il était de bonne humeur, il me parlait des petites rues de son ancien quartier où il jouait au foot avec ses copains le soir. Mais quand il était dans un mauvais jour (et sur la fin, c'était de plus en plus fréquent), il me rembarrait sèchement en me disant d'arrêter de poser des questions. Pour lui, j'avais de la chance d'être née aux États-Unis car je ne serais jamais forcée de déménager à l'autre bout de la planète pour trouver du travail.

Quant à ma mère, eh bien, elle a fait tout ce qu'elle a pu

pour effacer ses racines. Mes parents ont divorcé, je n'avais pas encore un an, et depuis qu'elle sort avec Steve, elle essaie de se faire passer pour une Américaine de souche. Elle a la peau plus claire que moi, alors mis à part son léger accent, on pourrait le croire sans problème. En ce qui me concerne, j'ai l'air nettement plus étrangère qu'elle car j'ai hérité du teint mat de mon père.

– Ce sujet te met mal à l'aise ? questionne FrozenRobot en mâchant son hamburger.

Il n'a pas l'air de l'apprécier autant que ses piments. On dirait qu'il se force à mâcher, lentement, du bout des lèvres, morceau par morceau.

– Non. C'est juste que je ne vois pas pourquoi tu t'intéresses autant à mes origines. Je ne t'interroge pas là-dessus, moi.

Il me sourit. Décidément, je ne comprends pas ce mec.

– Je suis curieux parce que je trouve qu'Aysel, c'est sympa comme prénom. C'est tout.

– Je te laisse, si tu veux.

– Très drôle, rétorque-t-il sans rire pour autant.

À mon tour de le cuisiner.

– Pourquoi le 7 avril ?

– Parce que c'est la date à laquelle c'est arrivé.

– Quoi donc ?

– La raison pour laquelle je veux en finir. Ça s'est passé il y a un an, le 7 avril.

La mâchoire serrée, il détourne les yeux.

– Et tu n'as pas l'intention de me raconter, j'imagine ?

Il n'a pas le temps de répondre que les deux garçons de tout à l'heure se posent à côté de lui.

– Ça va ? me lance l'un d'eux pendant que l'autre lui donne une grande tape dans le dos.

– Je ne savais pas que tu sortais avec quelqu'un, Roman ! le taquine ce dernier. Et Kelly, elle en dit quoi ?

Kelly ? Ne me dites pas que FrozenRobot a une copine ? Génial. Je lui décoche un regard d'un air de dire très clairement : *c'est quoi ce délire ?*

– Les mecs, je vous présente Aysel.

À son tour, il me lance un regard suppliant. Je n'ai pas le profil de la plus gentille de tout l'univers, pour autant je ne vais pas lui enfoncer la tête sous l'eau. N'empêche, c'est marrant de le voir en stress. Je garde un air impassible, neutre, bien décidée à tétaniser notre Robot.

– Aysel : voici Travis et Lance.

La voix de Roman tremblote un peu et je remarque que depuis l'arrivée de ses copains, les petites taches de rousseur clairsemées sur son nez sont de plus en plus rouges.

– Tu es à Willis ? demande Lance en remuant ses sourcils blond roux dans ma direction.

– On l'aurait remarquée si elle allait là-bas, commente Travis d'une voix mielleuse.

Cette intonation suffit à me faire perdre tout intérêt pour mon milk-shake. Il va sans dire que si j'étais à Willis, Travis ne me calculerait pas une seconde. Dans mon lycée, les garçons de leur genre ne me remarquent *jamais.* Du moins, pas dans le bon sens.

– Effraie pas la demoiselle, intervient Lance.

Apparemment, ce dernier sait mieux s'y prendre avec les femmes. Avec sa coupe ébouriffée de chanteur de boys band, ses grands yeux bleus et ses larges épaules, il fait davantage coqueluche du lycée que Travis. S'ensuivent quelques secondes de silence gêné.

– Attends, mais si tu vas à Willis, tu connais forcément Brian Jackson, non ? reprend Lance avec des yeux ronds.

Je retiens mon souffle en le fixant pour tenter d'évaluer s'il a déjà fait le rapprochement.

– Mais alors c'est comme ça que vous vous connaissez, en fait ! Par Brian ? croit comprendre Travis qui se penche vers Roman pour lui piquer des frites.

Roman et moi échangeons un regard.

– Euh, non. On s'est rencontrés la semaine dernière, répond-il.

Ah bon ?

– Où ça ? demande Travis en m'épiant du coin de l'œil.

Il sait qu'il y a quelque chose qui cloche, ça se voit. La gorge nouée, j'envoie une petite prière à l'univers : *pitié, ne me lâchez pas sur ce coup. Ne les laissez pas deviner qui est mon père.*

– Près de l'ancienne aire de jeu, sur le terrain de basket, précise Roman, et je prends note du fait que ce mec ment comme un pro.

Sa réponse est calme et ferme.

Travis exulte en levant brusquement les bras.

– Je le savais, mon pote ! Tu as toujours envie de jouer ! Je t'ai dit : l'entraîneur est prêt à te réintégrer dans l'équipe, c'est sûr ! Il faut que tu arrêtes de culpa...

– On peut éviter le sujet ? le coupe Roman d'un ton subitement glacial.

– Sérieux, mec, c'est vrai, qu'est-ce qui te prend de parler de ça ? opine Lance en se servant un bout du cheeseburger de Roman.

Travis devient cramoisi. Je suppose que certains sujets mettent n'importe qui mal à l'aise, même des types dans son genre. J'en apprends des choses sur la gent masculine, aujourd'hui.

– Désolé, marmonne Travis en détournant les yeux de la tablée.

En avisant notre serveuse, il retrouve le sourire.

– En tout cas, Suzie a bonne mine, pas vrai ?

– Elle a l'air en forme, acquiesce Roman d'un ton neutre.

Il se tourne vers moi.

– C'est la serveuse. Elle est dans notre lycée.

Je hoche la tête en faisant mine de capter ce qui se passe, mais quelque chose me dit que le sous-entendu m'échappe complètement.

Travis donne un petit coup de coude à Roman.

– Non mais sérieusement : je pense que tu lui plais toujours.

Lance nous regarde tour à tour : d'abord moi, puis Roman avant de s'arrêter sur Travis.

– Un peu de respect, mon vieux.

Je m'apprête à lui dire qu'entre Roman et moi, c'est pas ce qu'il croit. Rien que d'y penser, ça me donne envie de rire, alors je reprends un peu de milk-shake. Je laisse la fraise glisser dans ma gorge et me passe la langue sur les dents, peu importe si ce n'est pas très raffiné.

Une fois de plus, Lance vient à la rescousse en brisant ce nouveau moment de gêne.

– Alors, est-ce que tu connais Brian Jackson ?

Tentant de ne pas paniquer, je picore mes frites en gardant les yeux rivés sur le ketchup. Pour l'instant, je ne peux pas les regarder en face, aucun d'entre eux.

– Pas vraiment, dis-je.

– Pourtant c'est une star maintenant, non ? souligne Travis.

Il allonge le bras pour taper une fois de plus Roman dans le dos.

– Ça aurait pu être toi, mon pote !

En entendant Roman ronchonner, je ne peux m'empêcher de relever :

– Pourquoi tu dis ça ?

Lance nous jette des coups d'œil indécis.

– Je peux lui dire ?

Roman croise les mains dans sa nuque et tourne la tête pour regarder au loin.

– Fais ce que tu veux.

Énième silence gêné.

– Roman était un basketteur hors pair avec Brian. Tu sais dans quelle équipe ? ajoute Lance.

J'ai ma petite idée, mais je fais non de la tête, histoire d'obtenir plus de détails sur les liens entre FrozenRobot et Brian Jackson.

C'est comme si une alarme de voiture venait de se déclencher dans mon cerveau, un vrai concert de sirènes. J'essaie de me détendre en invoquant mentalement Wagner et le prélude de sa Chevauchée des Walkyries.

– Je rêve ou tu fredonnes ? nous coupe Travis, amusé, avant que Lance ait le temps de préciser comment Brian et Roman se connaissent.

Travis éclate de rire, mais Roman lui met un coup.

– Arrête de faire l'abruti, lâche-t-il en lui jetant un regard mauvais.

Brillants de colère, ses yeux noisette sont soudain plus dorés que verts.

Le sang me monte aux joues et je baisse les yeux vers la table. Il y a une petite mare de ketchup à côté de mes frites. Je serais curieuse de savoir si FrozenRobot serait autant sur la défensive à mon égard s'il savait pour mon père.

Je sens bien qu'ils me dévisagent tous, mais le regard de FrozenRobot ne me fait pas le même effet que celui de Lance ou de Travis. Ces deux-là ont un regard pénétrant, identique à ceux des élèves de ma classe : ils ont envie de me percer à jour. Celui de FrozenRobot est doux et patient. Il sait ce qu'il découvrira en creusant un peu. Il n'est pas pressé de me faire déballer mes tripes parce que, d'expérience, il sait que le néant ou la dépression n'ont rien d'extraordinaire ni de passionnant.

Je trouve le courage de relever la tête vers lui. Face au petit sourire qu'il m'adresse, j'ai soudain la quasi-certitude d'avoir trouvé mon partenaire.

Ses copains l'observent sans rien dire. Même s'il affirme que sa popularité date d'une vie antérieure, il m'a tout l'air d'avoir encore bien la cote aujourd'hui.

– Brian et moi on se connaît depuis qu'on est gamins, reprend Roman en tambourinant sur la table. On jouait au basket ensemble, dans une équipe qui recrutait sur sélection. Une vraie équipe de nomades : on a joué des matchs à Louisville, Cincinnati et Lexington. Par la suite, en grandissant, on s'est entraînés ensemble. Course à pied et haltérophilie. Rien de palpitant.

Il se frotte la nuque, le regard soudain trouble et difficile à déchiffrer.

– Maintenant, c'est devenu une pointure. Il vise les Jeux olympiques, je crois. On ne se parle plus trop.

Il me fixe.

– Pas très passionnant, hein ?

Visiblement persuadé qu'il se passe quelque chose entre Roman et moi, Lance tente de soutenir son pote :

– Ce gars-là est un mordu de sport, me précise-t-il en le désignant du doigt.

– C'est clair, si Roman avait tenu bon, il aurait sûrement été à l'université de Kensington l'an prochain, avec une bourse bien garnie pour jouer au basket, renchérit Travis en serrant Roman contre lui comme un petit frère dont il serait fier.

Mais Roman le repousse d'un coup d'épaule.

– Arrête un peu, s'agace-t-il, les yeux rivés au sol. Aysel n'en a rien à foutre de tout ça.

Comprendre : inutile d'en mettre plein la vue à cette fille. Je ne veux pas coucher mais me suicider *avec elle.* Mais ni Travis ni Lance ne semblent percuter. Ils se contentent de lever les mains en l'air en s'excusant chacun leur tour. « Au temps pour moi », « désolé mon vieux ». En les voyant faire, je réalise que je n'ai jamais été synchrone comme ça avec quelqu'un. Je me demande si, avant, FrozenRobot était comme eux, avant de décrocher pour une raison ou une autre.

D'ailleurs, je voudrais bien savoir ce qui a pu se passer. Pourquoi Roman, athlète star et ami proche de candidats à la sélection pour l'équipe olympique, est devenu FrozenRobot, un garçon tourmenté qui traîne sur des sites dédiés au suicide ?

Je l'observe du coin de l'œil. Tête baissée, rentrée dans les épaules, il étudie le dernier piment qui lui reste en le remuant du doigt dans son assiette en papier. Lentement, il le porte à ses lèvres et l'engloutit.

Alors qu'on est tous là à le regarder, il finit par dire entre ses dents :

– Bon, les gars, c'était sympa de vous voir, mais je crois qu'Aysel va me reconduire chez moi. À plus, ok ?

– Ok, mec, acquiesce Travis en lui serrant les épaules. Fais gaffe à toi. On est là, si besoin.

– On essaie de se revoir bientôt, propose Lance. J'adorerais aller tirer des paniers avec toi sur l'ancien terrain… comme au bon vieux temps !

– C'est ça, répond froidement Roman. Le bon vieux temps.

Il se lève de table et jette ses restes de nourriture dans la poubelle.

J'adresse un petit signe de main faiblard à Lance et Travis puis lui emboîte le pas. Au passage, je bazarde mes frites, il n'en reste presque plus de toute façon. En revanche, j'embarque mon milk-shake.

– Alors comme ça, je te ramène chez toi ?

– Oui. J'ai pas le droit de conduire.

– Pourtant tu as dix-sept ans, non ?

Il me relance ce sourire en demi-teinte du début.

– Toi, tu as fouiné sur mon profil.

– C'était juste pour m'assurer que tu n'étais pas une mère au foyer stressée ou un truc du genre, dis-je pour me justifier en me dirigeant vers ma voiture.

Je m'abstiens d'ajouter que j'aurais bien aimé que son lien avec Brian Jackson soit mentionné sur son profil. Auquel cas je n'aurais jamais accepté cette rencontre.

Je balance à l'arrière le bazar amoncelé sur le siège passager, sans ramasser les papiers gras qui traînent par terre. Il n'aura qu'à marcher dessus. Ça m'est égal. C'est pas comme s'il allait me repousser parce que je suis désordonnée.

Il s'installe et tapote sur le tableau de bord.

– Sympa, ta caisse.

Les débris de sachets craquent sous ses baskets.

– T'as l'air d'en prendre soin, en plus.

Ignorant ses sarcasmes, je démarre. Le moteur s'ébranle dans un crachotement. Moyennant quelques manœuvres, on se met en route. Je sors du parking et lui jette un coup d'œil. Menton rentré sur la poitrine, il regarde droit devant lui à travers le pare-brise. Ses yeux noisette sont grands ouverts mais éteints. Pour la première fois, j'en ai l'intime conviction. FrozenRobot ne plaisante pas : il veut mourir.

La grande limace noire le ronge aussi de l'intérieur.

JEUDI 14 MARS
J - 24

Plus tard

On roule un bon moment sans rien dire. J'ai un peu la trouille que FrozenRobot ouvre brusquement la portière pour se jeter sur la route. Je ne suis pas persuadée que le choc le tuerait, mais ça me mettrait quand même dans une situation délicate.

En le voyant tendre le bras vers le cadran de la radio plutôt que la portière, j'inspire un coup, soulagée. Il s'arrête sur la station favorite de Georgia, celle qui passe en boucle les cinq gros tubes du moment. On a l'impression que tous ces morceaux parlent de la même chose : se saouler la gueule, porter des minirobes en strass et danser jusqu'au bout de la nuit.

Je grimace.

– Quoi ? s'étonne Roman.

– Rien, c'est juste que… je comprends pas. Tu as l'air si…

Il esquisse un geste en croisant les bras en l'air en forme de X, que j'interprète comme *ferme-la,* ce que je fais, donc. S'il y a bien une chose pour laquelle je suis assez douée, c'est obéir. Enfin non, c'est faux. Je désobéis tout le temps à M. Palmer mais, en général, j'essaie au minimum de lui faire croire le contraire.

Roman éteint la radio.

– Désolé, je savais pas que tu étais aussi snob en matière de musique.

– Je suis snob en rien du tout.

– Ni snob ni mère au foyer stressée, hein ? résume-t-il. Tu en as, des qualités.

– C'est ça. Le 7 avril va être un gros gâchis de potentiel.

D'*énergie* potentielle, même. Je me demande s'il lui arrive de penser à l'aspect physique de la mort.

– Bien dit. À la tienne ! approuve-t-il en faisant mine de porter un toast.

Je crois que les chansons diffusées sur la radio de Georgia correspondent bien à ses centres d'intérêt.

On bringuebale encore un peu sur la route sans un mot. Je tends la main vers le cadran de la radio et la règle sur la station de musique classique. Roman ne commente pas mon choix musical. Peu à peu, le paysage devient plus vallonné. On atteint un virage serré qui nous éloigne de la rivière en direction des collines onduleuses. Les pâturages sont encore bruns et asséchés par l'hiver. Le printemps se fait attendre cette année. Je baisse un peu ma vitre, laissant l'air frais et humide s'engouffrer dans la voiture. Certains jours, ça embaume le bourbon, une douce odeur de seigle issue d'une distillerie à quelques kilomètres d'ici, mais ce soir ça ne sent que la vase et l'herbe mouillée. La joue fouettée par le vent, je résiste à une forte envie de lancer un regard à Roman et reste plutôt concentrée sur la route face à nous.

– Je peux plus conduire à cause d'un truc qui s'est passé l'an dernier, finit-il par dire spontanément. Donc, ce sera toujours à toi de conduire. Tout à l'heure, j'ai demandé à ma mère de me déposer au bar. Elle était ravie que je sorte pour une fois. Je lui ai dit que tu étais une nouvelle amie. Elle est au taquet.

Donc ses parents se font du souci pour lui. Ce n'est pas l'idéal car ça implique qu'il est étroitement surveillé. Remarquez, c'est peut-être pour ça qu'il a besoin de moi, sa fidèle partenaire de suicide.

– Je vois. Bon, tu pourrais me guider un peu, que je sache où te déposer ?

La bouche pincée, il marque un temps d'arrêt comme s'il hésitait.

– Qu'est-ce qu'il y a ? dis-je pour l'encourager.

– Je peux te demander un service ?

Voilà : ma première mission en tant que partenaire. Quelque chose en moi oscille comme un rocking-chair dans une pièce vide, une impression à la fois d'isolement et de réconfort.

– Bien sûr. Dis-moi.

– On peut s'arrêter au magasin de pêche dans la rue principale ?

Je fronce le nez.

– De *pêche* ?

– Oui, il faut que j'achète des vers de terre.

Je lui jette un rapide coup d'œil en clignant des yeux.

Roman regarde droit devant lui, les traits détendus. Rien ne laisse penser qu'il me fait marcher.

– Euh, d'accord. Dis-moi juste comment on y va.

– Continue toujours tout droit sur cette route jusqu'à la bifurcation près du pont. Ensuite tu prendras à gauche et on arrivera sur la rue principale de Willis. Le magasin d'articles de pêche sera sur la droite, au croisement entre Main et Burns.

FrozenRobot m'indique tout ça d'une voix calme et posée. Visiblement, il a l'habitude de ce magasin. Bizarre.

Resserrant le volant entre mes mains, je tente de me concentrer sur la musique. La station diffuse la *Symphonie n°40* de Mozart, mais même la vivacité des notes de violon en mode mineur ne parvient pas à me distraire.

– Pourquoi tu as besoin de vers ? Tu es passionné de pêche ?

Il laisse échapper un bruit à mi-chemin entre le grognement et le rire.

– Non.

Bien, FrozenRobot n'est donc pas un grand bavard.

– T'es sûr ?

– Oui, la pêche n'est pas ma passion.

Il se tortille pour changer de position et se rapproche de sa portière. En voyant ses genoux cogner contre le tableau de bord, j'hésite à lui suggérer de reculer son siège s'il est mal installé mais, finalement, je m'abstiens.

– Alors je ne comprends pas. J'ai loupé quelque chose ou quoi ?

– Hein ?

Manifestement, je vais être obligée de lui tirer les vers du nez :

– Pourquoi tu as besoin d'asticots si t'es pas fan de pêche ?

– C'est pour ma tortue, répond-il platement comme si j'aurais dû me douter depuis le début qu'il avait une tortue de compagnie.

Comme si c'était un principe de base pour tout le monde ! Si ça se trouve, la ville de Willis dans le Kentucky est la capitale des tortues domestiques des États-Unis, et je ne le sais pas ?

Au début, je suis un peu déroutée qu'il ait un animal de compagnie. Ça ne me semble pas être son genre et quand bien même, j'aurais plutôt misé sur un golden retriever, quelque chose comme ça. Il a plutôt l'air de l'Américain typique, amoureux des chiens, mangeur de burgers et féru de basket.

Je répète à voix haute :

– Tu as un animal de compagnie ?!

– Oui, acquiesce-t-il avant de me jeter un regard comme s'il lisait dans mes pensées et d'ajouter : t'inquiète, c'est pas ça qui va m'arrêter.

J'inspire à fond en fixant mon tapis de sol tout crotté.

– Tu ferais mieux de regarder la route.

– Pardon ?

– Regarde la route.

– J'avais compris, merci. Cela dit, qu'est-ce que ça peut te faire que je me concentre sur la route puisque tu veux mourir ?

Il inspire bruyamment entre ses dents. Du coin de l'œil, je vois ses larges épaules s'affaisser, et il me fait penser à un cerf qui viendrait d'être blessé par un tir de chasseur.

– Oui, je veux mourir, mais je n'ai pas envie de blesser quelqu'un d'autre au passage.

– Très bien.

Les dents serrées, je regarde fixement devant moi. Arrivée à l'embranchement qu'il m'a décrit, je prends à gauche. Ma voiture glisse sans bruit dans l'artère principale de Willis, bordée de maisons colorées de style victorien transformées en commerces aux noms cucul : La Crème de la Crème, un glacier ; L'Œuf sur le Plat, un café-restau de petit déjeuner ; Bulles de Savon, une laverie automatique.

– Elle s'appelle comment, ta tortue ?

– Capitaine Nemo, répond-il avant de préciser : le nom ne vient pas de moi.

Je n'insiste pas sur le sujet. L'auteur de cette trouvaille reste une énigme, telle une enveloppe non décachetée : on sait tous les deux qu'elle contient un message, une histoire, mais pour l'instant aucun de nous n'a le courage de briser son sceau.

À l'approche d'une bâtisse bleue à la vitrine placardée d'autocollants de poissons, je ralentis. Devant, sur la pelouse, une pancarte indique « Chez Bob – Matériel de Pêche & Cie ». Je me gare sur un emplacement vide, de l'autre côté de la rue.

– Je speede, souffle Roman.

Je commence à retirer la clé du contact, mais il me fait non de la tête.

– Tu peux m'attendre ici.

Je n'ai pas le temps de réagir qu'il est déjà dehors et se dirige à petites foulées vers l'entrée de la boutique. C'est la première fois de la soirée que je le vois s'activer un peu. Au bar, il était un peu léthargique.

Il doit vraiment l'aimer, cette tortue.

Mon cœur est comme entravé, gêné, mais peu à peu, cette sensation s'estompe. Je me caresse le ventre. *Bien joué, la limace.* En attendant qu'il revienne, je ferme les yeux et écoute la musique. Un passage du *Lac des cygnes* de Tchaïkovski vient de démarrer. Pas mon préféré. C'est trop léger, trop précieux. Ça déborde de désir.

Je n'aime pas les chansons qui parlent d'envie. Je préfère celles qui évoquent le renoncement, les adieux.

En un clin d'œil, FrozenRobot est de retour, un gros gobelet en carton dans les mains.

– Tu n'as pas intérêt à les renverser.

– Pourquoi, tu as peur pour la propreté de ta voiture ? raille-t-il en se tassant non sans mal sur son siège.

Sa bouche se contracte nerveusement et laisse apparaître un sourire idiot. Ce garçon a vraiment un problème.

– Non, parce que ce serait dégueulasse, c'est tout.

– C'est bon, t'inquiète. Je fais gaffe, promis.

Je sors de ma place et repars dans la rue principale.

– Alors, c'est où chez toi ?

Roman m'indique le chemin puis termine en ajoutant :

– Mais comment tu peux écouter ce truc ?

– Ce truc ? dis-je en pointant la radio du doigt. Ce truc est l'essence même du génie !

Dommage que ce soit du Tchaïkovski qui passe et pas un morceau plus puissant que je pourrais défendre comme le *Requiem* de Mozart, mais peu importe. *Le Lac des cygnes* est quand même mille fois plus profond que tous ces tubes pop braillards qu'il voulait écouter au début.

– Il n'y pas de paroles, argumente-t-il.

– C'est un peu le but. Curieux que tu t'en plaignes.

Je l'entends remuer à nouveau sur son siège et se cogner les jambes contre la portière.

– Tu veux dire quoi par là ?

– Que tu n'as pas l'air très bavard, c'est tout. Donc je pensais que tu apprécierais l'absence de paroles.

Il tend le cou pour m'observer. Je sens son regard sur ma joue, toujours doux, pas intrusif, mais pourtant bien perceptible.

– J'aime bien écouter les gens parler. Ça m'apprend des choses.

– Comme quand ils parlent de chauffer les meufs sur le dancefloor ?

Il glousse d'un ton moqueur.

– Non, ça c'est que du bruit. Mais j'aime bien aussi. Ça m'aide à oublier.

– Oublier quoi ?

– Tout. La raison qui me donne envie d'en finir.

On arrive dans son quartier. Il ressemble au mien avec ses vieilles maisons en bois, sauf qu'ici les jardins semblent mieux entretenus. Pas de touffes de mauvaises herbes ou de pissenlits ici et là.

– J'ai du mal à te cerner.

Et c'est la vérité. C'est peut-être le truc le plus sincère que je lui ai dit de toute la soirée.

Je ne comprends pas pourquoi il cherche à s'instruire et se distraire à travers la musique. Moi, quand j'écoute de la musique, c'est un refuge que je veux, un endroit où échapper au vide de mon existence.

Je le vois jouer avec ses asticots. Ils frétillent sur ses genoux et Roman s'efforce tant que possible de maintenir le gobelet droit et bien fermé. Je me demande bien pourquoi il se fatigue à prendre soin de ces petites bêtes qui sont sur le point de mourir.

Comme il ne répond pas, j'insiste encore.

– Je ne comprends pas ce qui te motive.

– Tu veux savoir pourquoi je veux me suicider ou pourquoi je ne veux pas le faire seul ?

– Les deux, dis-je en me mordillant la lèvre. Mais franchement, ça m'est un peu égal de connaître la raison qui te pousse à te suicider.

C'est faux, mais comme je n'ai aucune envie de devoir me justifier à mon tour, ça me paraît plus honnête de ne pas trop le pousser à cracher le morceau.

– Dis-moi juste que tu ne te dégonfleras pas.

Il part d'un rire glacial.

– Tiens, maintenant ça t'inquiète ?

– J'ai bien vu tous tes amis. Je veux être sûre que ce n'est pas un sale coup tordu.

Comprendre entre les lignes : être sûre que ce n'est pas un piège puisque tu connais Brian Jackson. Une partie de moi persiste à croire que tout ça n'est qu'une blague cruelle.

– Mes *amis* ? lâche-t-il avec dégoût. Ces gens-là ne sont pas des amis.

– Je ne suis pas experte, mais ils en avaient pourtant tout l'air.

– Écoute, tu ne sais pas de quoi tu parles, alors tu ferais mieux de te taire.

Le soleil couchant inonde la voiture de lumière et fait flamboyer ses yeux noisette. Je préférais leur couleur d'avant, quand ils étaient plus verts. Roman paraissait moins méchant, moins irrité.

– C'est pas très sympa de dire ça.

Roman hausse le menton d'un air de dire qu'il n'a pas l'intention de s'excuser.

– Tourne à gauche ici.

D'un geste, il me montre une petite rue en retrait de Southwind, l'axe principal de son quartier.

– C'est la maison rouge à droite.

C'est une petite bicoque branlante identique à la mienne, mais le bardage en bois semble en meilleur état et il est clair que quelqu'un y a fait du jardinage. Un parterre de fleurs vient d'être fraîchement paillé, et bien que rien n'ait éclos pour l'heure, j'imagine qu'à l'approche du mois de juin, il sera rempli de lys et d'œillets.

Une boîte à lettres caramel est plantée au bout de l'allée du garage et un paillasson « Bienvenue » multicolore est étendu devant l'escalier de l'entrée.

– C'est mignon.

– Oui, ma mère fait de son mieux, soupire Roman en descendant, tout en tenant le gobelet d'asticots en équilibre dans la main gauche.

Il faut croire que toutes les mères font de leur mieux.

– Attends, dis-je pour le retenir. Bon, on va vraiment le faire ou pas ?

– Oui. Je suis partant si tu l'es aussi, répond-il.

– Complètement. Mais je ne pige toujours pas.

– Quoi ?

– Pourquoi as-tu besoin de moi ?

Juste à point nommé, la porte de chez lui s'ouvre. Une petite dame rondelette d'une cinquantaine d'années descend les marches en coup de vent. Ses cheveux sont de la même nuance châtain que ceux de Roman mais grisonnants. Elle porte un tablier de cuisine et des sabots imprimés à fleurs. Si je devais réaliser une brochure touristique pour Willis – ce qui, heureusement, n'est pas le cas – je mettrais une photo d'elle en couverture. Cette femme est l'incarnation même de sa ville.

– Roman ! s'écrie-t-elle en nous adressant un petit signe de la main.

Le geste est digne d'une miss de concours de beauté. Dans le coin, la plupart des femmes d'un certain âge le maîtrisent à la perfection : poignet raide, moulinet lent.

– Roman ! répète-t-elle. Présente-moi donc ton amie.

Mon visage entier s'empourpre et mon ventre se serre et se desserre comme un poing. Non que je me sente coupable ; après tout, je n'y suis pour rien si son fils veut se suicider. Mais je n'avais pas trop envie de faire connaissance avec sa famille. C'est justement le problème de la mère au foyer stressée que j'essayais d'éviter. Deux handicaps pour FrozenRobot : une tortue de compagnie et une mère aimante. Si j'étais plus exigeante, je dirais qu'il a trop de casseroles. Mais vu ma situation, je ne suis pas en position de faire la fine bouche.

– Euh... Maman, bafouille Roman, nerveux.

Il déglutit plusieurs fois, sa pomme d'Adam bien visible dans sa gorge.

– Je te présente Aysel.

Du calme, FrozenRobot, détends-toi.

– Aysel ? répète-t-elle avec étonnement.

Elle me tend la main à travers la vitre ouverte. Là, j'ai conscience d'être en train d'échouer au test des bonnes manières du Sud. Si je voulais avoir une fichue chance de lui plaire, je devrais sortir de la voiture et lui faire une petite révérence. Seulement voilà, je ne cherche pas à lui plaire. Ce n'est pas comme si j'allais demander Roman en mariage. Et de toute façon, dans un mois, je ne serai plus là pour plaire à personne.

– Enchantée, dis-je en lui rendant mollement sa poignée de main.

– Aysel est un très joli prénom, brode-t-elle.

Avec le temps, j'ai fini par comprendre que cette formule est le substitut plein de tact de « mais enfin, qu'est-ce que c'est que ce prénom ? »

– C'est turc.

Je la scrute en quête d'une réaction. Ce qui m'intéresse surtout, c'est de voir si les histoires sur mon père ont eu la même endurance qu'à Langston, s'il est possible que Roman, ses amis ou sa mère sachent ce qu'il a fait. Je suis presque sûre que mon père est le seul Turc à avoir fait les gros titres dans ce coin du Kentucky. Et vu que ces derniers temps, ils ne parlent que de Brian Jackson aux infos, les références à mon père sont de plus en plus fréquentes. Mais si elle fait le rapprochement, la mère de Roman n'en laisse rien paraître. Son visage en forme de cœur garde le même sourire sincère.

– Ta famille habite ici, à Willis ?

– Non, à Langston.

– J'ai des amis qui vont à Notre-Dame de Grâce à Langston. Tu connais ?

Elle cherche à savoir si je suis croyante. Malin. Je dois reconnaître que je suis sensible au sang-froid de cette femme.

– Ma mère va à Sainte-Colombie.

C'est vrai. Ma mère, Steve, Georgia et Mike vont à l'église tous les dimanches. De temps en temps, je les accompagne mais la dernière fois remonte à un bail. Avant, ma mère m'obligeait à y aller, mais elle a arrêté de se bagarrer à ce sujet. Quand il s'agit de renoncer, elle sait y faire. Je suis sûre qu'à la paroisse, ils ont tous remarqué mon absence et sans doute échangent-ils des messes basses sur le fait que je tiens de mon diable de père.

Le regard de la mère de Roman s'illumine à l'évocation de Sainte-Colombie. Plantant les mains sur les hanches, elle se penche vers moi et s'accroupit devant ma fenêtre. L'odeur de sa laque envahit la voiture.

– Il paraît que c'est une belle église. J'ai assisté à leur spectacle de Noël il y a quelques années. Leur maître de chœur est vraiment fabuleux, non ?

Je ne connais pas du tout le maître de chœur de Sainte-Colombie et je ne suis pas sûre qu'il y ait mille façons d'interpréter « Là-bas dans l'étable » ou « Douce nuit », mais j'acquiesce comme si je partageais tout à fait son avis et que j'étais une fille normale qui discute gentiment de son église, et non une monstrueuse bombe à retardement.

– Ma sœur chante dans les chœurs.

Alors ça, ça lui fait vraiment plaisir. Elle me fait un sourire large et franc.

– Mais c'est formidable ! J'essaie toujours de pousser Roman à s'impliquer davantage dans la vie de sa paroisse. C'est beau de voir des jeunes vénérer le Seigneur !

Je résiste à l'envie de soupirer. Pour être honnête, je ne sais pas grand-chose de ma sœur. Ça doit faire quatre ans qu'elle et moi n'avons pas eu de vraie conversation, mais je doute sérieusement qu'elle vénère le Seigneur. À part elle-même, elle n'a pas le temps de vénérer qui que ce soit.

– Ma sœur adore chanter en public.

Je me garde de préciser que Georgia aime surtout s'écouter.

La mère de Roman a maintenant un sourire jusqu'aux oreilles, à tel point que j'ai peur que son visage se fende littéralement. Elle se tourne vers son fils.

– Tu as acheté à manger pour Capitaine Nemo ?

– Oui, on est passés en chercher en rentrant du bar.

Elle se tourne de nouveau vers moi, tout sourires.

– C'est vraiment adorable !

Je hoche la tête sans trop savoir quoi répondre, mais en tout cas je me retiens de lui demander qui a trouvé le nom de Capitaine Nemo. Si ça se trouve, c'est elle. Elle a l'air d'aimer les animaux.

Le silence retombe quelques instants jusqu'à ce que Roman s'éclaircisse la voix en agitant nerveusement les pieds.

– Dis, Maman, tu veux bien nous laisser une seconde seuls avec Aysel ?

Sa mère semble d'abord un peu déconcertée puis profondément exaltée. Le genre de tête qu'on fait quand on vient de terminer un triathlon ou d'escalader la crête d'une montagne. Elle me fixe d'un air radieux comme si j'étais une espèce d'ange charitable venu délivrer son fils du malheur. La pauvre, elle croit comprendre mais elle est loin du compte. Elle n'a pas la moindre idée de ce qui se trame.

– D'accord, mon chéri. Je te retrouve à l'intérieur.

Elle lui retire sa casquette de baseball pour passer la main dans ses cheveux châtain courts, et son fils lui tend les asticots.

– Tu veux bien emporter ça ? Je viens la nourrir dans deux minutes, promet Roman.

– Bien sûr, je m'en occupe.

Elle attrape le gobelet avec précaution, comme si ces asticots étaient une marchandise précieuse.

Avant de tourner les talons, elle m'adresse un dernier sourire.

– J'étais vraiment ravie de vous rencontrer. Venez donc dîner à la maison un de ces jours.

– Euh… oui, bonne idée.

Menteuse.

– Je chercherai des recettes turques pour vous préparer un menu traditionnel ! crie-t-elle en s'éloignant.

Elle saisit délicatement le gobelet à deux mains et accélère le pas vers la porte, ses sabots claquent sur l'asphalte de l'allée.

Je n'ai mangé turc qu'une ou deux fois dans ma vie, quand mon père recevait la visite d'amis qui n'étaient pas d'ici. Une de leurs femmes prenait les commandes de la cuisine et je me souviens que l'odeur de l'origan, de l'huile d'olive et des épices embaumait toute la maison.

– Voilà pourquoi j'ai besoin de toi, résume Roman.

– À cause de ta mère ? Elle a l'air gentille, pourtant.

– Oui, elle l'est, acquiesce-t-il la bouche pincée, mais elle me couve trop. J'aurai besoin d'aide pour l'éloigner pour qu'on puisse… tu vois, quoi.

C'est une des difficultés du suicide chez les ados : il faut pouvoir échapper à la vigilance de son tuteur suffisamment longtemps pour être sûr d'en avoir vraiment fini avant qu'on vous trouve. Rien de pire que d'être décroché de la corde avant de s'être vraiment étouffé, ou encore être évacué de la voiture avant que le monoxyde de carbone ait fait effet. Apparemment, Roman a compris qu'il ne pourrait pas se tuer dans sa propre maison car Maman Roman ne le lâcherait pas d'une semelle.

– Sans compter que tu n'as pas de moyen de transport, lui dis-je.

Il a besoin de moi pour se rendre sur, disons, « le lieu du crime ». Je n'ai pas l'habitude qu'on ait besoin de moi. C'est un sentiment plutôt agréable, je dois dire. Mais je voudrais bien que la limace dans mon ventre le fasse disparaître. C'est dangereux, les trucs agréables.

– Il y a ça aussi, reconnaît Roman.

– Pourquoi ne pas demander à Travis ou Lance de t'emmener ? dis-je avec un clin d'œil. Ils ont tous les deux le permis, non ? Tu n'as qu'à leur dire de te déposer au pont car tu pars pour un très long voyage.

Il me lance un regard mauvais.

– Très drôle, Aysel.

Du bout de sa basket, il trace une ligne dans la pelouse.

Bravo, FrozenRobot, grâce à toi je ne me sens pas du tout hyper mal.

– Désolée.

– Tu peux sortir samedi ?

– Sortir ?

Je crois que je ne suis jamais « sortie » avec personne de toute ma vie. Même quand j'étais amie avec Anna Stevens, nos sorties avaient toujours un but : ramasser et classifier des feuilles mortes, construire une maquette d'avion, regarder un reportage sur les scarabées d'Afrique.

– Oui, bon, t'as compris : « sortir » dans le sens « se voir pour planifier tout ça », explique brièvement Roman.

L'espace d'un instant, je fais comme si ce n'était pas notre suicide conjoint qu'on planifiait mais autre chose, un braquage de banque par exemple, une farce ou même un truc tout bête comme un exposé de littérature, quelque chose comme ça. Je m'imagine qu'on est deux adolescents ordinaires, que je vais réellement venir dîner chez lui, que sa mère cuisinera un repas turc en mon honneur et qu'on passera la soirée à écouter de la musique et à rigoler devant des vidéos débiles sur Internet.

Je sens ma cage thoracique s'élargir tandis que j'inspire un grand coup. Non, nous ne sommes pas des ados ordinaires. Et oui, la limace noire est toujours là à dévorer la moindre pensée positive que je m'accorde.

– Samedi soir, ça me va. Je vais le noter dans mon agenda : « Samedi : soirée organisation de suicide ».

Cette fois, pas de sourire en demi-teinte. L'air satisfait, Roman sort son portable de sa poche.

– On devrait échanger nos numéros.

Il y a quelque chose de poétique dans le fait que le premier garçon qui me demande mon téléphone soit celui avec lequel je vais mourir. Je parie qu'en entendant ça, John Berryman[1] s'en serait donné à cœur joie. Quoique, peut-être pas en fait ; il aurait très probablement trouvé ça ennuyeux.

Je lui donne mon numéro puis l'ajoute dans mon répertoire en l'enregistrant sous « FrozenRobot ». Il jette un coup d'œil à mon écran.

– Quoi ?

– Pourquoi tu mets ce nom ?

– C'est plus facile de te considérer par ton pseudo.

---

1. Poète américain, né dans l'Oklahoma. Figure majeure de la poésie américaine de la seconde moitié du XXe siècle. Il s'est donné la mort en 1972.

Une fois de plus, il me dévisage d'un air dépité.

– Arrête d'essayer de rendre les choses faciles. Rien de tout ça ne sera facile.

Je sais, FrozenRobot. Je sais.

VENDREDI 15 MARS
J - 23

M. Scott tape du pied sur le sol en linoléum comme s'il auditionnait pour un rôle dans *En attendant Godot.* Lorsque la sonnerie retentit, il se lance dans un speech :

– Aujourd'hui est un de mes jours préférés de l'année !

Je jette un œil à la date. La journée mondiale des matheux, c'était hier. À part ça, je me demande bien ce qui pourrait le mettre plus en transe.

Il parcourt la classe d'un air désapprobateur. Tous avachis sur nos tables, la plupart d'entre nous essaient de faire croire qu'ils ne passent pas chaque seconde à zieuter la pendule.

Le prof soupire.

– Personne ne veut savoir pourquoi je suis si excité ?

– Si, moi monsieur, fayotte Stacy, rejetant en arrière sa belle crinière auburn et lui lançant son sourire lèche-cul de service.

– Personne d'autre ? insiste-t-il.

Des grognements se font entendre dans la salle.

– Ravi que les esprits de l'avenir débordent d'enthousiasme.

Sa tentative de sarcasme tombe à plat. La bouche entrouverte, on continue de le fixer d'un œil terne et hagard. Je parie que si on filmait les salles de classe de Langston et qu'on comparait ensuite la séquence avec des prises de vue sur les animaux marins respirant par la bouche, les similitudes seraient frappantes.

– Qu'est-ce qui se passe, monsieur Scott ? tente de l'enjôler Stacy.

Il n'y a pas grand-chose que j'admire chez cette fille, mais je dois avouer qu'il faut avoir du cran pour s'adresser à un prof de physique comme si c'était un chiot. M. Scott, lui, ça n'a pas l'air de le déranger.

– Aujourd'hui je lance mon célèbre projet de photographie optique.

Nouveaux grognements dans la salle. Ces exposés, c'est ce qu'il y a de pire.

– Chacun d'entre vous se verra attribuer un partenaire.

Grognements, là encore.

Oubliez de ce que je viens de dire : le pire du pire, ce sont les exposés *de groupe*.

– Oh, allez ! tente de nous encourager le prof. Mes élèves sont toujours ravis de ce projet.

– Qu'est-ce qu'on doit photographier ? s'enquiert Stacy en faisant tournoyer son crayon entre ses doigts.

– Patience, Stacy. Je vais tout vous expliquer, rétorque-t-il, et pour la première fois depuis que je le connais, je perçois une pointe d'agacement dans sa voix.

Je me demande si M. Scott rêvait de devenir professeur de physique quand il avait notre âge. Ça m'étonnerait. Je parie qu'il pensait décrocher un poste très convoité à la NASA ou quelque chose de ce genre. Le pauvre. Je connais peu de sorts pires que de se retrouver enseignant à Langston, au fin fond du Kentucky.

M. Scott poursuit :

– Vous allez prendre cinq photos d'objets ou phénomènes de la réalité qui représentent les principes théoriques de la conservation de l'énergie. Il faut que ces photos soient en lien avec un thème de votre choix.

– Un thème ? l'interrompt Tyler Bowen.

– Oui, un thème, acquiesce M. Scott. Par le passé, j'ai eu des élèves qui avaient choisi le basket-ball. Toutes leurs photos avaient été prises pendant un match du lycée. Parmi les autres thèmes précédents, il y a eu les parcs d'attraction, les chiens…

– Et le shopping, ça irait ? propose Tanya Lee.

M. Scott grimace avant de vite reprendre un air neutre.

– En théorie, oui. Vous pourriez prendre vos photos au centre commercial, par exemple.

Tyler Bowen lève la main. Alors ça, c'est nouveau ; il a plutôt la manie de simplement lâcher ce qui lui passe par la tête.

– Oui ? répond le prof en le désignant du doigt.

– On doit prendre les photos nous-mêmes ou on peut les imprimer depuis Internet ?

Nouvelle grimace.

– Bonne question. Non : vous devez les prendre vous-mêmes. Une grande partie de votre note reposera sur…

– C'est injuste ! gémit Stacy. On n'est pas dans un cours de photos.

– Vous ne serez pas évalués sur la qualité des photos en

soi, s'empresse de la rassurer M. Scott. Mais j'attends de vous que…

Il s'interrompt en pleine phrase.

– Bon. Au lieu de disserter encore des heures, autant vous distribuer tout de suite la fiche d'exercices. Vous comprendrez mieux le sens du projet.

– Il aurait dû commencer par là, marmonne Stacy, suffisamment fort pour que ça n'échappe quasiment à personne.

Rectification : à personne *du tout*.

Le visage tout rouge, M. Scott attrape maladroitement sa pile de fiches.

– Quelqu'un veut bien m'aider à les faire passer ?

Pas de volontaire.

– Aysel ? suggère-t-il d'un ton implorant.

– Euh… d'accord.

Je préférerais avaler des agrafes que d'avoir une quelconque interaction avec mes camarades, mais je me lève quand même et distribue les fiches en évitant les regards. Personne n'a l'air d'avoir très envie de communiquer avec moi non plus. Chaque fois que j'approche d'une table, je les sens se raidir et retenir leur souffle, impatients que je m'en aille. Je suis partagée entre l'envie de leur crier qu'ils n'ont pas à avoir peur de moi et celle de m'écraser, car au fond, ils ont peut-être raison d'avoir peur.

Une fois que j'ai repris ma place, M. Scott poursuit ses explications en précisant que nous devrons coller nos photos sur du papier parchemin blanc puis les rassembler dans une pochette. Au bas de chaque photo devra figurer une légende. On sera censés décrire ce qu'elle représente puis expliquer son rapport avec les principes de la conservation de l'énergie. Nos notes seront basées sur la clarté des clichés, leur description et notre explication des principes physiques concernés. On gagnera aussi des points en fonction de la qualité du montage et de la créativité du thème choisi. Si on n'a pas accès à un appareil photo numérique, la bibliothèque du lycée nous en prêtera un. M. Scott ne nous laisse pas beaucoup d'échappatoire.

– Bien, maintenant il ne vous reste plus qu'à vous trouver un binôme, conclut-il en joignant les mains. À mon avis, la méthode la plus équitable est de tirer des noms au hasard dans un chapeau.

Comme il fallait s'y attendre, toute la classe éclate en protestations.

– C'est pas équitable du tout ! s'insurge Stacy.

– Oui, on devrait avoir le droit de choisir son équipier, acquiesce Tanya. Après tout, nos notes en dépendent !

M. Scott se gratte la nuque en clignant des yeux.

– Chaque fois que j'ai laissé les élèves choisir leur coéquipier, les thèmes choisis manquaient d'originalité et leurs photos manquaient d'inspiration. À l'inverse, quand les binômes ont été formés au hasard, j'ai eu des travaux beaucoup plus créatifs. Selon moi, ça tient au fait de vous pousser hors de votre zone de confort.

La classe continue de débattre avec lui alors que chacun écrit son nom sur un petit bout de papier et le lui donne. Il attrape la casquette des Reds de Cincinnati sur son bureau et mélange tous les noms dedans. À mesure qu'ils annoncent les binômes, les ronchonnements et les soupirs se font plus bruyants. Serrant les dents, je me mords les doigts de ne pas avoir été assez maligne pour ne pas donner mon nom. Auquel cas, j'aurais peut-être pu travailler seule. Encore mieux, je ne serais pas obligée d'écouter mon futur coéquipier piquer la crise du siècle en apprenant qu'il est coincé avec moi.

– Aysel Seran, annonce M. Scott en tirant mon nom de la pioche.

Toute la classe se tait. Personne n'a envie de se coltiner la barge.

– Ton binôme sera Tyler Bowen ! s'enthousiasme le prof en se comportant comme s'il n'était pas du tout conscient que je suis la lépreuse du groupe.

– Oh ! mon pauvre. Je te plains, Ty ! commente Stacy en lui tapotant l'épaule.

Le visage de Tyler s'assombrit comme si on venait d'assassiner sa mère. Enfin, vu les antécédents dans ma famille, je présume que je ne devrais pas parler de meurtre à la légère. J'ai presque de la peine pour lui. J'ai bien conscience que cette aventure va porter un coup à sa réputation. Mais au final, peu importe : le dossier doit être rendu le 10 avril.

Je serai morte avant.

SAMEDI 16 MARS
J - 22

Les dix dernières minutes de mon service chez TMC sont toujours interminables. J'hésite à appeler le prochain nom sur mon registre, mais ça signifierait que je cherche à être une employée consciencieuse, ce qui est faux. Alors je traîne plutôt sur le site Smooth Passages.

Je parcours les dernières annonces de la rubrique « Partenaires de suicide ». Bizarre, certaines personnes publient plusieurs fois la même. Je me demande si c'est parce qu'ils n'ont pas aimé les réponses qu'elles ont reçues. Et si, en dehors de moi, quelqu'un d'autre a répondu à Roman…

Est-ce qu'il m'a choisie parmi d'autres ? Cette question me serre le ventre d'une façon dont je n'ai pas l'habitude, surtout parce qu'il ne m'est jamais arrivé qu'on me choisisse alors qu'une autre solution s'offrait. Néanmoins, si je suis tout à fait honnête avec moi-même, Roman n'a sans doute pas eu d'autre choix. Willis est un trou paumé. Langston n'est qu'à quinze minutes à l'ouest de ce trou.

– Je t'ai déjà dit d'arrêter de surfer sur des sites de rencontre au travail, ronchonne Laura.

– Qu'est-ce que ça peut te faire ? dis-je en réduisant vite la fenêtre avant qu'elle ait le temps de voir de quoi il s'agit vraiment.

Elle grommelle en grattant son vernis à ongles rose écaillé.

– Rien, ça m'est égal. Mais à mon avis, méfie-toi, il n'y a que des tordus sur ce genre de sites.

Si elle savait à quel point elle a raison.

– Merci du conseil.

Je m'efforce de garder mon sérieux, mais en vain. Laura secoue la tête, l'air affligée.

– Je t'aurai prévenue. Ne viens pas te plaindre si ton ordinateur se retrouve avec un virus, ajoute-t-elle en pointant mon écran du doigt.

– Ne t'inquiète pas. Je préciserai bien à monsieur Palmer que le site des tordus, c'était moi.

Je lui lance un clin d'œil en me retenant de rigoler, puis je décroche mon téléphone et compose le numéro suivant sur ma liste : Monsieur le comte Gorges, domicilié à Rowan Hill Drive.

– Allô ? répond une voix grave à l'autre bout du fil.

– Pourrais-je parler au comte Gorges, s'il vous plaît ?

– Lui-même à l'appareil.

– Bonjour, Monsieur Gorges, je m'appelle Aysel Seran et je vous appelle de la part Tucker Marketing Concepts pour les Aliments Ligne & Énergie. J'aimerais vous poser quelques questions, si vous le permettez ?

– Allez au diable ! lâche-t-il en me raccrochant au nez.

Je me tourne vers Laura.

– Ce type vient de me dire d'aller au diable.

Cette fois, c'est elle qui rigole.

***

En partant chercher Roman, je décide de prendre le chemin le plus long. Mes mains se mettent à trembler dès que je bifurque dans Tanner Lane. Depuis toute cette histoire avec mon père, j'ai évité cette rue autant que je pouvais. Tanner Lane se situe à la périphérie de la ville et on y trouve le centre de loisirs et quelques commerces minables. En remontant l'artère, je m'autorise un coup d'œil sur la gauche.

Et soudain, je l'aperçois. L'ancienne épicerie de mon père. Le triste bâtiment en béton qui l'abrite n'a pas du tout changé depuis qu'il est l'abandon. La mairie n'arrête pas de dire qu'il va être démoli. Apparemment, un promoteur a racheté le terrain, et il envisage d'y bâtir une de ces stations-service haut de gamme où on peut faire le plein tout en se faisant plaisir avec une glace ou une pizza fraîchement préparée. Tout ce qu'on pouvait s'offrir dans l'ancienne épicerie de mon père, c'était une confiserie, une tasse de café et le journal.

Je devrais me réjouir qu'on la démolisse, être impatiente de voir ce souvenir tomber en ruine. Si le lieu du crime disparaît, peut-être que les gens commenceront à oublier. Mais je sais que je rêve. Et quand bien même ils oublieraient peu à peu, je n'ai pas envie de voir ce bâtiment disparaître. Il représente toute mon enfance.

Je contemple la façade en me remémorant les moments où j'étais assise derrière le comptoir avec mon père. On se partageait un Snickers en écoutant du Bach. Il me racontait comment, quand il était plus jeune, il rêvait d'apprendre à jouer du piano. Il disait même que quand il aurait gagné assez d'argent avec son commerce, il me paierait des leçons et m'inscrirait à un stage d'été de musique. On peut dire que les choses ne se sont pas tout à fait passées comme prévu.

Le parking est désert. Je me gare devant le bâtiment et coupe le moteur. Je sors et m'approche de la devanture en passant la main sur sa façade en béton si familière, puis je fais quelques pas sur le trottoir en cherchant l'endroit où j'avais enfoncé les mains dans le ciment frais quand j'avais dix ans.

Sur le coup, quand mon père a découvert ce que j'avais fait, il a eu un regard furieux, la veine de son front toute gonflée, mais ensuite, il a observé la minuscule empreinte de ma main, il m'a regardée et, finalement, il a éclaté de rire. Il m'a ramassée en vitesse pour me hisser sur ses épaules en disant : « Tu as bien fait, Zellie. Comme ça tout le monde saura que cet endroit est à toi. »

Je ferme les yeux et pose les mains à plat sur la vieille empreinte. Elles sont maintenant bien trop grandes pour tenir dedans, mais j'ai quand même le sentiment d'être plus à ma place ici que nulle part ailleurs. Renversant la tête en arrière, je rouvre lentement les yeux. Le ciel est couvert et figé, comme s'il retenait son souffle. Je retiens le mien aussi et attends que la boule dans ma gorge s'estompe. Mais en vain.

– Tu me manques, Papa, dis-je tout bas en regardant encore mon empreinte sur le bord du trottoir. Je sais que je ne devrais pas, mais c'est vrai, tu me manques.

Mon portable émet un bip et affiche un nouveau message de Roman. Je lui réponds que j'arrive et reprends rapidement le volant. Une fois devant chez lui, je le préviens par texto. Aucune envie de croiser sa mère. Mais lorsque la porte d'entrée s'ouvre, c'est Mme Franklin qui apparaît sur le perron. Elle marche vers ma voiture d'un bon pas.

J'inspire à fond et baisse ma vitre.

– Je suis bien contente de te voir, Aysel, me salue-t-elle d'une voix tendue.

On ne dirait pas, à l'entendre. Ne sachant pas trop ce que je suis censée répondre à ça, je me contente d'acquiescer de la tête.

– Roman ne s'est pas levé de la journée hier, et il a refusé d'aller en cours. Mais il vient de m'annoncer qu'il avait prévu de sortir avec toi. C'est vrai, cette histoire ?

Les yeux plissés, elle m'observe d'un air d'évaluer mes atouts charme. La pauvre. Elle est loin de se douter que ce n'est pas moi qui intéresse son fils.

Je hoche encore la tête.

– Oui, on va faire un tour.

J'essaie de garder un ton détaché, de peur que le moindre trémolo dans ma voix ne trahisse nos véritables intentions, la vraie raison de notre sortie.

– Où ça ? questionne-t-elle en plantant les mains sur les hanches.

Je m'enfonce au fond de mon siège, prise de court par cet interrogatoire.

Mais alors que je me creuse la tête pour trouver une réponse, Roman arrive derrière elle.

– On va faire un tour à l'ancienne aire de jeux.

Elle nous observe tour à tour, une lueur d'inquiétude dans le regard, la bouche pincée. Puis, lentement, un sourire se dessine sur ses lèvres.

– Vous allez jouer au basket ?

J'interroge discrètement Roman du regard. Il se tient le dos voûté, comme si sa propre taille l'incommodait. Mais il aura beau faire tous les efforts qu'il veut, il fait partie de ces gens qui ne passeront jamais inaperçus.

– Oui, je vais apprendre à Aysel à tirer des paniers, invente-t-il en me désignant d'un geste lent, mou, maladroit.

Je ne sais pas s'il a l'habitude de parler avec les mains, mais en tout cas aujourd'hui il est rouillé.

– Vous avez devant vous la prochaine star mondiale du basket-ball.

Je me force à faire un grand sourire à Mme Franklin, imaginant d'emblée à quel point il doit paraître faux.

– Votre fils m'a soutenu qu'il pouvait apprendre à un chat à tirer, alors j'ai décidé de le mettre au défi avec un élève encore plus difficile : moi.

Sa mère rit doucement mais je la sens encore un peu hésitante.

– Bon, très bien… Amusez-vous bien alors. Mais Roman…

Elle pose une main sur son épaule et le vernis rose de ses ongles ressort dans la lueur de mes phares de voiture.

– Tu veux bien me passer un coup de fil si jamais tu rentres tard ?

– Oui bien sûr, Maman.

Il la serre mollement dans ses bras et je détourne les yeux tandis que sa mère passe la main dans ses cheveux ras.

Elle nous fait un signe de la main en repartant à reculons vers la maison. Roman se glisse sur le siège passager et on reste assis là quelques instants sans rien dire.

– Contente de te voir aussi, dis-je.

– Je t'ai dit d'arrêter avec les vannes pourries.

– C'en était pas une.

Je redémarre.

– Alors, on va vraiment *faire un tour* à cette aire de jeux ?

Je fais exprès de répéter la tournure qu'il a employée avec sa mère. Ça fait moins morbide que de dire : « Alors, où veux-tu aller pour l'organisation de notre suicide commun ? »

– Oui, pourquoi pas, c'est bien, l'ancienne aire de jeux.

Il regarde fixement par la vitre, l'air encore plus distant que le jour de notre rencontre.

Je remonte sa rue puis tourne à gauche dans l'artère principale.

– T'oublies que je ne suis pas de Willis : je ne sais pas où elle est, ton ancienne aire de jeux.

Roman est peut-être du genre à transformer ses mensonges en vérités dans sa tête. Puisqu'il a dit à ses copains qu'on s'était rencontrés à l'ancienne aire de jeux, d'une certaine manière, le hasard en a fait une réalité.

– Continue et ensuite tourne à droite dans Possum Run[2].

Il n'y a qu'à Willis qu'il existe des noms de rue pareils.

– Possum Run, tout un programme.

Il me décoche un regard incendiaire.

– C'est bon, j'arrête les blagues.

– Tu me fais flipper.

– Pourquoi ?

– Avec tes blagues. Tu as l'air de prendre notre projet au sérieux et pourtant, dès que tu te mets à en parler, on dirait que ça te fait marrer.

2. L'opossum est un petit marsupial connu pour sa capacité à « faire le mort » lorsqu'il est en danger, mais aussi pour surgir sur la chaussée et finir bien souvent écrasé par les automobilistes.

Je pars d'un grand rire. Ce rire typique qui me prend chaque fois que je m'adresse à Laura. Un rire haut perché et étranglé.

– Qu'est-ce que je disais !

– Désolée. Je ris toujours quand je suis nerveuse.

– Pourquoi t'es nerveuse ?

Comme indiqué, je tourne à droite dans Possum Run.

– Parce que tu mets en doute ma motivation. Un jour, j'ai lu qu'un des effets secondaires de la dépression était un désir irrépressible de faire des blagues pourries.

Il se renfrogne.

– Je t'assure !

– Ça m'étonnerait que ce soit vrai.

– Tu n'as qu'à vérifier.

– J'y compte bien.

Il croise les bras sur son torse et regarde par la vitre.

– Alors, tu comptes me le dire un jour ?

– Te dire quoi ?

Ma voiture bringuebale en passant sur un nid-de-poule.

– La raison qui te pousse à te suicider.

Le long de la rue, sur notre gauche, j'aperçois la fameuse « ancienne aire de jeux » qui consiste visiblement en une balançoire rouillée, un terrain de basket abîmé assorti d'un panier avec un filet en chaîne et de trois tables de pique-nique pourries. Il semble qu'il y ait aussi eu un bac à sable à un moment donné, mais le gravier a pris le pas sur le sable. La pelouse brunâtre est jonchée de canettes de soda et de sachets de chips. À certains égards, cet endroit délabré ressemble davantage à un cimetière, comme s'il était là pour témoigner des souvenirs perdus du bon vieux temps. C'est peut-être pour ça que FrozenRobot aime tant y venir.

Une fois la voiture garée, je me tourne vers lui. Ses genoux repliés cognent contre le tableau de bord, mais ça n'a pas l'air de le déranger. Ses yeux bronze grands ouverts, il observe les lieux.

– Toi non plus tu ne m'as pas dit pourquoi tu voulais en finir. J'ignorais qu'on avait prévu de tout se raconter.

Ma poitrine se serre, comme pour me déconseiller de révéler une information que je pourrais regretter plus tard.

Il ouvre sa portière et descend. Je reste assise encore quelques secondes et ferme les yeux. Bien que ce soit contradictoire avec le concept même d'avoir un partenaire de suicide, une immense part de moi se refuse à lui expliquer mes motivations. Je n'ai pas envie que FrozenRobot se mette à me regarder de travers comme les autres au lycée. Ça me plaît d'avoir quelqu'un qui se sente lié à moi. Je ne tiens pas à gâcher ça.

Et surtout, étant donné ses relations avec Brian Jackson, je ne pense pas qu'il prendrait le crime de mon père à la légère. Aujourd'hui, ils ne sont peut-être plus très proches, mais tout ça me met mal à l'aise vu que mon père est responsable du drame qui a frappé la famille de Brian, raison même pour laquelle son frère n'a pas été sélectionné pour les Jeux... Il n'est pas question que je me confie à Roman sur ce point. Je ne vais pas courir le risque qu'il me plante.

Tout ce qu'il a besoin de savoir, c'est que je suis prête à mourir. Ça devrait lui suffire.

Il tape un petit coup sur ma vitre. Je sors de la voiture.

– Désolé, s'excuse-t-il. Parfois je suis un peu con, surtout depuis que...

Il laisse sa phrase inachevée et met une main en visière au-dessus de ses yeux pour contempler le ciel. Le soleil est presque couché, donc je me demande bien pourquoi il s'inquiète de protéger ses yeux. C'est peut-être juste un réflexe. C'est fou tous ces gestes qu'on peut faire par réflexe.

– Depuis que… ? dis-je pour le relancer.

Il s'éloigne vers une des tables de pique-nique et s'assied dessus. Je le rejoins et prends place à côté de lui en humant le parfum du bois humide. Le ciel est d'un bleu indigo brumeux. En mars, les couchers de soleil sont toujours comme ça dans le Kentucky.

– Depuis qu'elle est morte.

– Qui ça ?

J'ai posé la question sans me démonter. C'est sans doute malpoli mais, à mon sens, aucune des normes sociales habituelles ne s'applique à la relation particulière qu'on a établie.

– Ma sœur. Ma petite sœur. Elle n'avait que neuf ans.

Rongeant les petites peaux autour de mon ongle de pouce, je fixe son visage de profil. Les genoux calés sous le menton, Roman s'est recroquevillé sur lui-même.

– C'est jeune.

– Oui, beaucoup trop, soupire-t-il.

– Mais dix-sept ans aussi, tu sais.

– Ne me dis pas que maintenant tu essaies de me dissuader ?

– Pas du tout. C'était juste un constat. Pour moi, ce n'est pas parce qu'elle est morte que tu dois mourir aussi. C'est un peu…

– C'est ma faute si elle est morte, lâche-t-il dans un grondement sourd qui me vaut de reculer un peu.

– C'est-à-dire ?

Il inspire à fond, les épaules tremblantes.

– Eh bien… je la gardais un soir. Mais je m'occupais pas vraiment d'elle, tu vois ?

Non, je ne vois pas mais, bien entendu, je ne lui dis pas. Je hoche doucement la tête pour l'inciter à poursuivre.

– Ma copine était venue à la maison et Madison – c'était le prénom de ma petite sœur…

Sa voix est tendue et j'ai la trouille qu'il se mette à pleurer. Je ne sais jamais comment réagir quand les gens pleurent. Je n'ai pas versé une larme depuis mes dix ans. À mon avis, c'est parce que la grosse limace siphonne toutes mes réserves lacrymales.

Roman reprend :

– Madison voulait prendre un bain et je lui ai dit d'accord. Le problème, c'est que Madison avait parfois des crises. Du genre très violentes. Donc elle n'était pas trop censée prendre de bain toute seule.

Je grommelle un « han han » inspiré des techniques de psy.

– Mais avec Kelly, je voulais… tu vois, quoi.

– Attends : Kelly, c'est la fille qui nous a servi au bar ?

Il me fait non de la tête.

– Non, ça c'était Suzie.

– Mais Travis a sous-entendu que vous étiez sortis ensemble.

– Oui, mais c'était il y a une éternité.

– Tu as eu plusieurs petites amies ?

Je m'efforce de ne pas le fixer d'un air ahuri.

– Non mais t'es sérieuse, là ? s'emporte-t-il en jetant les mains en l'air. Je te raconte ce qui m'est arrivé et c'est *ça*, ta question ?

Haussant les épaules, je recommence à passer mes nerfs sur mon ongle de pouce en donnant un petit coup dans le pied de la table de pique-nique qui se met à vibrer. L'espace d'une seconde, on dirait qu'elle va s'écrouler.

– Continue, je t'écoute.

– Tu ne t'excuses même pas ?

– C'est un peu trop tard, non ? Surtout si c'est parce que tu me le demandes.

Les sourcils froncés, Roman semble se demander si, effectivement, des excuses auraient encore un sens à ce stade. Mais au fond, je m'en veux un petit peu, alors je cède :

– Bon, tu as raison : excuse-moi.

Aussitôt dit, aussitôt classé : mon remords a disparu. *Bien joué, la limace.*

– C'est pas grave, soupire-t-il en reprenant sa position. Donc bref, j'ai dit à Maddie qu'elle pouvait prendre un bain parce que je suis un abruti et que tout ce que j'avais en tête, c'était que si elle prenait un bain, ça nous laisserait un créneau de quinze bonnes minutes avec Kelly. Alors on est partis dans ma chambre et j'ai mis la musique à fond pour que Maddie n'entende rien, tu vois ?

Non, sincèrement, je ne vois toujours pas. FrozenRobot a l'air de croire que j'ai déjà une longue vie sexuelle derrière moi, ce qui me surprend un peu.

– Donc Kelly et moi…

Les bras repliés devant lui, il me lance un regard gêné en faisant des petits moulinets avec les mains, geste qui me permet de deviner l'idée générale.

– Et quand je suis ressortie de la chambre pour aller voir Maddie…

Sa voix se brise et je l'entends ravaler un sanglot.

– C'est là que j'ai trouvé ma sœur morte dans la baignoire. Elle a eu une crise et s'est noyée. Si elle m'a appelé à l'aide, je n'ai rien entendu parce que j'étais trop occupé à faire le con avec ma copine.

Son récit me fait l'effet d'un violent coup de pelle dans le ventre. Le souffle coupé, je tente comprendre ce qu'il vient de me confier. J'ai conscience que je devrais compatir, dire un truc gentil et réconfortant. Mais la grosse limace qui me ronge de l'intérieur a étouffé toute forme de compassion à laquelle je pourrais penser. Alors au lieu de ça, je lâche étourdiment :

– Mais quel est le rapport avec la conduite ? Quant tu as parlé de ça l'autre jour, j'ai cru que tu avais été impliqué dans un horrible accident ou quelque chose comme ça.

Il redresse brusquement la tête, les yeux rougis, et se lève d'un bond.

– Tu sais quoi ? Laisse tomber. Je pensais pouvoir aller au bout avec toi malgré ton côté tordu et paumé, mais j'ai changé d'avis.

– Arrête, Roman.

Je me mets debout sur le banc.

– C'est injuste. Je comprends pas ce que tu attends de moi ?

Fuyant mon regard, il passe la main dans ses cheveux ras en fixant le sol boueux.

– Ce que j'attends, c'est que tu ne te foutes pas de moi !

– Hein ? Mais en quoi je me fous de toi ? Tu m'as bien traitée de paumée, toi.

– Et tu l'es pas peut-être ?

– Si, c'est vrai.

Il tape lentement dans ses mains.

– Merci, Mesdames et Messieurs ! Voilà au moins un point sur lequel on est d'accord.

Je saute par terre et me plante près de lui en résistant à l'envie de lui caresser gentiment le bras.

– Allez, on peut encore le faire. Je n'ai pas su quoi dire, c'est tout. Je ne suis pas psy.

– Ça c'est clair, raille-t-il, affligé.

Lentement, un sourire en coin s'ébauche sur ses lèvres.

– Tu voulais que je sois désolée pour toi, c'est ça ?

Je m'éloigne vers une des balançoires, agrippe ses chaînes de suspension et m'assieds sur son siège en métal tout écaillé. Allongeant et repliant les jambes en cadence, je tente de m'élever le plus haut possible. Si je me donne à fond, je finirai peut-être par m'envoler et mon énergie cinétique me propulsera hors de cet univers. Il y a peu de chances pour que ça arrive, mais on a le droit de rêver.

Roman reste silencieux. Alors, au bout d'un moment, je reprends :

– Je ne suis désolée pour personne.

– Pourquoi ? Parce que personne ne peut avoir une existence pire que la tienne ?

Il s'assied sur la balançoire voisine. Elle oscille sous son poids sans même qu'il remue les jambes.

– Non, c'est pas ça. Simplement… tous tes proches sont déjà désolés pour toi. Alors à mon avis, tu n'as pas besoin qu'on en rajoute.

Ma balançoire grince de plus en plus à mesure que je prends de la hauteur.

– Attention, prévient-il.

– À quoi ?

Je n'ai aucune envie d'être prudente mais plutôt de pousser un dernier coup avant de lâcher prise, voltiger et m'écraser par terre.

– Je t'interdis de mourir sans moi, ajoute-t-il tout bas.

SAMEDI 16 MARS
J - 22

Plus tard

Roman me propose de rouler jusqu'à Crestville Pointe, un parc qui s'étend sur les immenses collines en amont de la rivière Ohio. Sa lisière est bordée d'escarpements rocheux et Roman s'est mis en tête que c'était l'endroit parfait pour se suicider.

Je n'en suis pas aussi convaincue.

– Imagine qu'on ne meure pas sur le coup ? Qui te dit qu'on ne va pas rester au moins une heure dans l'eau à gémir de douleurs atroces ? En fait, on va peut-être mettre du temps à mourir. Mais moi je veux pas agoniser pendant des heures. J'ai pas signé pour ça.

— T'es vraiment tordue, tu sais ça ? fait-il remarquer tandis qu'on remonte à pied un sentier.

On essaie de trouver le moyen le plus simple d'accéder aux falaises mais les gardes forestiers s'appliquent à nous compliquer la tâche. Ils ne veulent surtout pas que des jeunes s'amusent à sauter dans l'eau depuis les falaises car ils risqueraient probablement de se tuer. Croisons les doigts pour que ce risque soit plus que probable.

— Ça fait plus de onze mois que j'y pense. Je suis tordue, soit, mais je suis aussi plus lucide que toi.

– Arrête avec tes onze mois, je suis aussi motivé que toi ! rétorque Roman d'un ton glacial. Et puis, tu sais pas ce que c'est que de vivre avec ma culpabilité.

Il grimpe à l'assaut de la colline d'un bon pas, sans s'arrêter. Limite s'il ne court pas. J'ai un mal fou à suivre le rythme.

– C'est vrai, je suis pas à ta place. Mais tu ne sais *rien* de moi non plus, dis-je d'un ton revêche.

Hors d'haleine, je me penche en avant en me tenant les côtes. Je devrais sérieusement prendre l'air plus souvent. L'herbe fraîche me chatouille les chevilles en effleurant ma peau dénudée à l'endroit où l'ourlet de mon jean devrait se rabattre sur mes baskets. Mon pantalon est devenu un peu court pour moi mais plutôt gober des tessons de verre qu'aller faire les boutiques avec ma mère et Georgia. Je vais bien tenir quelques semaines de plus sans nouveau jean.

– Je ne sais rien de toi car tu ne veux rien me dire.

Il n'a pas du tout l'air essoufflé, le salaud.

J'esquisse un geste vers une clairière herbue.

– Je parie qu'en coupant par là, on peut se rapprocher de la rivière.

Il me suit entre les herbes hautes. On a du mal à s'orienter car la nuit est maintenant tombée et je me demande si par une cruelle ironie du sort, on ne va pas basculer dans le vide sans même s'en rendre compte. Comme un ultime pied de nez de l'univers, du genre : vous pouvez toujours essayer, vous ne pourrez jamais planifier votre mort .

Peu à peu, la clairière laisse à nouveau place à la forêt. De gros troncs d'arbres bruns nous encerclent et nos chaussures craquent sur des feuilles et des brindilles. Je manque de trébucher sur une racine bosselée, mais Roman me retient. Le problème avec la rivière Ohio, c'est qu'elle est assez silencieuse. Aucun murmure ni bruit d'écume. Mais je devine quand même qu'elle n'est pas loin car on sent d'ici l'odeur de moisi, pour ne pas dire le goût, de ses eaux froides et humides.

Après le tapis boueux de la forêt, le sol devient caillouteux. Ça y est, on est à la lisière du parc. On contemple la rivière en contrebas, le seul bruit que l'on entende alentour, ce sont les gazouillis de quelques oiseaux.

– Pourquoi tu ne veux rien me dire, je comprends pas ? relance finalement Roman.

– Et toi, pourquoi es-tu aussi curieux ? Ça t'importe, au moins, de savoir pourquoi je veux en finir ?

– Oui, un peu.

– Pourquoi ?

– Parce que si c'est une raison débile, j'essaierai de t'en dissuader.

J'éclate de rire.

– Tu parles !

– Si, je t'assure.

– Non, tu feras rien du tout car je te rappelle que sinon, tu n'auras plus de chauffeur. Et vu que tu n'as pas d'autre moyen d'échapper à ta maman chérie... D'ailleurs ça, tu ne me l'as toujours pas expliqué.

Bien que le soleil soit couché, il refait ce geste de se protéger les yeux d'une main pour contempler le ciel. On se tient assez près l'un de l'autre pour que je distingue les trous dans le col de son t-shirt noir. Les contours anguleux de sa clavicule ressortent nettement sous sa peau ; il est plus maigre que je ne le croyais.

Surprenant mon regard, il s'écarte et met un peu de distance entre nous.

– Après la mort de Maddie, on m'a envoyé consulter un psy. J'en ai vu des tas. Les médecins ont suggéré à mes parents de me retirer mon permis de conduire car ils étaient inquiets de ma capacité à rester ancré dans l'instant présent. Ils leur ont conseillé de ne jamais me laisser seul sans surveillance. Apparemment, la solitude totale aurait tendance à déprimer davantage mais, pour ma part, que je sois seul ou non ne change rien à ce que j'éprouve par rapport à la mort de Maddie.

Les psys, parlons-en. Juste après le départ de mon père, le lycée m'a obligée à en voir une trois fois par semaine. Mais nos séances n'étaient pas très productives. Je me contentais de rester assise à fredonner un air de musique classique en scrutant son assortiment exagéré de plantes vertes. Elle a fini par jeter l'éponge.

– Pourquoi tu fais cette tête ? Pour rien. Moi aussi, on m'a obligée à en voir un à une époque, alors je trouvais ça drôle que ça n'ait pas marché pour toi non plus.

– Drôle ?

– Non, pas drôle. Ironique, plutôt.

– Je suis pas sûr qu'ironique soit vraiment le mot mais tu as l'air plus intelligente que moi alors je te fais confiance.

– Vraiment ?

Il ne relève pas et s'assied au bord de la falaise en s'étendant de tout son long sur le dos, les mains croisés sous la tête, coudes écartés. Je me pose à côté de lui sans m'allonger, et replie les genoux sous le menton.

– Tu veux mourir noyé parce que c'est comme ça que ta sœur est morte ?

Il ferme les yeux en acquiesçant doucement.

– Ce ne serait que justice.

– On peut le faire ici, si tu veux. Ça m'angoisse juste un petit peu.

Je déplie les genoux et tend le bras pour tâter le sol. Son contact sous ma paume est rugueux.

– À mon avis, c'est normal d'être angoissé.

Je pousse un gros soupir.

– C'est pas l'acte en soi qui me fait peur.

– Ah bon ? T'es si coriace que la perspective de sauter de cette falaise ne te fiche pas du tout les jetons ?

Roman se redresse sur un coude pour me regarder dans les yeux.

– Ok, j'avoue, j'ai peut-être un peu peur aussi. Mais c'est surtout la suite qui me préoccupe.

Il se rallonge sur le dos.

– Tu parles de la vie après la mort ?

Je ramasse quelques graviers et les fais glisser entre mes doigts.

– Tu n'y penses jamais, toi ? Imagine qu'en fait, ça ne s'arrête pas là et qu'on se retrouve dans un monde encore pire que celui-ci ?

Il se redresse, cette fois pour s'asseoir, et s'empare d'une petite pierre qu'il lance dans le vide. Trop petite pour seulement faire un *floc* dans l'eau, on dirait qu'elle disparaît tout bonnement dans le néant.

– Où que ce soit, c'est forcément mieux ailleurs qu'ici.

– Mais tu crois qu'on meurt vraiment de façon définitive ?

Son visage se durcit, sa mâchoire se crispe et son regard s'éclaire d'une lueur incendiaire. Je me demande si FrozenRobot a changé depuis la mort de Maddie. Entre ses cheveux châtain, sa peau nette et sa mâchoire robuste, il dégage vraiment une beauté classique. Classique dans le sens évident, vous voyez. C'est le genre de garçon à qui on attribue un rôle dans les publicités pour la rentrée des classes. Peu importe où on le croise, rien qu'à ses traits on devine tout de suite qu'il est populaire dans son lycée. Oui, Roman fait partie de ces gens qu'on déteste.

Sauf que plus je le regarde, plus je commence à me rendre compte que comparé aux Tyler Bowen, Dan Roberston et autres Nate Connors de mon existence, il y a chez lui quelque chose de différent. Je retire ce que j'ai dit la première fois que je l'ai vu : FrozenRobot a bel et bien un côté froid, figé. Tous ses gestes et ses expressions sont un peu crispés, comme si on l'avait sculpté dans la pierre, enfermé dans une grotte de glace et ranimé depuis peu. Je ne sais pas comment l'expliquer mais plus je l'observe, plus je le vois empêtré dans son chagrin comme dans des chaînes dont il ne peut pas se défaire. J'essaie de l'imaginer moins triste ou moins raide mais c'est difficile de percevoir autre chose en lui qu'une profonde mélancolie. Il a tout l'air de quelqu'un qui était destiné à être populaire et brillant, c'est vrai, mais aussi qui était fait pour porter le deuil.

Et ça lui va bien.

– Comment tu peux en douter, franchement ?

Sa voix me ramène brusquement à la réalité.

– Évidemment que c'est définitif. Maddie est morte. Décédée. Partie.

Je hausse les épaules en frottant mes paumes contre les graviers. Leurs bords tranchants m'écorchent la peau.

– J'ai beaucoup réfléchi à l'énergie de l'univers. Et si on ne peut pas la créer ou la détruire mais uniquement la transférer, à ton avis que devient l'énergie des gens à leur mort ?

L'air fatigué, Roman se lève et s'éloigne davantage de moi pour se rapprocher du bord. Je le suis. En contemplant le fleuve à mes pieds, j'essaie d'imaginer ce que je ressentirai au moment de l'impact. L'Ohio s'écoule très lentement, au fil d'un courant paresseux sans agitation ni glouglou. Peut-être que l'eau m'étreindra violemment et que je serai vite asphyxiée ou que, à l'inverse, j'aurai l'impression d'être bercée, aspirée au fond puis tout deviendra noir et ce sera comme dans un rêve. Je ne sais pas.

– On peut mourir de façon définitive, c'est sûr, insiste-t-il en reprenant son argument de tout à l'heure : Maddie est morte et je ne la perçois plus nulle part.

– Ça ne veut pas dire que son énergie n'existe plus.

Ses mains tressautent le long de son corps. Il ramasse un autre caillou et le lance dans le vide.

– Arrête de parler de ça. Ça me fait flipper.

– Tu n'es pas le seul, dis-je doucement.

– J'ai besoin de me dire que quand on mourra, ce sera pour de bon. Je ne veux pas imaginer autre chose.

– Je comprends.

J'accepte de ne plus en parler, pour autant la question continue de me hanter.

On se remet à contempler le fleuve en silence en s'imaginant mourir ensevelis par les eaux.

LUNDI 18 MARS
J - 20

Le lundi matin chez moi est sans doute le jour de la semaine que je déteste le plus. Je ne peux jamais grappiller quinze minutes de sommeil car Georgia se lève toujours très tôt pour fouiller sa penderie de fond en comble. Interdiction pour elle de porter la mauvaise tenue. D'après elle, le message qu'on fait passer le lundi serait déterminant pour le déroulement de la semaine. Exemple, si on est très bien habillé et que ça nous vaut des tas de compliments, c'est qu'on va réussir le contrôle d'algèbre du jeudi. Personnellement, je pense que les polynômes n'ont pas grand-chose à voir avec les compensées et les jeans moulants mais ma sœur, elle, en est intimement persuadée. Heureusement pour moi, chaque jour, je porte une variante de la même tenue, à savoir t-shirt à manches longues et rayures grises, jean noir et baskets grises, comme ça il n'y a pas de danger qu'un jour les choses changent dans ma vie.

– Aysel, debout, siffle-t-elle. Allez !

– Pff, Georgia…

En ronchonnant, je me retourne de mon côté du lit et enfonce davantage la tête au creux de l'oreiller dans l'espoir d'étouffer sa voix.

Je m'en fous que tu portes ta robe-pull violette ou ta jupe crayon rouge. Je suis sûre que n'importe comment, tout le monde te trouvera magnifique.

J'entends un grincement au pied du lit. Du bout du doigt, elle commence à me titiller les côtes et je tente de m'écarter en faisant des contorsions, les bras et les jambes empêtrés dans les draps.

– Mais qu'est-ce que tu fabriques ?

– Allez, debout !

Elle se relève d'un bond et se met à arpenter la chambre.

– Viens voir dehors.

Je me masse les tempes. Je comptais dormir au moins quinze minutes de plus, voire vingt si je faisais l'impasse sur le brossage de cheveux. En soupirant, je m'extirpe du lit à contrecœur et d'un pas chancelant, m'approche de la petite fenêtre encastrée pile au milieu du mur du fond de notre chambre, fenêtre qui depuis trois ans, nous sert de ligne de démarcation : le côté gauche pour moi, le droit pour elle. Son côté regorge de pages qu'elle a arrachées dans des magazines de mode, de photos avec ses copines et de salières en tout genre dont elle fait collection. Bizarrement, elle est obsédée par les salières originales : en forme de hibou, de camion, de loup... Elle les chine dans les boutiques d'articles d'occasion. Sur mon mur à moi, il n'y a rien.

– Regarde ! insiste-t-elle, le doigt pointé sur la fenêtre.

Dehors, je constate que la pelouse est recouverte de neige. Le jardin entier scintille sous un soleil brillant qui me fait plisser les yeux. La neige s'est empilée au pied des chênes et à ce que j'en vois, il a bien dû tomber une dizaine de centimètres.

– C'est pas génial, ça ? s'exclame ma sœur dans mon dos en tapant dans ses mains. Les cours sont annulés !

– D'habitude il ne neige jamais en mars.

– Si, souviens-toi, c'est arrivé une fois quand on était petites.

C'est vrai, je m'en souviens. C'était une bonne journée. À l'époque, j'avais peut-être neuf ans, pas plus, Georgia devait en avoir sept et Mike deux. Mon père m'avait déposée chez eux pour la journée car il voulait quand même aller ouvrir la boutique dans l'espoir d'avoir un afflux supplémentaires de clients puisque tous les élèves de la ville auraient quartier libre.

Maman nous avait préparé des crêpes au chocolat et ensuite on avait passé toute la journée à construire des bonshommes de neige dans le jardin et à dévaler la colline de Vine Street en luge. Ce jour-là, on avait l'impression de former une vraie famille – comprenez : je n'avais pas l'impression d'être une intruse qui ne séjournait là que le week-end.

C'était il y a longtemps.

Le silence s'installe quelques minutes. Je reste là à fixer la neige fraîchement tombée dehors sous le regard observateur de Georgia. On ne sait plus se parler toutes les deux.

– Je crois que je vais me recoucher.

Dorénavant les jours de neige ne riment plus avec « bonshommes de neige et crêpes au chocolat » mais avec « grasse mat' au lit en solo ».

J'entends Georgia pousser un petit grognement geignard, l'équivalent chez elle d'un froncement de sourcil.

– Tu es encore fatiguée de ta soirée de samedi, on dirait ?

– Quoi ?

– Tu es rentrée tard.

Je retourne m'allonger en rabattant la couette sur ma tête. Pas question que je parle de Roman à Georgia. Jamais de la vie.

Elle vient se rasseoir au pied de mon lit.

– Avec qui tu étais ? Tu as un copain maintenant, c'est ça ?

Je ne peux m'empêcher de glousser. Si j'ai un petit copain, il se prénomme la Mort. Et je suis presque sûre que Roman en est amoureux aussi. C'est une sorte de triangle amoureux qui a mal tourné. À moins qu'on la séduise tous les deux le 7 avril et que ça se finisse bien.

Vexée, elle râle et je sens le lit remuer quand elle se relève.

– C'est ça : moque-toi de moi. J'essayais juste de discuter avec ma grande sœur. Excuse-moi de faire un effort.

Ah ! Parce que maintenant tu veux me parler ? J'ai encore envie de glousser. Quelle ironie ! Elle s'intéresse à moi uniquement quand quinze centimètres de neige l'empêchent de retrouver ses copines. Je ne suis peut-être pas une flèche, mais je ne suis pas complètement idiote non plus. Je les entends, ses copines, quand elles parlent de moi à voix basse dans le couloir, et ma sœur n'intervient jamais. D'accord, elle n'en rajoute pas mais elle ne me défend pas non plus. Quelque part, son silence est encore pire. J'aimerais autant qu'elle s'en mêle, comme ça au moins, je saurais dans quel camp elle est, au juste.

Je suis ta *demi*-sœur.

L'espace d'une seconde, je m'en veux atrocement de la reprendre sur ce détail. Mais là, la grosse limace arrive à la rescousse et ne fait qu'une bouchée de ma culpabilité.

– Tu es infernale, soupire ma sœur.

Si je ne la connaissais pas, je dirais qu'elle est triste. Elle s'appuie contre le chambranle, une main sur la poignée de la porte.

– Juste pour info, Maman a préparé des crêpes.

J'entends la porte claquer derrière elle. Quelques secondes plus tard, elle revient.

– Et si ça peut te rassurer : Steve... dit-elle en prononçant son prénom exactement comme moi, c'est-à-dire en l'étirant comme un élastique lâche.

Pause gênée puis elle reprend :

– Steve, donc, travaille aujourd'hui. Sparkle n'a pas fermé l'usine.

– Ton *père* travaille, tu veux dire ?

– C'est ça, mon père. Cet homme que tu détestes pour une raison incompréhensible mais qui t'a pourtant accueillie sous son toit.

Ça suffit. Je repousse la couette et me redresse dans le lit.

– C'était très généreux de sa part. Mais sache que je ne le déteste pas, Georgia.

– Vraiment ? Pourtant c'est pas l'impression que tu donnes. J'en ai marre de te voir passer tes journées à t'apitoyer sur ton sort à cause de ce que ton père a fait. J'ai un scoop pour toi : tu n'es *pas* ton père. Alors arrête un peu d'en vouloir à la Terre entière y compris à toi, à cause de lui.

C'est pas à moi qu'il faut dire ça ! Je lui décoche un regard revêche dans l'espoir qu'elle me fiche la paix mais non, elle ne bouge pas. Les mains plantées sur sa taille fine, Georgia reste là à me dévisager. Je la fixe aussi, tentant de comprendre comment on peut être ne serait-ce que demi-sœurs. Entre sa peau claire, ses cheveux miel et son tout petit nez, on dirait l'archétype de la candidate à un concours de beauté du Kentucky. Elle est comme le soleil et moi une lune maussade, toute cabossée. Notre seul point commun, ce sont nos yeux. On a toutes les deux les yeux foncés en amande de notre mère.

Là, ses cheveux sont tressés et elle porte un caleçon d'homme sous un t-shirt informe des Wildcats du Kentucky. Est-ce qu'elle aurait renoncé à son principe vestimentaire du lundi ? Je m'apprête à faire un commentaire à ce sujet mais elle ne m'en laisse pas le temps.

– J'aimerais juste que tu ne sois pas toujours aussi triste, Aysel.

Et moi donc, Georgia. Et moi donc.

J'inspire à fond et me lève.

– Je vous rejoins pour les crêpes. Le temps de me brosser les dents.

Elle me fait un grand sourire comme si je venais de lui annoncer qu'elle a réussi son contrôle d'algèbre les doigts dans le nez, et repart en sautillant. Je crois que je n'ai pas sautillé depuis la dernière fois qu'il a neigé en mars.

Je remonte le couloir jusqu'à la salle de bains, étale un peu de dentifrice sur ma brosse puis je reviens avec dans la chambre et me brosse les dents en regardant par la fenêtre. Sans le vouloir, j'entends ma mère, Georgia et Mike discuter dans la cuisine.

– Elle descend dans deux minutes, annonce Georgia.

– Ah, bien ! se réjouit ma mère. Je suis contente que tu aies réussi à la tirer du lit.

L'odeur du sirop d'érable embaume toute la maison. J'entends d'ici Mike taper des poings sur la table de la cuisine.

– N'oublie pas de mettre une double dose de chocolat, dit-il. Aysel adore ça !

Le cœur gonflé, je m'attends à ce que la limace me prive vite fait de cette émotion mais non : pour une fois, elle me la laisse. Tandis que j'enfile mes chaussons et descends l'escalier à pas feutrés, je me surprends à regretter qu'il n'y ait pas plus de journées comme celle-ci. Si tous les jours ressemblaient à celui-ci, je ne crois pas que je serais si pressée d'en finir.

Le problème, c'est que la neige au mois de mars, c'est un miracle. Or on ne peut pas passer sa vie à attendre un miracle.

MERCREDI 20 MARS
J - 18

Assis à une table de la bibliothèque du lycée, Tyler Bowen m'attend. Je m'étais imaginé qu'il allait me poser un lapin mais il faut croire que parfois je juge mal les gens.

En réalité, notre bibliothèque tient plus du centre multimédia. C'est un espace dégagé, au cœur du lycée, qu'ils ont bourré d'ordinateurs, de tables et d'étagères en plastique peu solides. Récemment, ils ont accroché les banderoles à l'effigie de Brian Jackson sur le mur du fond. Les mêmes que celles chez TMC. Décidément, ça me poursuit.

– Salut, frangine de Georgia, dit Tyler au moment où je m'installe face à lui.

—Tu es au courant que j'ai un prénom aussi, sinon ?

J'ouvre mon sac à dos pour en sortir mon cahier de physique.

Le visage pâle de Tyler s'empourpre, ce qui fait ressortir ses taches de rousseur.

– Qu'est-ce qu'il y a ?

Je retire le capuchon de mon stylo.

– En fait… je sais pas comment on le prononce.

En me voyant éclater de rire, il devient encore plus cramoisi.

– C'est pas drôle, se défend-il en fixant ses chaussures.. Tu as un prénom… bizarre. Comment ça se fait ? C'est ton père qui l'a choisi ?

Je le dévisage, un peu stupéfaite qu'il évoque mon père de son plein gré.

– Non, je crois que c'était ma mère. Mais je ne suis pas sûre.

– Alors comment ça se prononce ?

– Aysel. Ça rime avec « gazelle ».

Devant ses yeux bleus ahuris, je précise :

– Ça se prononce *â-zèle.*

– Compris, Aysel, acquiesce-t-il en forçant un peu l'accent, mais c'est un début.

– Sérieux, tu ne savais vraiment pas le prononcer ?

Il confirme d'un signe de tête, un vague sourire au coin des lèvres.

– Bon, on s'y met ?

– Oui, pas le choix, soupire-t-il en passant une main dans ses cheveux châtain, pensant peut-être que c'est un geste élégant.

– Tu as des idées pour notre exposé ? dis-je en mordillant mon stylo pour être sûre d'être parfaitement inélégante.

Tyler ne me répond pas. Il se laisse aller en arrière sur son siège et salue d'un geste un de ses coéquipiers de basket qui vient d'entrer dans la bibliothèque. Son copain lui crie un truc, mais la bibliothécaire le fait aussitôt taire.

– Je reviens dans une minute, ok ?

– Pas de problème.

Je le regarde traverser la bibliothèque en hâte pour retrouver ses copains. Ils discutent un instant à voix basse en esquissant des gestes dans ma direction. Tyler se dandine, l'air embarrassé, et hausse les épaules. J'imagine qu'il raconte qu'il a été obligé de faire équipe avec moi.

– À plus, mec, dit l'un d'eux.

– Et bonne chance surtout, ajoute un autre.

Tyler vient finalement me rejoindre mais en marchant lentement, comme s'il cherchait à montrer que pour lui, ce n'est pas un choix mais une punition.

– Désolé pour l'interruption.

– Pas grave, dis-je avec indifférence. Allez, on s'y remet.

– D'accord, Aysel.

– Tu n'es pas obligé de dire mon nom à chaque phrase, tu sais.

Je plonge la main dans mon sac, cette fois pour sortir mon manuel de physique et le flanque sur la table.

– Alors, des idées sympas pour le thème de notre exposé ?

– Quel thème ?

De toute évidence, Tyler Bowen n'est pas très attentif en classe.

– Oui, un *thème*. Monsieur Scott a dit que nos photos devaient en avoir un.

– Ah, *ça*, fait-il en étirant ses longues jambes. Pourquoi pas le basket ?

Je le dévisage, consternée.

– C'est une blague ?

– Mais non ! s'enthousiasme Tyler en se penchant au-dessus de la table. Le prof a cité ce thème en exemple, c'est qu'il doit adorer.

– À mon avis, c'est surtout que le thème a déjà été traité des centaines de fois. On ferait mieux d'innover.

Remarquez, je ne sais même pas pourquoi je me fatigue. Ce rendez-vous avec Tyler est une perte de temps. Peu importe la note que j'obtiendrai à cet exposé. Je serai morte avant même qu'on le rende.

Néanmoins, je tiens à faire du bon travail pour Monsieur Scott. Même si je ne suis pas là pour voir sa réaction, je veux qu'il sache que j'ai toujours pris son cours au sérieux. J'ouvre mon cahier à une page vierge et tapote dessus avec mon stylo dans l'espoir de trouver une idée.

– Comment ça, *innover* ? questionne Tyler en soulignant le mot comme s'il lui était aussi étranger que mon prénom.

– Eh bien… innover comme dans : une sortie au zoo, par exemple ? dis-je en notant cette idée.

– Au zoo ? répète-t-il en grimaçant. C'est pour les gamins !

– Oh, arrête, je suis sûre que tu adorais ça.

– Oui, quand j'avais dix ans ! rétorque-t-il en se touchant encore les cheveux.

À sa décharge, ses cheveux brillants ont l'air très doux. Et manifestement, il en est bien conscient.

– Le zoo, ce sera très bien, dis-je. Il y a plein de choses à photographier. L'énergie potentielle des chauves-souris qui se suspendent la tête en bas, par exemple. Et on pourrait même prendre en photo un lion qui mange de la viande crue et légender ça comme un transfert d'énergie.

– Mais le zoo est à Louisville, c'est à douze milles heures de route d'ici ! On peut pas choisir un truc plus simple ?

Je lui expliquerais bien clairement la vérité, mais je ne peux pas. À savoir : j'ai envie d'aller au zoo une dernière fois avant de mourir. De voir les lions se prélasser au soleil et les ours polaires s'ébattre dans leur bassin en eau profonde. FrozenRobot me traiterait probablement de dégonflée s'il entendait ça, mais c'est plus fort que moi.

– Je sais, c'est loin, mais une fois qu'on y sera, ce sera facile. Il y aura plein de choses différentes qu'on pourra prendre en photo, dis-je encore pour tenter de le convaincre.

– C'est d'accord, Aysel la gazelle. Va pour le thème du zoo.

Il me prend mon stylo des mains et s'empare de mon cahier en l'agitant en l'air. Je tends le bras pour essayer de le lui reprendre, mais trop tard.

Il écarquille les yeux en fixant la page à laquelle s'est ouverte mon cahier en retombant.

– La vache !

Je reprends mon cahier d'un geste vif, jette un œil à la page en question puis pousse un petit soupir de soulagement. Ça aurait pu être pire. C'est juste un bonhomme pendu à une potence. Je crois que je l'ai dessiné en classe il y a deux semaines pendant que Monsieur Scott radotait sur les angles et la vélocité et que je me posais plein de questions sur la destruction de l'énergie.

– C'est quoi, ce délire de… bonhomme pendu ?

– Rien. Je l'ai dessiné un jour où je m'ennuyais en cours. Ça t'arrive jamais ? Monsieur Scott nous saoule avec ses angles.

J'ai le cœur qui bat à toute vitesse, mais je m'efforce de garder une voix normale.

Il fronce les sourcils en plissant tous les traits de son visage.

– Tu es sûre qu'il faut pas je m'inquiète pour toi ?

– Pourquoi ? Parce que j'ai joué au pendu ?

– Ça ressemble pas au jeu de pendu que je connais, répond-il doucement.

Je hausse les épaules en lui lançant un sourire forcé.

– Disons que c'est juste une variante bizarre.

– Bon...

Il déglutit nerveusement, l'air de chercher ses mots. Ça par exemple, j'ai cloué le bec à Tyler Bowen. Je n'ai plus qu'à rayer ça de la liste de mes dernières volontés. Il me rend ma timide tentative de sourire.

– Il paraît que quand on est déprimé ou quoi, contempler des poissons est ce qu'il y a de plus apaisant parmi tous les animaux.

Il me donne un petit coup dans l'épaule comme si on était de vieux amis et ajoute :

– Et ce zoo-là a un super aquarium !

Je jette un œil à la banderole de Brian Jackson. Je tourne ma langue dans ma bouche, à moitié tentée de lui dire la vérité, que ce dessin n'est ni une blague ni un jeu. J'attends que ça passe, mais en vain. Ça me démange. Je suis comme une grenade en céramique, solide, dense et froide, mais quand même fragile. Prête à exploser à tout instant. Or je n'ai aucune envie d'exploser devant Tyler.

– Bon alors, quand est-ce que tu veux aller au zoo ? dis-je en reprenant d'une voix aussi calme que possible. On ferait peut-être bien de pas trop tarder, histoire de prendre une longueur d'avance sur ce projet. Tu vas sans doute me prendre pour une intello mais j'ai vraiment envie de rendre un truc bien.

– On peut y aller samedi, propose-t-il.

– En journée ?

Je crois qu'en théorie, je dois travailler samedi. Mais je pourrai sans doute intervertir avec un collègue. Sinon je n'ai qu'à sécher : n'importe comment, mon boulot ne m'a jamais semblé aussi vain que ces derniers temps.

La bouche retroussée en coin, Tyler me fixe de ses yeux bleus luisants, l'air étonné.

– Pourquoi, tu as une grosse soirée de prévu samedi soir ou quelque chose comme ça ?

– Non, dis-je, en m'attendant à ce qu'il me chambre.

Mais il n'en fait rien.

– Je passerai te prendre vers dix heures, ça te va ?

– Ça me va.

Inutile de lui préciser mon adresse, il est déjà venu chercher ma sœur à la maison quelquefois. Je parie qu'elle va avoir une crise cardiaque en voyant Tyler Bowen m'attendre, garé dans l'allée de notre jardin. Cette perspective me donne presque le sourire.

– Pourquoi tu souris ?

– Pour rien, dis-je en croisant les mains sur la table. Je suis impatiente d'aller au zoo, c'est tout.

JEUDI 21 MARS
J - 17

Aujourd'hui, Mike fête ses dix ans. On est tous réunis au Pirate Jack Laserplex dans l'arrière-salle réservée aux goûters d'anniversaire. Cet endroit est à l'image de ce que ce nom évoque : un complexe délabré de jeux laser sur le thème des pirates, situé au cœur d'un bâtiment en béton aux petites fenêtres poussiéreuses et au carrelage taché.

Steve n'est jamais de service le jeudi et ma mère a pris un jour de congé. Georgia et moi sommes venues directement du lycée pour aider maman à décorer la salle avec des serpentins noirs et rouges, des cache-œil et des fausses pièces de monnaie en or. En tournant plusieurs fois sur soi-même, les yeux fermés et les oreilles bouchées, on pourrait presque se croire sur un navire de pirates et pas échoué dans Langston, trou paumé du Kentucky. *Presque.*

Pour l'heure, assise toute seule à une table au fond de la salle, le cadeau de Mike en équilibre sur les genoux et un gobelet de soda à l'orange dans la main gauche, j'essaie de faire comme si je ne me sentais pas du tout ridicule avec mon chapeau de pirate en papier sur la tête. Assis à l'avant avec ses amis, Steve descend des canettes de bière bon marché et applaudit chaque fois que Mike reçoit en cadeau un ballon de basket ou un gant de baseball. À une table voisine, Georgia, ma mère et quelques-unes de ses copines papotent sur l'équipe de pom-pom girls et se lamentent sur le fait qu'Anna Beth Thomas ait battu Sandra Dewitt au concours de beauté du mois dernier.

De temps à autre, ma mère tourne la tête vers moi. Comme je disais tout à l'heure, Georgia et moi avons les mêmes yeux qu'elle, exception faite des paupières. Celles de ma mère sont sombres, lourdes, comme burinées. Elles ont quelque chose de triste. Pour être tout à fait honnête, je suis un peu jalouse de ses paupières. Comme je surprends son regard sur moi, elle détourne les yeux.

Mike a éventré sa pile de cadeaux comme une tornade. À mon tour de lui offrir le mien. Je tends le bras avec précaution pour poser mon soda sur la table. Une goutte de jus d'orange poisseux déborde du gobelet et me dégouline le long de la main. Je m'essuie sur mon chemisier et attrape le cadeau de Mike. Il ne pèse pas grand-chose alors que je voudrais qu'il donne l'impression d'être lourd et important. Je m'avance vers lui.

Mike me le prend des mains.

– Coucou Aysel, dit-il, le regard pétillant.

Mike ressemble étrangement à Steve, version modèle réduit. Tous deux ont les cheveux blonds ondulés, des petits yeux de fouine gris vert et le menton en pointe.

– Coucou Mikey. Joyeux anniversaire !

Toute la salle s'est tue et nous regarde. J'ai emballé mon

paquet dans du papier E=MC2 mais, il n'a pas l'air de relever. Il le déchire rapidement et en découvrant son contenu, ses petits yeux s'arrondissent comme des grosses billes.

Il pousse un cri perçant en brandissant son cadeau : une édition de *L'Extraordinaire Spider-Man* dédicacée par Stan Lee. Il la serre contre lui et lève vers moi un visage rayonnant.

– *Spider-Man ?* C'est trop bien !

Il fixe la couverture de la bande dessinée en suivant du doigt la trace de l'autographe d'un air fasciné. Puis il la pose soigneusement sur la table à côté de lui, il ouvre grand les bras pour me faire un câlin.

La bouche sèche et une boule de bowling au ventre, je lui rends mollement son étreinte en passant la main dans sa tignasse ondulée.

– De rien, bonhomme. J'espère que tu prendras plaisir à la lire pendant des années.

Les yeux plissés, il me scrute d'un air de sentir que cette phrase a quelque chose de bizarre. Le problème, c'est que je ne peux pas m'exprimer comme je le voudrais. Il faudrait que je lui dise que j'ai dépensé quinze salaires pour lui acheter cette BD car je voulais à tout prix qu'il garde un chouette souvenir de moi, qu'il me voie comme une fille gentille, cool et aimante et non comme la progéniture cinglée d'un meurtrier, qui s'est suicidée quand il avait dix ans.

Je veux représenter davantage à ses yeux. J'ai conscience que ça n'arrivera peut-être jamais, mais parfois je m'imagine que d'ici un an ou deux, quand je serai morte et que je lui manquerai, Mike ressortira cette BD et sa lecture le réconfortera, elle lui procurera un sentiment de sécurité et le convaincra qu'à l'inverse de moi, précisément, il réussira à vaincre ses démons.

– Hé ! lance une voix bourrue dans mon dos.

Je relâche la taille de Mike pour me retourner. C'est un des copains de Steve. Ses cheveux châtain filasses lui tombent aux épaules sous sa casquette de routier à motifs camouflage.

– Hé, répète-t-il, c'est cher ces trucs-là !

De sa main droite qui tient une bière, il désigne la BD.

– J'espère que tu te l'es procurée par des moyens légaux ?

Il me décoche un grand sourire qui révèle des dents jaunies et de travers. À son regard scrutateur, je devine exactement à quoi il pense : mon père.

– Vous en faites pas, dis-je. Les moyens étaient tout à fait légaux. Je l'ai achetée avec mon argent de poche durement gagné.

L'homme tourne la tête pour lancer un regard narquois à ma mère :

– Finalement, elle tient plutôt de toi, Melda ?

Ma mère acquiesce avec raideur et s'approche. Elle pose une main dans le dos de Mike et se retourne vers moi.

– C'est un cadeau très gentil, Aysel. Merci.

Je réprime la colère que je sens déferler au creux de mon ventre. *J'adore mon petit frère. Évidemment que je lui offre un beau cadeau ! Pourquoi te sens-tu obligée de jouer les étonnées, Maman ?* Je serre les dents, de peur de ce qui pourrait sortir si j'ouvrais la bouche.

Quand j'ai emménagé chez eux, Mike est le seul de la famille qui ait réagi comme si c'était naturel. Le jour de mon arrivée chez Steve, il m'attendait sur les marches devant la maison, un immense sourire sur le visage, à s'en décrocher la mâchoire. J'en avais eu le cœur gros de découvrir son air béat et quand j'y repense aujourd'hui, ça me fait mal. Au début de mon emménagement, les soirs où ma mère travaillait tard, j'avais l'habitude de lui lire une histoire avant qu'il aille se coucher. Et parfois il me suppliait de venir jouer avec lui dans le jardin. On courait partout en se renvoyant tour à tour notre ballon de foot tout crotté. Mais, ces derniers temps, je n'ai plus la force pour tout ça.

Ma mère passe devant moi en traînant les pieds pour aller se poster derrière la petite table sur laquelle trône le gâteau d'anniversaire.

– Mike, viens m'aider à découper ton gâteau.

Mon petit frère nous lance un regard, coup sur coup. Il me serre une dernière fois dans ses bras puis part d'un bond rejoindre ma mère. Mikey déborde d'énergie, de sourires et d'amour. C'est dans sa nature.

La gorge sèche, je retourne à ma place et regarde ma mère couper des parts de gâteau au chocolat. Il a fondu, le glaçage dégouline. Elle invite tout le monde à se dépêcher de manger car une partie de bataille de lasers est programmée pour dans vingt minutes.

Tout en dévorant leur part de gâteau, les copains de Mike examinent chacun leur tour les cadeaux qu'il a reçus. En voyant l'un d'eux tendre ses doigts pleins de chocolat vers la BD, Mike l'écarte hors de sa portée.

– La salis pas !

Il me lance un regard complice et mon cœur s'arrête comme s'il allait exploser d'une seconde à l'autre. Parfois je me demande si je n'ai pas un trou noir à la place, un gouffre si dense qu'aucune lumière n'y filtre, ce qui ne l'empêche pas de m'engloutir. Mike est celui qui me manquera le plus. Il va tellement me manquer que c'est presque insoutenable.

En soupirant, je plante ma fourchette dans ma part de gâteau, puis je me lève et marche vers la sortie. Ma mère me rattrape en posant une main sur mon épaule.

– Où est-ce que tu vas ?

Ses paupières lourdes tombent sur ses yeux comme si, d'une seconde à l'autre, elles allaient se fermer d'un coup pour qu'elle ne soit plus forcée de me voir.

– Juste aux toilettes.

– Ok, reviens vite. Je ne voudrais pas que tu rates la partie de lasers.

Ses mots sont simples. Bienveillants. Mais au fond, je sais ce qu'elle sous-entend : tu n'as pas le droit de broyer du noir aujourd'hui, c'est la fête d'anniversaire de Mike, tu dois te ressaisir. Et le fait est qu'elle a raison. Ce serait vache de ma part d'aller m'enfermer dans les toilettes pour bouder pendant des heures.

J'ai envie de lui hurler dessus. Elle ne se donne jamais la peine de me demander ce que j'ai ou ce qui ne va pas. Elle ne préfère pas le savoir. Bien qu'elle n'ait jamais participé aux concours de beauté du Kentucky, elle a cependant appris à jouer la comédie. Quand il s'agit d'afficher un sourire jovialissime alors qu'en réalité elle a envie de pleurer, ou de répondre d'une voix calme et mesurée alors qu'elle voudrait hurler, c'est la reine. Parfois j'aimerais bien qu'elle pique une colère. Cette manie qu'elle a de toujours faire comme si tout allait bien ne fait que me donner l'impression d'être encore plus cinglée que je ne le suis déjà.

Est-ce qu'elle tomberait enfin le masque si je lui avouais mes intentions, si elle savait ce que je prépare avec FrozenRobot ? Mais, non, mauvaise idée. Ça lui ferait plus de mal que de bien. Quoi qu'elle ait à me dire, je suis une cause perdue. Il ne faut pas je l'oublie.

Je remonte le couloir en avisant du coin de l'œil les grains de poussière qui émaillent le carrelage, traverse le hall d'entrée et sors prendre l'air. Je ferme les yeux pour laisser le vent glacial me fouetter le visage.

Puis je plonge les mains dans la neige qui n'a pas complètement fondu. L'extrémité de mes doigts s'engourdit.

Encore dix-sept jours.

VENDREDI 22 MARS
J - 16

– J'hallucine que tu me laisses tomber demain, s'agace Roman en faisant des bonds, assis sur son lit.

Malgré sa taille, parfois on dirait un petit garçon. Je crois aussi que sa tenue me perturbe un peu. Aujourd'hui, il ne porte pas son habituel pantalon de survêt et son sweat-shirt à capuche. Sa mère a dû l'obliger à enfiler un pantalon et une chemise boutonnée pour l'occasion. Il semble mal à l'aise dans ces vêtements, comme s'il s'était déguisé.

– Je ne te laisse pas « tomber », dis-je en arpentant sa chambre.

La pièce est simple, plus ou moins comme je l'imaginais, non que j'aie passé beaucoup de temps à imaginer la chambre de Roman. Entre les murs beiges, les moulures bordeaux et l'incontournable affiche des Wildcats de l'université du Kentucky, cette chambre pourrait aussi bien être celle de n'importe quel lycéen. Ce sont les objets qu'elle renferme qui en dévoile les secrets. Sur la table de nuit, j'aperçois la photo d'une petite fille au sourire tout en dents, qui tire la langue au photographe. Elle a les mêmes cheveux épais que Roman, les mêmes yeux creux couleur bronze. C'est sûrement Madison.

Au rez-de-chaussée, la mère de Roman est en train de cuisiner, tentant de préparer un menu turc. Ça promet. Son père est encore au bureau mais devrait rentrer à temps pour cet événement *exceptionnel*. Je suis un peu surprise que la mère de Roman soit d'accord pour nous laisser seuls dans sa chambre. Elle semblait croire qu'il se tramait quelque chose entre son fils et moi mais, au fond, elle est peut-être plus maligne que je ne veux bien l'admettre. Cela dit, elle lui a fait un clin d'œil en lui demandant de laisser sa porte ouverte, donc ça en dit long.

– Au fait, dis-je en me retournant face à lui : pourquoi as-tu laissé faire ta mère ?

– Faire quoi ?

– Ça, cette fausse histoire de présentations autour d'un dîner. Ça ne te gêne pas un peu qu'elle soit en train de trimer en cuisine ?

Il arrête de faire ses bonds sur le matelas et fixe ses pieds.

– Si, un peu. Mais on est obligés d'en passer par là.

À mon tour, je le dévisage, perplexe.

– Il faut qu'elle soit convaincue qu'on commence à se rapprocher toi et moi. Comme ça, elle me laissera sortir seul avec toi le 7 avril. Sinon, elle ne voudra jamais que je sorte avec une parfaite inconnue le jour du premier anniversaire de la mort de Maddie. Elle est loin d'être bête.

Autrement dit, il se sert de moi. Remarquez, je l'avais compris depuis longtemps. Après tout, c'est bien pour ça qu'il a besoin d'un partenaire de suicide. Et à vrai dire, je me sers aussi de lui. C'est un moyen d'arriver à ses fins.

Ou, en l'occurrence : d'arriver à *la* Fin, avec un grand F. Je me remets à fureter dans sa chambre. Roman possède une balle de baseball dédicacée placée de façon stratégique à l'intérieur d'une casquette des Rouges de Cincinnati.

– Un cadeau de mon père, explique-t-il. On était allés les voir jouer quand j'étais petit.

J'acquiesce et continue de tripoter ses affaires. Je me demande si ça l'embête que je sois là à toucher à tous ses trésors pendant qu'il me regarde faire. En jetant un œil dans mon dos, je constate qu'il est affalé sur le lit, le menton levé vers le plafond. Si ça l'embête, il n'en laisse rien paraître en tout cas. C'est peut-être un effet secondaire quand on sait qu'on va bientôt mourir : vos secrets ne comptent plus. Une fois mort, n'importe comment, ils seront tous découverts, épluchés par n'importe qui.

L'idée qu'on décortique mes secrets ne me plaît pas trop. Mais au fond, je ne sais même pas si j'en ai, des secrets. Hormis l'existence de FrozenRobot. Et aussi celui que je lui cache, à savoir le crime de mon père.

– Bon, donc, tu vas au zoo demain ?

– Oui, dis-je en feuilletant son exemplaire de *Voyage au centre de la Terre.*

C'est presque mignon qu'il ait cette petite obsession pour Jules Verne. Je range le livre en le glissant sur l'étagère et sors à la place *Vingt mille lieues sous les mers.*

– J'aimais bien ces romans quand j'étais plus jeune.

– Je vois ça…

Je tourne la page en contemplant les illustrations en noir et blanc. C'est un bel exemplaire, de ceux qui coûtent cher. Une édition de collection, quelque chose comme ça.

En tombant nez à nez avec une créature marine sinistre qui me fixe de ses gros yeux ronds comme des pamplemousses, je referme brusquement le livre. Ce faisant, des feuilles détachées s'échappent et tombent par terre en tourbillonnant. J'en ramasse une. C'est un dessin au crayon d'une petite tortue. C'est tellement bien fait qu'on dirait de la 3D. Bien qu'il soit réalisé au fusain, on perçoit quand même bien l'aspect parcheminé de son cou et lisse de sa carapace. Mais ce croquis a aussi quelque chose de singulier, un peu comme si on le regardait à travers un objectif flou. L'image a un côté surréaliste. Les taches sur la carapace de la tortue sont trop accentuées et ses pattes avant sont distendues et amaigries.

Je passe en revue les autres dessins ; la plupart représentent la même tortue, mais j'en trouve un qui semble être un portrait de Madison. Ses grands yeux sont hachurés de façon experte et on y retrouve bien son sourire tout en dents. Mais bien que Madison sourie, ce dessin a un je-ne-sais-quoi de triste, comme si contrairement à elle, son auteur savait qu'une mort tragique l'attendait. Je n'arrive plus à détacher mes yeux de ce portrait. Il est troublant.

FrozenRobot se redresse d'un bond et se précipite au pied du lit.

– C'est juste des dessins ridicules. Ne regarde pas.

Je reviens au premier dessin de la tortue et m'approche de l'aquarium qui abrite le fameux Capitaine Nemo. La tortue est en train de pagayer avec ses petites pattes à la peau parcheminée, dansant à la surface de son bassin peu profond.

– Ils ne sont pas ridicules. Je les trouve très réussis.

Je compare le dessin avec le vrai Capitaine Nemo. C'est presque exactement les mêmes, abstraction faite de la touche fantasque du dessin. La tortue que Roman a dessinée a l'air triste, presque comme si elle était en deuil. Ses petits yeux de fouine sont sombres et ses pattes arrière paraissent trop lourdes et enflées pour lui permettre de nager.

– C'est toi qui as fait ces dessins ?

– Oui, répond-il calmement.

Je l'entends s'agiter sur le lit, le matelas gémissant sous son poids.

– Tu veux bien les poser ? Ça me met mal à l'aise.

– Pourquoi tu as honte de ces dessins ? Je veux dire, c'est vrai que le Capitaine Nemo de ce dessin paraît un peu plus gothique qu'il ne l'est dans la réalité mais en dehors de ça, je trouve que ça rend vachement bien, dis-je en levant le dessin devant l'aquarium. Franchement, la ressemblance est frappante.

Roman ne dit rien, mais je l'entends pousser un petit soupir de protestation. Je me retourne face à lui. Il se tient les jambes repliées contre lui, les bras enroulés autour de ses genoux.

– J'ignorais que tu dessinais. Ça m'arrive aussi de temps en temps, mais moi je ne sais faire que des bonhommes.

Je contemple encore son dessin, promenant mes doigts sur la carapace lisse de la tortue en m'attendant presque à en sentir la texture.

– Ces dessins sont vraiment impressionnants.

– Peu importe, répond-il, indifférent. Je suis pas un artiste, ni rien. C'est juste un truc que je fais quand je suis seul dans ma chambre, pour passer le temps.

Je hoche la tête et remets les feuilles dans son édition de collection de *Vingt mille lieues sous les mers*. Roman se détend de façon manifeste une fois les dessins rangés.

– Du coup, je suppose que le nom de Capitaine Nemo, c'est en l'honneur du personnage de Jules Verne ?

– Je t'ai déjà dit : c'est pas moi qui lui ai donné ce nom, rétorque Roman d'un ton soudain glacial.

– C'était Maddie ? dis-je encore sans me laisser démonter par sa dureté.

– Oui.

Je laisse tomber le sujet et observe encore un peu la tortue dans l'aquarium. Je ne connais pas grand-chose à ces petites bêtes mais celle-ci semble particulièrement bien nourrie et soignée. Elle a à sa disposition une ration de fruit frais, des balles de ping-pong rouges pour jouer et une grande dalle d'ardoise sur laquelle se prélasser.

Je me demande comment fait Roman pour supporter l'idée d'abandonner Capitaine Nemo et s'il sait ce que deviendra cette pauvre tortue une fois qu'il ne sera plus là pour s'en occuper. Je me mords la lèvre car je n'ai pas le courage de poser la question. À moins que ce soit parce que je ne préfère même pas connaître la réponse.

– Ce mec avec qui tu vas au zoo : tu sors avec lui ou... ?

Je m'efforce de ne pas éclater de rire et ignore sa question idiote. Manifestement, il n'est pas très inquiet du sort de Capitaine Nemo. Ou alors c'est qu'il s'interdit d'y penser. Je me penche pour inspecter son étagère de trophées et passe en revue les inscriptions ; plein de trucs classiques de championnat de baseball en catégorie minimes mais aussi une grande plaque en argent qui sort du lot et sur laquelle est écrit : MEILLEUR JOUEUR DE L'ÉQUIPE DE BASKET DE PREMIÈRE CATÉGORIE DU LYCÉE WILLIS. Je la prends pour l'observer de plus près. Elle pèse une tonne.

– Donc tes amis disaient vrai. Tu as vraiment un don pour le basket. Pourquoi tu étais si modeste à ce sujet ?

– Parce que, répond-il, laconique.

– Parce que quoi ?

– Parce que ce n'est pas du passé. Je suis toujours bon, mais je trouve ça bizarre de se vanter d'un truc quand c'est encore d'actualité.

– Mais tu ne joues plus ?

– Non.

Il se laisse retomber sur le dos.

– Je ne fais plus rien, désormais.

– À part me prendre la tête avec cette histoire de zoo. Je te signale qu'on n'avait rien prévu, FrozenRobot.

– Ne m'appelle pas comme ça.

– Bon, bon, d'accord.

Il me balance un oreiller qui m'atterrit en pleine joue droite.

– Hé ho !

Je me frotte le visage comme si l'oreiller avait réellement pu laisser une marque.

– Désolé, c'était juste pour attirer ton attention car je viens de penser à un truc.

– Quoi donc ?

Il se redresse d'un bond et vient s'asseoir par terre dos au lit en tapotant le sol à côté de lui. Je m'installe près de lui. Il doit en avoir assez de me voir fourrer mon nez dans ses affaires personnelles. Je renverse la tête en arrière contre le bord du matelas.

– Je me rends compte qu'on va mourir ensemble mais que je ne connais même pas ta couleur préférée.

Une main sur la bouche, je secoue la tête, effarée. *Bien joué, FrozenRobot, on peut dire que tu sais mettre l'ambiance.* Tout en réfléchissant à la question, j'écarte la main de ma bouche pour gratter la moquette. Elle est plus propre que celle qui tapisse notre chambre avec Georgia. Il n'y a pas de chips écrasées ou de peluches de poils coincées entre ses fibres.

– Pourquoi tu fais cette tête ?

– Parce que ma couleur préférée ne va rien t'apprendre sur moi.

Il se rapproche vite fait de sorte que son épaule touche la mienne.

– Très bien. Dans ce cas, dis-moi quelque chose sur toi. Je veux connaître un détail. Ça m'embête que tu sois une parfaite inconnue.

– Une parfaite inconnue ? Mais tu sais déjà plein de choses. Ta mère est même en train de préparer à dîner en mon honneur !

Devant son regard ahuri, j'ajoute :

– Elle prépare des plats turcs. En mon honneur. Parce que je suis…

Il agite la main en l'air pour m'interrompre :

– Tu sais très bien de quoi je parle. C'est un faux détail, ça.

Il me fait des yeux ronds qui le font un peu ressembler à un cocker. Un cocker triste.

– Je veux connaître un vrai truc sur toi. Quelque chose que tout le monde ne sait pas.

Son regard de cocker s'accentue pendantque sa bouche s'affaisse.

– Je n'arrive pas à m'endormir avec des chaussettes mais j'ai toujours les pieds gelés, donc c'est un peu embêtant.

Un sourire en coin réapparaît sur ses lèvres tandis qu'il fixe mes Converse grises.

– Maddie détestait porter des chaussettes.

– C'est vrai ?

– Oui. Elle disait toujours que quand elle en mettait, elle avait l'impression que ses pieds étouffaient.

– Elle était maligne.

– Ça oui.

Sur ce, il pose la tête sur mon épaule et je ne sais pas trop comment réagir. À mon avis, il cherche juste un peu de réconfort mais je n'en ai pas à lui offrir. Les bras croisés, je me tiens maladroitement les côtes en commençant à fredonner la *24e Symphonie* de Mozart.

Ça n'a pas l'air de le déranger. Il ne bouge pas, et je sens même ses épaules monter et descendre lentement au rythme de sa respiration. Ces derniers temps, je suis beaucoup plus consciente des actes instinctifs qui nous maintiennent en vie : inspirations, expirations, battements de cœur.

– Je peux te poser une question sans que tu te fâches ?

– Vas-y, accepte-t-il.

– Je sais que tu te reproches la mort de Maddie, mais est-ce que tes parents aussi ?

Son corps entier se raidit, mais il ne relève pas la tête de mon épaule et s'appuie même davantage contre moi, tel un bloc de bois calé contre un mur.

– Ils sont dans le déni. J'entends encore ma mère pleurer la nuit. Elle essaie de faire bonne figure mais je sais qu'au fond, elle est effondrée. Et c'est ma faute. Donc non, ils ne me font pas de reproches. Mais à mon avis, c'est uniquement parce qu'ils sont terrifiés à l'idée de me perdre aussi.

Mon cœur se serre violemment. Je ferme les yeux et tente d'oublier ce que Roman vient de dire mais, l'espace d'un instant, des images de sa mère me traversent l'esprit. Je la vois debout près du corps de son fils : ses habits dégorgent de l'eau de la rivière, son visage est bleu, glacé, sa bouche ouverte et un filet de salive dégouline le long de son menton. Un brusque arrière-goût de bile au fond de la gorge, je m'écarte de lui en douceur.

Roman sursaute, se redresse et passe en position chaise de camping, les jambes repliées contre lui. C'est drôle, les gens. Plus on les fréquente, plus on se rend compte qu'ils répètent toujours les mêmes gestes. On veut tous croire que chaque jour est différent du précédent et qu'on change petit à petit mais, en vérité, il semble que certaines choses soient inscrites dans nos gènes depuis le tout début.

Je ne suis pas sûre que Roman ait toujours été un adepte du sourire en coin et de la position chaise de camping. Ça lui a peut-être pris après la mort de Maddie. Mais une chose est sûre : son corps est toujours sur le qui-vive, comme s'il marchait sur un câble de voltige suspendu très haut dans le vide. À mon avis, son énergie potentielle veut le protéger des souffrances de son existence et lui dit : « souris, ce sera bientôt fini » et « pelotonne-toi, ce sera moins douloureux ». Si ça se trouve, même après sa mort, son énergie subsistera et perpétuera ces gestes. Je me demande si ces détails sont ceux dont sa mère se souviendra ou si elle se représentera plutôt son fils en train de dribbler sur le terrain de basket, de zapper d'une chaîne à l'autre, vautré dans le canapé ou bien de dévorer un roman de Jules Verne d'un air absorbé.

Je me demande ce que fera mon énergie quand je serai

morte et si elles nous survivront vraiment.

Roman m'effleure le bras.

– Aysel ?

– Oui ?

– Tu as l'air ailleurs ?

– Non, désolée, je suis là.

– Bon, j'ai réfléchi, annonce-t-il.

– Et ?

– Je vais t'accompagner au zoo. Il faut que je sois là quand tu vois ce mec.

Je n'ai pas le temps de répondre que sa mère nous appelle :

– Le dîner est prêt ! Vous pouvez descendre !

Roman se lève lentement en me tendant une main que je saisis et il me tire debout. Je sais qu'il attend une réponse concernant le zoo, mais je fais comme si de rien n'était. Singeant une courbette, il me fait signe de passer devant dans l'escalier.

Sa mère, qui nous attend dans le vestibule, me prend le visage à deux mains en m'attirant vers elle.

– Je suis très contente que tu aies pu venir. J'espère que le repas va te plaire !

Je sais : je devrais lui dire que je ne suis pas une spécialiste de la cuisine turque, que je n'y connais même rien et qu'elle aurait pu me préparer un cheeseburger que je n'y aurais vu que du feu. Mais d'une certaine façon, ça me plaît d'être au centre de l'attention. Je commence à comprendre pourquoi Georgia adore ça. C'est sympa d'être entouré de gens qui guettent vos moindres faits et gestes. Je coupe court à ce sentiment, je le dissimule, bien contente d'avoir vécu ça avant le 7 avril.

– Aysel, dit-elle en prononçant parfaitement mon prénom, je te présente Monsieur Franklin.

Le père de Roman est aussi grand que son fils, presque chauve, avec un visage longiligne. D'un geste vif, il me tend la main et je la serre.

– Enchanté, me salue-t-il et je fais de mon mieux pour prendre un air sympathique.

– Aysel et Roman se sont rencontrés à l'ancienne aire de jeux, raconte-t-elle à son époux, agrippée à son bras.

Je présume que c'est la version que Roman lui a donnée au sujet de notre rencontre.

Monsieur Franklin se tourne vers son fils.

– Tu étais parti jouer au basket ?

On sent une pointe d'étonnement dans sa voix. Tour à tour, je jette des coups d'œil furtifs au père, au fils, à la mère et encore au père. Ce dernier n'est peut-être pas dupe.

– Je meurs de faim, dis-je dans l'espoir d'éviter toute autre question sur notre rencontre.

– Idem, acquiesce Monsieur Franklin. Passons à table.

Une fois tout le monde installés, la mère de Roman entame le bénédicité. Je ne ferme pas les yeux, contrairement à Roman, apparemment. Toute la pièce embaume l'origan et le cumin, et l'image de la femme d'un ami de mon père me revient en mémoire, un soir où ils étaient venus dîner chez nous et où elle avait fait la cuisine. Je me rappelle qu'elle m'avait pris le visage à deux mains, un peu comme Madame Franklin vient de le faire, et elle m'avait chuchoté à l'oreille en turc. Comme je ne parlais pas un mot de turc, j'avais fait comme si ça signifiait : « Ne t'inquiète pas, ça va aller Aysel. Tout va s'arranger. »

Aujourd'hui je sais que ça ne voulait sûrement pas dire ça. Et même si ça avait été le cas, elle avait tort.

Madame Franklin me passe une cocotte assez chaude.

– C'est du *kuzu guvec*.

Elle me lance un regard d'un air de demander si elle prononce correctement. Vu que je n'en ai pas la moindre idée, je hoche faiblement la tête.

– Ça ressemble un peu au ragoût d'agneau, précise-t-elle, et j'acquiesce encore.

La table est recouverte d'autres plats : des feuilles de raisin farcies, des kebabs à l'agneau et au poulet, du riz pilaf et une sauce au yaourt. Il y a aussi une petite assiette de jalapeños pour Roman. Ça a dû lui prendre des heures pour préparer tout ça et chaque mets a l'air délicieux, mais alors que je plante ma fourchette dans un morceau d'agneau, prête à manger une bouchée, soudain j'ai l'appétit coupé. En observant Madame Franklin et son visage souriant qui ne demande qu'à faire plaisir, je comprends que Roman et moi sommes sur le point de lui briser le cœur.

Tout ce dîner qu'elle a préparé, ses efforts pour se rapprocher de moi, c'est plus que ma propre mère n'en a jamais fait. Toujours tout sourires, Madame Franklin veut connaître mon avis sur à peu près tout. Cette lueur qui anime ses yeux pétillants, je la reconnais : c'est l'espoir. Elle croit que Roman commence à aller mieux, qu'il s'est fait une nouvelle amie, qu'il s'intéresse à une fille.

Je pose doucement ma fourchette en travers de l'assiette en repoussant l'agneau dans le riz et fais de mon mieux pour refouler ma culpabilité.

– C'est vraiment bon, ma chérie, félicite Monsieur

Franklin en s'essuyant la bouche avec sa serviette en papier. Je dois avouer qu'au départ, j'étais un peu inquiet.

Il me lance un regard.

– Non que je pensais que ce serait mauvais, simplement, je n'avais jamais goûté ce type de cuisine.

Je hoche la tête pour lui faire savoir que je ne suis pas offensée. Je ne m'y connais pas assez en gastronomie turque pour être personnellement touchée qu'il l'apprécie ou non. Je me demande quel effet ça me ferait de découvrir quelque chose sur le pays d'origine de mes parents.

Enthousiasmée par les compliments de son mari, Madame Franklin dodeline de la tête.

– Et toi, Aysel, ça te plaît aussi ?

– Je me régale, dis-je d'un ton de fine connaisseuse.

– Ah, tant mieux !

Elle joint les mains, ravie.

Franchement, je n'ai aucune envie de lui briser le cœur.

SAMEDI 23 MARS
J - 15

Georgia jette des coups d'œil par la fenêtre. Je crois qu'elle espère apercevoir Tyler avant qu'on parte.

– C'est qui ce beau gosse ?

Elle presse le nez contre le carreau tandis que je grimace en avalant une gorgée de mon café noir. Malgré tous mes efforts, je n'arrive pas à m'habituer à ce goût amer.

– Je pensais que tu connaissais Tyler ?

– Te fous pas de moi, répond-elle. Ce mec-là, c'est pas Tyler.

La sonnette retentit et je me lève pour aller ouvrir, mais Georgia arrive la première. Elle ouvre la porte d'un grand geste, se plante les mains sur les hanches et lance de sa voix la plus chaleureuse :

– Bonjour, enchantée !

– Euh… salut, bafouille Roman.

Vu que je passe ma vie à avoir honte de mon père, je n'ai jamais eu l'occasion d'être mal à l'aise à cause de notre intérieur. Mais là, dès que Roman passe la porte, je commence à remarquer tout ce qui ne va pas chez nous. Exemple : notre moquette tachée et la pile de vaisselle sale qui encombre l'évier. Rien à voir avec sa maison où tout est impeccable et parfaitement rangé.

Ce n'est pas comme si je devais me soucier de ce qu'il pense. C'est vrai, à mon avis, il ne va pas décider de ne plus sauter de la falaise avec moi parce que ma maison est une zone sinistrée. Mais ça m'embêterait de lui faire pitié. J'aimerais bien que la grosse limace s'active et me débarrasse de ma gêne. Allez, à un moment donné, il va falloir qu'elle soit plus gloutonne que ça.

Il tend la main pour saluer Georgia comme le ferait un politicien. Les traditions du Sud ont la peau dure, on dirait.

– Moi c'est Roman, un ami de ta sœur, se présente-t-il.

Vu notre absence de ressemblance, je m'étonne qu'il ait pu déduire que Georgia était ma sœur.

– *Demi-sœur.*

– Pourquoi est-ce qu'il faut toujours que tu précises, Aysel ?

Georgia me lance un regard sombre puis se remet à tortiller sa belle queue de cheval et battant des cils face à Roman. Elle nous sort le grand jeu.

– Comment tu connais ma sœur ?

Roman regarde par terre en agitant nerveusement les pieds.

– Euh... on s'est rencontrés il y a quelques semaines sur un terrain de basket à Willis.

Georgia fait volte-face vers moi.

– Qu'est-ce que tu fabriquais à Willis ?

– Qu'est-ce que ça peut te faire ?

Je fais signe à Roman de venir s'asseoir dans la cuisine.

– Tu veux boire quelque chose ?

En le voyant parcourir la pièce du regard, j'ai envie de lui mettre les mains sur ses yeux et de le reconduire dehors.

– Ma mère est au travail, dis-je, tentant de trouver n'importe quelle excuse pour justifier le désordre ambiant.

– Oui, elle travaille chez Swift Mart, ajoute Georgia en s'incrustant dans la cuisine d'un pas enjoué. Six jours par semaine, la pauvre !

La pauvre ? Il y a pire dans la vie de notre mère que de travailler au supermarché. Exemple, au hasard : son premier mari a été reconnu coupable de meurtre. Ou encore : sa fille aînée est une paumée dépressive.

– T'as pas autre chose à faire, Georgia ? Un entraînement de pom-pom girls ou je sais pas quoi ?

J'ouvre le frigo. Roman ne m'a pas dit s'il voulait boire quelque chose, mais je vais quand même lui servir du jus d'orange. Je remplis un verre et le pose devant lui.

– Merci, me dit-il distraitement.

Il a la tête ailleurs. Je remarque que son verre est tout poussiéreux. Dégoûtant. Parfois il faut voir une personne extérieure chez soi pour se rendre compte de la façon dont on vit.

Georgia prend place à côté de lui.

– J'ai pas entraînement aujourd'hui. Je pensais peut-être vous accompagner, d'ailleurs.

Je fais mon maximum pour ne pas la dévisager bouche bée. *Non, mais elle se fout de moi ?*

– C'est que… c'est pour un exposé de physique.

Elle se tourne vers Roman.

– Tu travailles aussi sur cet exposé ?

Il me décoche un petit sourire avant de répondre :

– Non. J'aime bien les zoos, c'est tout. L'aventure, les animaux, tout ça.

Elle s'accoude à la table en me lançant un grand sourire.

– Moi aussi, j'aime bien les zoos !

En entendant à nouveau sonner à la porte, je vais ouvrir. Les mains dans les poches et les yeux abrités sous une casquette de baseball blanche, Tyler Bowen apparaît sur le seuil.

– Bonjour.

– Salut, tu entres deux minutes ?

– Si tu veux.

– Salut, Ty ! lance Georgia et se levant d'un bond.

Elle se précipite pour aller le prendre dans ses bras.

Il lui rend son étreinte en la serrant fort et en la soulevant en l'air. En entendant ma sœur glousser, Roman et moi échangeons un coup d'œil d'un air de dire *j'hallucine.*

– Quoi de neuf ? s'enquiert Tyler, mais je ne sais pas trop s'il s'adresse à nous tous.

Seule Georgia lui répond :

– Je venais justement de demander si je pouvais venir avec vous au zoo.

Elle implore Tyler du regard comme s'il pouvait jouer les arbitres entre mon refus catégorique et l'indifférence de Roman.

– Je ne savais pas que tu aimais sortir avec ta sœur, s'étonne-t-il d'un ton tout à fait sérieux.

Là, j'ai presque envie moi aussi de le serrer dans mes bras.

– Je pense que tu devrais venir, tranche Roman.

Et lui, je lui mettrais bien un coup de poing dans la figure.

Manifestement, il a retourné sa veste et troqué son indifférence contre un oui, le salaud.

– Moi c'est Tyler au fait. Et toi ?

– Roman.

Ce dernier serre la main que Tyler lui tend d'une bonne poigne, bien ferme. *Bien joué, FrozenRobot.*

– Un ami d'Aysel.

Tyler tente de masquer sa surprise, mais ce qu'il pense n'échappe à personne. À savoir la même chose que ce que n'importe qui penserait en nous croisant hors contexte, Roman et moi : un beau basketteur avec une fille bizarre et sinistre aux boucles indomptables et aux sourcils qui lui mangent la moitié du visage. Mais j'imagine que tout le monde nous voit hors contexte.

– Ils se sont rencontrés sur une aire de jeux à Willis, dit spontanément Georgia en lançant un sourire rayonnant à Roman.

– Je vois, fait Tyler. Bon… vu que les animaux sont plus somnolents en fin de journée et qu'on a besoin de photos d'eux en mouvement, si on y allait ?

– Bonne idée. Le temps d'aller chercher l'appareil photo et je vous retrouve dehors, d'accord ?

– C'est toi qui conduis ? demande Georgia à Tyler.

– Oui, répond-il en agitant ses clés devant lui. Il y a de la place pour tout le monde dans ma voiture.

– Je monte devant ! s'exclame-t-elle en se redressant d'un bond.

Je grimpe l'escalier en quatrième vitesse jusqu'à notre chambre et fouille dans mon sac à dos pour remettre la main sur l'appareil que j'ai emprunté à la bibliothèque. Je le range dans un sac plus petit piqué dans le placard de Georgia. Un sac bleu ciel en cuir en forme de coquillage. Il va sans dire que ce n'est absolument pas le genre de chose que j'achèterais mais il est parfaitement adapté à la taille de l'appareil et qu'est-ce que ça peut bien faire qu'il soit bleu dragée ? À cet instant, les tendances sont le cadet de mes soucis.

Je m'assieds par terre un instant et inspire à fond en fredonnant le *Requiem* de Mozart pour me préparer psychologiquement à ce qui m'attend. Juste au moment où je m'apprête à redescendre, j'entends des pas traînants dans mon dos.

– Ça va être une journée intéressante, souligne Roman.

De mieux en mieux, FrozenRobot : maintenant on me suit dans ma chambre sans y avoir été invité.

– M'en parle pas. Je ne comprends pas pourquoi tu as voulu venir.

Il me tend une main pour m'aider à me relever.

– Ne dis pas le contraire : maintenant t'es bien contente que je sois là, sinon tu aurais dû endurer toute seule le numéro de Tyler et Georgia.

– C'est toi qui lui as dit qu'elle pouvait venir, dis-je en marmonnant tandis qu'on redescend l'escalier.

– C'est mieux comme ça, assure-t-il en m'ouvrant la porte de l'entrée.

J'attrape mon blouson sur le portemanteau pour en sortir les clés de la maison dans la poche, puis je verrouille la porte derrière nous.

– Ça m'étonnerait.

– Si, fais-moi confiance.

Dehors, l'air est vif et le ciel dégagé, et le parfum fleuri et humide du printemps se fait sentir. C'est une journée idéale pour aller au zoo. Alors qu'on marche vers la voiture, j'observe Roman du coin de l'œil. Je ne sais pas si c'est de la confiance qu'il m'inspire. Je suppose que je ne peux que le croire sur parole quand il dit qu'il sautera en même temps que moi. Non que ça ait de l'importance, du moment que je disparais. Je sais, c'est horrible de penser ça mais là-dessus, les détracteurs du suicide ont raison : c'est un acte égoïste. Tout tourne autour de soi, raison précise pour laquelle le concept d'un partenaire de suicide est totalement bizarre.

On en a besoin un temps. Mais un temps seulement.

SAMEDI 23 MARS
J - 15

Plus tard

Au bout d'environ deux heures de voiture, on arrive enfin au zoo. La route a été moins pénible que je ne l'imaginais. Tout le monde était calme et on a passé la quasi-totalité du trajet à écouter Georgia fredonner les chansons qui passaient à la radio. De temps en temps, Tyler lui posait une question et elle lui répondait avec son entrain habituel.

Elle a soumis Roman à un interrogatoire et il s'en est plutôt bien sorti. Tout ce qu'elle voulait savoir, c'est si on sortait ensemble et Roman a réussi à laisser planer le doute. Maintenant que je connais sa mère, je dirais qu'il a été à bonne école pour savoir répondre à des questions en rafale.

Tyler se gare et on file tous les quatre vers l'entrée pour faire la queue et acheter nos billets. L'espace d'un instant un peu gênant, je devine que Tyler hésite à inviter Georgia. Mais, dans ce cas, il se sentirait obligé de m'inviter aussi et regardons les choses en face : Tyler Bowen n'a aucune envie de gaspiller son argent pour moi.

Roman me passe devant d'un coup d'épaule et tend une liasse de billets à l'employée derrière le guichet.

– Quatre entrées étudiants, s'il vous plaît.

– Mais Roman, t'es pas obligé, fait semblant de protester ma sœur.

– Sérieux, mec, intervient Tyler, je peux me payer mon entrée. C'est pas un souci.

– Non, c'est pour moi, assure Roman en me lançant un sourire.

Tandis que l'employée lui rend sa monnaie en comptant à voix haute, je remarque que ses mains paraissent beaucoup plus vieilles que son visage. Je jette un œil aux miennes sans trop savoir si je suis triste ou heureuse à l'idée que je ne les verrai jamais toutes fripées.

– Qu'est-ce qui t'a pris ? dis-je tout bas à Roman, une fois à l'intérieur.

Il hausse les épaules.

– On n'emporte pas son argent dans sa tombe.

Tyler sourcille en me voyant chuchoter à l'oreille de Roman.

– Je savais pas que notre exposé de sciences était devenu un rencard.

Georgia l'agrippe par le bras.

– C'est bien pour ça que je suis venue, Ty. Comme ça, tu te sentiras moins à l'écart.

Tyler lui sourit puis reporte son attention sur moi.

– Puisque c'est toi qui as voulu venir au zoo, par quoi on commence, Aysel ?

– Le pavillon des animaux nocturnes, ça vous dit ? On pourra prendre les chauves-souris en photo. Elles se suspendent la tête en bas. De l'énergie potentielle en puissance.

– C'est vrai. Les chauves-souris, des vrais pendus ambulants, rétorque Tyler d'une voix un peu tendue.

Roman et Georgia lui jettent un regard curieux et je m'efforce de prendre un air tout aussi surpris. Je n'ai pas trop de mal à simuler vu que les chauves-souris sont loin d'être des pendus ambulants, mais quelque chose me dit ce n'est pas le moment de pousser Tyler sur ce sujet…

– C'est par là, dis-je en partant devant.

Je connais plus ou moins le zoo de Louisville comme ma poche. Quand j'étais plus jeune, ma mère m'y emmenait souvent le week-end. Elle trouvait ça important qu'on ait des moments rien qu'à nous. Mais elle y a renoncé quand j'ai eu environ huit ans car Georgia grandissait et Mike, qui était encore tout petit, lui donnait du fil à retordre. Elle ne l'a jamais avoué, mais la vérité c'est qu'elle était trop occupée à fonder sa nouvelle famille et n'hésitait pas me confier à mon père. Il a fallu qu'il pète une durite pour qu'elle recommence à s'occuper vraiment de moi. Sauf que personne n'a envie d'attirer l'attention pour des raisons pareilles.

L'intérieur du pavillon des animaux nocturnes est comme dans mon souvenir. Il fait sombre et ça sent un mélange de fruits et légumes pourris. Derrière moi, j'entends ma sœur glousser, ce qui signifie que visiblement le groupe a réussi à suivre bien que j'aie marché au pas de course. Je passe vite fait devant les cages des opossums et des raton-laveurs et arrive devant celle des chauves-souris. Comme prévu, elles sont suspendues au plafond, emmitouflées dans leurs ailes noires à la peau tannée.

Roman s'approche dans mon dos en posant la main sur mon épaule. Je sursaute.

– Ce n'est que moi.

– Je sais.

C'est bien pour ça que je suis nerveuse.

Je sors mon appareil du sac.

– Merci d'avoir demandé si tu pouvais m'emprunter ce sac, lance Georgia avec sarcasme.

– Chut ! Parle moins fort. Il ne faut pas effrayer ces animaux.

La lèvre du haut retroussée, Georgia me décoche un regard mauvais.

– J'hallucine. C'est toi qui as peur qu'on soit effrayants ?

– Georgia... intervient Tyler.

– Quoi ? s'agace-t-elle en reculant la tête.

– Bon... si on laissait juste Aysel prendre sa photo ? propose Roman en basculant d'une jambe sur l'autre, mal à l'aise.

– Très bien, rétorque ma sœur. Laissons-la prendre ses photos. Ça te dirait d'aller voir les tatous ? Ils sont trop choux !

– Si tu veux, accepte Roman, et ils repartent au bout de la galerie.

J'allume l'appareil photo en regardant dans le viseur et prends quelques clichés que je fais ensuite défiler sur l'écran.

– Tiens, regarde, je pense que celle-là est pas mal, dis-je à Tyler en lui tendant l'appareil.

– Oui, à mon avis elle plaira à monsieur Scott, approuve-t-il.

Dommage, je serai plus là pour voir sa réaction, me dis-je en remettant l'appareil dans mon sac.

– Bon, on les rejoint ?

– Tout ce qu'elle veut, c'est être ton amie, tu sais, lâche-t-il d'un coup.

Je referme le sac d'un geste si brusque que je manque de casser la fermeture Éclair.

– Je crois pas, non.

– Mais si. C'est pour ça qu'elle est venue aujourd'hui.

– Bah voyons.

– C'est flagrant.

Devant mon regard ahuri, il continue :

– Elle essaie constamment de capter ton attention et de te faire rire. Elle n'est pas si méchante, tu sais.

Tandis qu'on remonte la galerie sombre à la recherche des tatous, je réfléchis à ce que Tyler vient de dire au sujet de ma sœur qui voudrait être mon amie. À mon avis, c'est n'importe quoi. Si Georgia est venue, c'est pour essayer de se mettre Tyler Bowen dans la poche. Sortir avec lui ferait grimper sa cote de popularité en flèche : la pom-pom girl junior qui sort avec la star de l'équipe de basket des cadets. On dirait le pitch d'un navet pour ados.

– À mon avis, tu te trompes, dis-je. C'est pas pour moi qu'elle est venue, c'est pour toi.

En arrivant près des tatous, j'aperçois Roman et Georgia appuyés contre la vitre, tout près l'un de l'autre. Ils observent les petits mammifères en riant comme des vieux copains.

– Je suis pas sûr que ce soit sur moi qu'elle ait des vues, souligne Tyler en me donnant un petit coup d'épaule.

Je lève les yeux au ciel.

– Elle peut sortir avec Roman si ça la chante, je lui laisse, dis-je en me gardant d'ajouter tout haut : *mais bonne chance car dans peu de temps, il sera mort.*

Roman nous lance un grand sourire en nous voyant.

– Et maintenant, on va où ?

– Pourquoi pas les lions ? je suggère. Je crois qu'ils les nourrissent aux alentours de midi. Si on se dépêche, j'arriverai peut-être à les avoir en train de manger.

– J'ai hyper soif, lance Georgia en se tournant vers Roman : tu m'accompagnes chercher une limonade ?

Roman m'interroge du regard, mais je reste indifférente.

– Vous n'avez qu'à nous retrouver à l'enclos des lions.

– Moi aussi, j'ai soif, en fait, renchérit Tyler. Je vous accompagne.

Georgia sourcille un peu.

– Ah ! d'accord.

– Dans ce cas, je vais avec Aysel, décide Roman en venant se poster à côté de moi. On vous retrouve tout à l'heure.

Une fois Georgia et Tyler partis, je me tourne vers lui :

– Tu as raté l'occasion d'emballer Georgia à la buvette.

– Je croyais que tu avais promis d'arrêter tes blagues pourries ?

Je lui décoche un regard penaud d'un air de dire « grillé ». On ressort du pavillon des nocturnes pour aller voir les lions. Dehors, je m'aperçois que le ciel s'est assombri et que le soleil se cache derrière des nuages de pluie inquiétants. Plongeant les mains dans les poches de mon blouson, je palpe la doublure en polaire.

– C'était pas une blague. Je suis prête à parier que ma sœur te sauterait bien dessus.

– Vous ne vous ressemblez pas du tout toutes les deux. Comment ça se fait ?

Je regarde droit devant moi pour éviter tout contact avec lui.

– On n'a pas le même père.

– Oui, c'est vrai que tu as précisé que c'était ta demi-sœur mais quand même. Toi tu es comme un lion alors qu'elle… elle ressemble plutôt à un tatou.

– Un tatou ?

Il m'effleure l'épaule.

– Tu m'as compris.

– La différence entre elle et moi, c'est mon père, dis-je d'un ton dur, dans l'espoir qu'il laisse tomber le sujet. Cherche pas à comprendre, dis-toi juste que ça change tout.

On arrive à l'enclos des lions. Seuls trois d'entre eux sont visibles et ils n'ont pas l'air d'être à table. Zut. On a dû rater l'heure du repas. Le mâle se prélasse sur un gros rocher tandis que les deux femelles sont blotties l'une contre l'autre à l'autre bout de la clôture.

Le mâle ouvre grand la gueule pour bâiller et un petit gamin près de nous se met à faire des bonds, tout excité. Un autre, apparemment moins intrépide, se planque dans les jupes de sa mère. J'attrape mon appareil en regrettant de ne pas l'avoir sorti à temps pour immortaliser la scène.

– Il est où ton père aujourd'hui ? reprend Roman.

Incarcéré dans une prison fédérale : voilà la réponse à sa question. Et autant que je sache, elle se trouve à perpète, très loin d'ici.

– Il est loin, parti, dis-je en prenant deux ou trois clichés des lions.

Il y en aura peut-être un ou deux d'exploitables.

– Parlons d'autre chose, tu veux.

– Attends, je pige pas, me retient-il en posant la main sur mon poignet : comment est-ce que quelqu'un qui ne fait plus partie de ta vie peut faire toute la différence ?

Fuyant son contact, je m'écarte de l'enclos et pars m'asseoir sur un banc. Il me suit.

– Bon, excuse-moi. Parlons d'autre chose.

– Je sais, c'est bizarre mais c'est la vérité. Mon père…

J'inspire un coup.

– Mon père a gâché toute ma vie.

Je me garde de préciser qu'il m'a gâché la vie non seulement à cause de l'acte qu'il a commis mais qu'en plus, depuis, j'ai peur de ce que je suis, peur de ce dont je suis capable.

À cette réflexion, quelque chose s'agite en moi. J'ignore si c'est la limace qui fait des glissades au fond de mon ventre ou un sentiment nouveau dont j'ignorais l'existence, mais ça me fait l'effet d'un crépitement, comme si j'avais un mini-cierge magique à l'intérieur.

– Je devrais aller lui rendre visite, dis-je sans réfléchir avant de me rappeler que je ferais mieux de couper court à cette discussion.

Roman connaît Brian Jackson et s'il apprenait ce que mon père a fait, il me haïrait.

Il s'éclaircit la voix.

– C'est-à-dire ?

Je me relève d'un coup.

– C'est décidé : je vais voir mon père une dernière fois avant de mourir.

Roman reste assis. Quand je me résous enfin à le regarder, il me fixe d'un air désapprobateur.

– Tu n'as pas un cancer en phase terminale, Aysel, critique-t-il en haussant le ton. Tu n'es pas condamnée.

– Ce qui veut dire ?

– Ce qui veut dire qu'on n'est pas en train de dresser la

liste des choses à faire avant de mourir. Il ne s'agit pas de réaliser ses rêves. L'objectif, depuis le début, c'est de *mourir*. Point.

Il remue nerveusement les pieds en écartant brusquement les mains.

– Tu me plantes, c'est ça ?

Je rougis violemment.

– Non, je te plante pas. J'ai juste besoin de le voir une dernière fois. Je veux pouvoir le regarder dans les yeux et…

Finalement Roman se lève. Il passe un bras autour de mes épaules et, cette fois, je ne sursaute pas. Au contraire, je m'appuie contre lui.

– Et puis quoi ? Qu'est-ce que tu espères trouver ? J'ai comme l'impression que tu te cherches des raisons de vivre.

Une boule dans la gorge, j'ai une explication toute trouvée, prête à sortir d'une traite, mais la grosse limace l'engloutit implacablement.

– C'est pas ça, dis-je d'une petite voix.

– Mais c'est quoi, alors ?

– Il faut que je le voie, Roman, c'est tout. J'ai le sentiment que si je le vois, j'arriverai à sauter de la falaise. Plus rien ne me retiendra.

Il renverse la tête vers le ciel.

– Parce que pour l'instant, tu hésites ?

Je ne sais pas comment lui expliquer que tant que je n'aurai pas compris la cause de toute cette histoire, je ne suis pas sûre de pouvoir réellement détruire mon énergie potentielle. Or, depuis cinq minutes, je suis convaincue que la seule solution pour dénouer tout ça, c'est de revoir mon père une dernière fois.

Roman baisse la tête pour me regarder à nouveau.

– On n'a qu'à aller le voir ensemble. Si ça peut t'aider, tu peux compter sur moi.

J'ai presque envie de me jeter à son cou pour le serrer fort contre moi, blottir mon visage contre son torse et le remercier. Mais je pense que ça ne faisait pas partie de notre accord. J'aimerais bien qu'on fasse passer mon cœur au détecteur de mensonges car il n'arrête pas de tricher, de jouer les girouettes et de changer d'avis. Je n'arrive pas à trancher sur ce qui compte le plus à mes yeux : que Roman soit à mes côtés pour affronter mon père ou qu'il n'apprenne jamais la vérité ?

Tandis qu'il m'observe de ses grands yeux noisette, un léger frisson me pince la poitrine. Je suis peut-être naïve, mais je commence à croire que Roman comprendrait et ne me tiendrait pas responsable des actes de mon père. Il faut peut-être que je lui laisse une chance de prouver qu'il est vraiment différent des autres.

Je cherche sur son visage un signe indiquant qu'il est déjà au courant. Mon nom n'est pas cité dans les articles sur Internet consacrés à mon père (croyez-moi, j'ai vérifié), mais je suis presque sûre qu'une simple recherche dans Google l'aurait mis sur la piste. Les Turcs ne courent pas les rues à Langston, et encore moins dans le Kentucky. Toutefois, j'ai beau observer attentivement ses yeux très enfoncés, ses lèvres fines, ses joues légèrement rosies par le soleil, rien ne laisse penser qu'il *sait*. Tout ce que je vois, c'est un garçon apparemment concerné et ça, ça m'inquiète presque autant que le fait qu'à tout moment, il pourrait tout découvrir sur mon père.

Ce serait peut-être mieux qu'il l'apprenne par moi plutôt que par quelqu'un d'autre. Les mots s'amoncellent au fond de ma gorge et alors que je suis sur le point de tout déballer, soudain il me prend par la main et la serre en me caressant les doigts.

– Je t'assure, ça me dérange pas. Excuse-moi de m'être emporté tout à l'heure. On ira voir ton père ensemble, ok ?

– Ok.

C'est tout ce que je parviens à répondre du bout des lèvres.

Alors, la langue collée au palais, je me promets en silence de tout lui révéler plus tard. Pas aujourd'hui, mais bientôt.

Il me presse encore la main.

– Bon, et maintenant ?

– Si on allait voir les ours polaires ? Il faudrait que je les prenne en train de nager.

– Pas de problème, approuve-t-il en me gratifiant d'un sourire en demi-teinte. Ça me fera plaisir de les voir une dernière fois. L'ours polaire a toujours été l'animal préféré de Maddie.

C'est là que je me demande si FrozenRobot n'aurait pas lui non plus une liste de dernières volontés, simplement il n'en a pas encore conscience.

Bonne question.

MARDI 26 MARS
J - 12 JOURS

Je pars plus tôt du travail et rentre aussi vite que je peux à la maison, le but étant d'arriver la première avant le dîner pour avoir le temps de fouiller tranquillement dans le bureau. Si ma mère a conservé quoi que ce soit sur mon père, c'est dans cette pièce que je le trouverai.

J'ouvre la porte et m'arrête un instant dans l'entrée en retenant mon souffle, et en croisant les doigts pour que la maison soit déserte.

– C'est qui ? lance mon petit frère à l'étage.

– Ce n'est que moi, Mike, dis-je doucement pour ne pas me faire remarquer au cas où il ne serait pas seul.

– On mange quoi ce soir ?

Sa grosse voix fait pratiquement trembler toute la maison. Mike a hérité des cordes vocales de Steve. Si je ne l'aimais pas autant, ça m'agacerait presque. Mais je n'ai jamais pu me résoudre à m'énerver contre lui.

– J'en sais rien, Mikey. Maman ne va pas tarder. Tu lui poseras la question, d'accord ?

– D'accord. Tu viens jouer à un match de FIFA avec moi ?

La bouche pincée, je réprime une grosse envie de sourire.

– Peut-être plus tard. J'ai plein de devoirs, là.

– Ok... fait-il d'un ton déçu.

Je m'efforce d'en faire abstraction pour me concentrer sur l'objectif immédiat : fouiller dans les affaires de ma mère. Je remonte le couloir étroit et tourne pour entrer dans le bureau. Exiguë et encombrée, la pièce est à peine plus grande qu'un placard. J'enjambe quelques cartons pour me glisser derrière la table en plastique.

Là, je tends le cou pour examiner les cartons sur l'étagère du haut de la bibliothèque. Telle que je connais ma mère, elle a dû ranger le linge sale de la famille dans le coin le plus inaccessible.

Perchée sur la chaise de l'ordinateur, je tends le bras pour attraper une des boîtes en carton remplies de chemises en kraft. La chaise pivote sous mes pieds. Alors que je déploie un dernier effort pour m'en emparer, je perds l'équilibre et réussis à faire tomber deux boîtes et quelques livres.

Je me rattrape par terre dans un bruit sourd en plaquant les mains sur la moquette usée pour amortir ma chute. Les poignets en feu, je découvre la pile de paperasse éparpillée partout. *Merde.*

– Aysel ?

Levant les yeux, je tombe nez à nez avec Mike. *Merde et re-merde.*

Sa manette de jeu vidéo serrée contre lui, il me fixe bouche bée.

– Ça va ?

– Oui, désolée pour le raffut. J'ai perdu l'équilibre.

Il me scrute, les yeux plissés.

– Tu cherches quoi ?

À genoux, je commence à rassembler les papiers en les rangeant au hasard dans les boîtes. *Tu parles d'un bureau ordonné, Maman.* Un des documents retient mon attention. C'est un vieux bulletin à moi qui date du CM1. Je le ramasse en effleurant son papier peu épais. Ça m'étonne qu'elle l'ait conservé.

– Aysel, pourquoi tu fouilles dans les affaires de Maman ? fait Mike d'une voix de plus en plus forte.

Je tiens en l'air mon vieux bulletin pour lui montrer.

– Oh, désolée. Je, euh... je cherchais d'anciens documents scolaires. C'est pour mes dossiers d'inscription en fac, tu vois ?

– Pourquoi t'arrêtes pas de dire que t'es désolée ?

Il passe sa main dans ses cheveux blonds ondulés. Il se tripote toujours les cheveux quand il a le trac ou qu'il est gêné.

Je prends sur moi pour avoir l'air de rien.

– Parce que je t'ai fait peur.

Il me décoche un sourire tout en dents.

– C'est pas vrai, j'ai pas eu peur.

Je me force à sourire.

– Bon, si tu remontais dans ta chambre ?

– Je peux pas t'aider à chercher ? répond-il, les sourcils froncés.

– Je crois que Maman serait très fâchée si je te laissais t'amuser ici.

Il se renfrogne d'un air boudeur.

– Ça serait pas pour m'amuser mais pour t'aider.

– Je sais, mais elle ne veut pas que tu traînes ici.

– Bon, d'accord, soupire-t-il en tournant les talons.

– Hé, Mikey ?

– Ouais ?

– Tu veux bien me rendre un service ?

– Ça dépend. Quoi ?

– Ne dis pas à Maman que j'étais ici.

– Tu veux dire que c'est un secret ? s'emballe-t-il, tout excité.

– Oui, ça sera notre secret.

– Trop cool. Tu viendras jouer avec moi tout à l'heure ?

Je hoche rapidement la tête avec enthousiasme. Ça me fait mal au cou. Je n'ai pas l'habitude de la remuer aussi vite.

– Carrément.

Dès qu'il est parti, je me remets à ramasser les papiers. Je trouve toutes sortes de choses. Des vieilles cartes d'anniversaire, des factures, des relevés de compte. Je serais tentée de croire que tout est rangé n'importe comment, mais c'est sans doute moi qui ai chambardé sa méthode de classement en renversant les boîtes.

Je suis à deux doigts de désespérer quand je tombe sur une enveloppe. Elle est vide mais l'adresse de l'expéditeur m'interpelle : Établissement Pénitentiaire de Mc Creary. Ça concerne forcément mon père. *La prison de Mc Creary, c'est là qu'il se trouve.* Je reprends ma fouille à quatre pattes pour retrouver la lettre correspondante quand soudain, j'entends la porte de l'entrée s'ouvrir.

– C'est qui ? braille mon petit frère.

– C'est moi, mon chéri, répond ma mère au loin.

Je finis vite fait de ranger tous les papiers épars dans les boîtes et au moment où je m'apprête à grimper pour les remettre là-haut, des bruits de pas résonnent dans mon dos.

– Aysel, qu'est-ce que tu fabriques ici ?

Je me retourne face à ma mère. Elle porte son uniforme de travail : polo rouge et pantalon chino repassé. Enfin, repassé, en théorie ; le sien est un peu froissé et les ourlets commencent à être râpés. Je remarque aussi que ses chaussures sont vieilles et éraflées. Quand je ne serai plus là et qu'il y aura une bouche de moins à nourrir, elle sera peut-être en mesure de réduire son nombre d'heures. Ou elle aura au moins les moyens de s'acheter de nouvelles chaussures.

– Je cherchais un truc pour mes dossiers d'inscription en fac.

Son expression à cet instant me prend au ventre. Elle me regarde d'un air chaleureux et agréablement surprise.

– C'est vrai ?

– Oui, il fallait que je vérifie si en seconde, j'avais terminé l'année sur un A ou un B en biologie.

Face à sa bouche pincée qui me fait dire qu'elle n'est pas tout à fait convaincue, je m'enfonce dans le mensonge :

– Parce que, tu comprends, ces notes, c'est ce qui va déterminer à quelles facs je vais me présenter.

Elle me scrute attentivement en portant une main à sa bouche.

– Il n'y a pas un conseiller au lycée qui peut t'aider ?

– Si, mais j'étais trop curieuse pour attendre.

Mes mensonges commencent à me peser en voyant ma mère s'y intéresser vraiment.

– Bon, mais tu as trouvé ce que tu cherchais ?

Elle jette un œil aux boîtes, l'air de savoir que leur contenu est tout mélangé.

– Oui, oui, dis-je en me plantant devant pour essayer de lui boucher la vue. Désolée de les avoir renversées, j'ajoute en me balançant d'avant en arrière. Je vais les remettre là-haut.

– Non, fait-elle en secouant la tête. Tu risquerais de tomber. je demanderai à Steve de les ranger quand il sera rentré.

Comme elle s'attarde dans l'embrasure de la porte, je vois bien qu'elle attend que je ressorte avec elle. Alors, je la rejoins dans le couloir et elle éteint la lumière du bureau derrière nous. On part sans rien dire en direction de la cuisine puis je trouve un prétexte pour monter dans ma chambre.

Une fois seule, je m'affale sur mon lit et tente d'oublier sa mine réjouie et pleine d'espoir. Rabattant la couette sur ma tête, je pose mes mains sur mon ventre en suppliant la limace de me rappeler que ma mère se portera mieux sans moi. Elle sera plus en sécurité et en fin de compte, l'événement du 7 avril sera la meilleure chose qui pourra lui arriver…

À elle comme à tout le monde. Surtout à moi.

MERCREDI 27 MARS

J - 11

Aujourd'hui au bureau, on lance un marathon téléphonique au nom de la ville de Langston. Chaque année, fin mars, la mairie organise une fête foraine dans les jardins du collège pour lever des fonds en faveur de l'éducation. (Fonds surtout destinés au programme de basket-ball, mais ils donnent le change en affirmant que l'argent servira à étoffer nos cursus de sciences et de maths.) Ils font toujours installer une ou deux attractions minables – une grande roue et un manège de tasses tournantes –, des buvettes qui vendent de la barbe à papa poisseuse et du soda ultra-sucré, et ils sollicitent l'équipe de pom-pom girls pour exécuter quelques numéros de danse osés. Ça, les vieux pervers de Langston adorent la fête foraine du printemps, c'est sûr. Je décroche mon combiné et compose le prochain numéro sur ma liste : John Gordon, au 415 Mound Street. John fait peut-être partie de la tranche de population qui a déjà prévu d'assister à la fête et n'aura donc même pas besoin qu'on le lui rappelle. Notre citoyen modèle décroche au bout de deux sonneries. Ç'aurait été trop beau.

– Allô ? dit-il avec un accent inimitable.

– Bonjour, Monsieur Gordon. Je m'appelle Aysel et je vous appelle de la part de Tucker Marketing Concepts au nom de la ville de Langston.

– Oui ?

Il semble un peu impatient, mais son ton est moins agacé que ceux que ceux qui m'accueillent d'ordinaire.

– Comme vous le savez peut-être, la ville va accueillir son annuelle fête foraine du printemps.

Je lui débite mon baratin comme quoi le montant des recettes collectées constituera des fonds très précieux pour les écoles de Langston, j'en rajoute sur les spectacles qui seront présentés par les pom-pom girls et insiste sur le fait que la grande roue c'est très amusant (et pas risqué du tout, mais non.)

Je conclus par la tirade finale obligatoire :

– C'est une occasion de bien s'amuser pour les gens de tout âge. Un évènement convivial à vivre en famille.

Bien entendu, je ne précise pas que généralement, les pom-pom girls se trémoussent en maillot de bain à motif léopard bien qu'il fasse à peine plus de dix degrés à cette période.

À l'autre bout du fil, silence.

– Monsieur Gordon ?

– Oui, je connais bien la fête foraine du printemps. On a prévu d'y aller en famille demain après-midi.

– Formidable. Merci, Monsieur Gordon.

S'il y a bien une chose qu'on peut dire en faveur des habitants de Langston, c'est qu'en général, ils se mettent en quatre pour leur ville.

Aujourd'hui, je m'applique plus à la tâche que d'habitude. Je voudrais finir ma liste d'appels. C'est vrai, j'ai vraiment envie que la journée s'achève. Dernièrement, j'ai remarqué que si je travaillais dur au travail, le temps passait plus vite. Après environ six appels d'affilée, je jette un œil à Laura. Le front plissé, elle n'arrête pas de cligner des yeux.

– Qu'est-ce qu'il y a ? dis-je en tendant le bras vers le combiné pour composer le numéro suivant.

– Rien, tu es bizarre aujourd'hui.

Elle se lève pour aller à la machine à café.

– On dirait presque que t'es heureuse. T'as enfin rencontré quelqu'un ?

J'éclate de rire, mais ça ressemble plus à un petit râle sec. *Heureuse, moi ?* Le plus triste, c'est qu'elle n'est pas très loin du compte. J'ai bel et bien rencontré quelqu'un. Mais pas dans le sens qu'elle croit.

– Qu'est-ce qui est bizarre ? Que je travaille ?

Elle acquiesce.

– Oui, c'est très bizarre.

– J'essaie juste que tu sois fière de moi, Laura, dis-je en simulant un salut.

Elle secoue la tête d'un air affligé.

Deux minutes avant la fin de mon service, j'ouvre le navigateur Internet. Je n'ai pas glandé une seule fois de la journée, donc j'estime cette petite pause amplement méritée. Je cherche sur le web le numéro de téléphone de l'établissement pénitentiaire Mc Creary. Au bout de deux minutes, je finis par trouver le numéro qui m'intéresse. Je le griffonne sur le bloc-notes à côté de mon bureau puis arrache la page du bloc, la plie en deux et la range dans ma poche.

Je me lève, j'enfile mon sac sur les épaules d'un geste brusque et en sortant, je fais au revoir de la main à mon chef. Il fait une de ces têtes, on dirait qu'il va avoir une attaque.

– Euh… au revoir Aysel, répond-il faiblement.

Comme l'a fait remarquer Laura, j'ai l'air mieux lunée, mais je ne sais pas trop si c'est une réalité ou si c'est mon esprit qui me joue des tours. En un sens, comme je sais que tout sera bientôt fini, je n'ai plus à m'angoisser de rien. Tout est planifié dans les moindres détails. Je sais exactement comment j'ai envie d'occuper mes derniers jours sur Terre, et ce sentiment est réconfortant.

Avant, quand je pensais à la durée d'une journée et aux heures qui semblaient s'éterniser de façon impitoyable et immuable, j'avais le moral à zéro. La vie paraissait vraiment futile, cruelle. Et ennuyeuse aussi, comme disait Berryman. Je me demande si les marathoniens ressentent la même chose en arrivant dans la dernière ligne droite : ils savent qu'ils vont boucler le parcours donc à ce stade, ce n'est plus la peine qu'ils se fatiguent.

Je jette mon sac sur le siège passager, m'installe au volant et ouvre la poche avant de mon sac pour attraper mon portable. Puis je sors de ma poche le bout de papier plié, j'inspire un bon coup et compose le numéro.

Des numéros inconnus, j'en appelle à longueur de temps au bureau, donc je ne devrais pas stresser. Pourtant, je sens mon pouls s'emballer, alors j'allume deux secondes la station de musique classique. Les haut-parleurs diffusent la *Messe en si mineur* de Bach et dès les premières notes, j'ai l'impression qu'on m'a glissé une couverture sur les épaules. Au cas où quelqu'un se déciderait enfin à décrocher à la prison

Mc Creary, je règle le volume pour que ce ne soit pas trop fort.

Calant les pieds sur le tableau de bord, je fais basculer mon dossier en arrière pour m'allonger. Alors que je fredonne au rythme du morceau en pianotant sur le siège en tissu déchiré, une voix à l'autre bout du fil me fait soudain sursauter.

– Tom à l'appareil. Vous désirez ?

Je me redresse d'un bond.

– Je suis bien à l'Établissement Correctionnel Mc Creary ?

– Oui, soupire l'homme d'un air excédé.

– Voilà, je vous appelle pour avoir des renseignements sur la procédure pour venir rendre visite à mon père.

– Hein ?

– Mon père. C'est un de vos…

Je cherche le mot.

– Un de vos détenus.

– Ah ! fait Tom.

Visiblement cet homme ne répond que par monosyllabes.

– 'Vous passe le service visiteurs.

J'ai à peine le temps de réagir que j'entends un blanc sur la ligne puis la petite musique d'attente ringarde retentit à nouveau. J'augmente le son de ma radio.

Finalement, une nouvelle voix ne tarde pas à me reprendre.

– Bob à l'appareil.

En matière de monosyllabes, les employés de Mc Creary ne sont pas seulement adeptes des réponses mais aussi des prénoms.

– Bonjour Bob, dis-je en prenant un ton sympa pour lui donner envie de m'aider. J'appelais pour connaître les conditions pour venir rendre visite à mon père.

– Votre père est incarcéré ici ?

– Oui, dis-je en essayant de paraître blasée comme si je n'en étais pas à ma première visite et connaissais bien le système carcéral.

– Et vous êtes sur sa liste ?

– Quelle liste ?

– Sa liste de visiteurs autorisés. Si vous êtes bien sa fille, vous devriez y être.

Ma gorge se serre.

– Je… je ne sais pas si je suis dessus.

Ma mère ne m'a jamais autorisée à lui rendre visite. Pas même une fois.

– Eh bien, si vous n'y êtes pas, j'peux rien faire pour vous. Mais à mon avis, vous êtes dessus. En général à leur arrivée en prison, les détenus mettent leurs parents les plus proches sur cette liste, faute de mieux. Au cas où l'un d'eux voudrait leur rendre visite un jour.

– D'accord… dis-je lentement. Donc, je me pointe et c'est tout ?

Il s'étrangle à moitié de rire.

– C'est ça. Vous vous pointez pendant les heures de visite. Ça fonctionne au premier arrivé, premier servi. Si tous les parloirs sont occupés à votre arrivée, il faudra vous mettre sur liste d'attente. Et là-dessus, je ne peux rien garantir.

Ça en fait, des listes.

– Et c'est quand, les heures de visite ?

– Ma petite, s'impatiente Bob et c'est limite si je ne l'entends pas d'ici secouer la tête : toutes les infos sont sur notre site web. Mais comme je vous trouve sympa, je vais vous les donner.

– C'est très gentil à vous, Bob, merci.

– Alors, les visites ont lieu du mardi au samedi. Il y a un premier créneau le matin de dix heures à midi et un autre de midi trente à dix-sept heures. Et, vous voulez un tuyau ?

– Avec plaisir, Bob.

– Essayez d'arriver le plus tôt possible. Parfois, le dispositif sature en fin de journée.

– Merci du conseil. À samedi, alors.

– Pas d'quoi, répond Bob en raccrochant.

Je redresse mon dossier mais ne pars pas tout de suite de chez TMC. J'ai l'impression que ma tête déborde d'un tas de pensées contradictoires. J'inspire plusieurs fois à fond. Au bout de quelques instants, je reprends mon téléphone pour appeler FrozenRobot. C'est idiot, je sais, mais c'est plus fort que moi. J'ai besoin de me confier à quelqu'un et il est le seul auquel je peux parler. Je présume que c'est aussi pour cette raison que les suicidaires se prennent un partenaire. C'est commode.

– Salut, fait Roman en décrochant.

– Salut. Tu fais quoi ?

Pas de réponse.

– Tu traînes dans ta chambre, c'est ça ?

– Oui, qu'est-ce que tu veux que je fasse d'autre ?

– Je sais pas, moi. Jouer au basket ?

Je l'imagine d'ici me décocher un regard noir, affalé sur sa couette, ses yeux dorés plissés d'un air concentré, un crayon à la main et un bloc de dessin en équilibre contre ses jambes repliées. J'ai dû rire sans m'en rendre compte car Roman s'agace.

– Commence pas.

– Pardon, j'arrête, promis.

– Tu promets sans arrêt, mais chaque fois tu recommences. Ça devient chiant !

Les ongles plantés dans mon siège de voiture, je serre les dents. Je ne veux pas que FrozenRobot me trouve chiante. Ce qu'il pense de moi devrait m'être égal, je sais bien, et pourtant, ça me travaille un petit peu.

– Désolé, s'excuse Roman tout bas. J'aurais pas dû dire ça.

– Ça fait rien. C'était mérité.

– Non, pas du tout.

Je marque une pause. La ligne reste silencieuse et seul son souffle court se fait entendre à l'autre bout. Je lui demanderais bien s'il est en train de dessiner, mais je m'abstiens.

– Je passe te prendre ? dis-je plutôt.

– Pour quoi faire ?

J'inspire rapidement en cherchant un prétexte pour le voir. Ça tourbillonne dans ma tête et soudain, je me rappelle tous mes appels du jour.

– Je me disais qu'on pourrait aller faire un tour à la fête foraine de Langston.

– T'es malade ou quoi ?

– Ça veut dire oui ? dis-je pour le taquiner, mais je me reprends vite : c'est toi qui as dit que ce serait plus facile de t'éclipser le 7 avril si ta mère était convaincue qu'on est devenus proches.

– D'accord, mais qu'est-ce que tu veux qu'on aille faire à la fête foraine ?

– Je serai là dans un quart d'heure, dis-je avant de raccrocher.

Il n'a pas tort. À tout point de vue et surtout au mien,

je devrais plutôt fuir cette fête foraine. Mais voilà, plus on approche du 7 avril, plus je me sens prête à tout.

La vérité, c'est que c'est un des derniers endroits où j'ai souvenir d'avoir été vraiment heureuse. Je ne me rappelle pas l'âge que j'avais le jour où j'ai pris conscience que ma grosse limace allait inévitablement anéantir toutes mes pensées positives jusqu'à la dernière. Mais je sais que la dernière fois que j'étais à cette fête foraine, ma petite main bien accrochée à celle mon père, le bonheur que je ressentais était bien réel.

Indestructible.

MERCREDI 27 MARS
J - 11

Plus tard

Arrivée devant chez lui, je lui envoie un texto. En un rien de temps, la capuche de son sweat bleu rabattue sur les oreilles, et la tête rentrée dans les épaules comme s'il essayait de se cacher d'un ennemi invisible, FrozenRobot me rejoint à la voiture.

– Alors ? Tu m'expliques ce qu'on va faire à la fête foraine ? lance-t-il une fois à bord.

– Je pensais te rendre service, dis-je en repartant d'un coup de volant. Ta mère va être ravie que tu sois sorti entre amis faire des trucs de ton âge.

Il renverse brusquement la tête contre l'appuie-tête.

– Oui, ça, tu l'as déjà dit au téléphone. Ce que je veux savoir, c'est pourquoi TOI tu veux aller à cette fête ?

Je lui jette un coup d'œil. La mâchoire crispée, les yeux baissés vers le sol, il n'a pas l'air d'humeur à plaisanter. *Pas la peine de te fâcher comme ça, FrozenRobot.*

– Bon, d'accord, je vais être honnête avec toi. J'ai appelé le pénitencier Mc Creary, dis-je en marquant une petite pause. Pour info, c'est là que mon père est incarcéré. Enfin bref, je voulais te raconter ce que j'ai appris sur les possibilités de visite.

Il hausse le menton en regardant droit devant lui à travers le pare-brise. Apparemment, ça ne lui fait ni chaud ni froid d'entendre que mon père est détenu dans une prison fédérale ; je lui aurais dit que mon père était vendeur de crêpes au coin de la rue que ça aurait été pareil.

– Tu as entendu ce que j'ai dit ? Mon père est à l'Établissement Pénitentiaire Mc Creary.

Sans même un regard pour moi, Roman continue de fixer le pare-brise.

– Tu pouvais pas le dire au téléphone ?

Je hausse les épaules même si je sais qu'il ne me regarde pas. C'est drôle tous ces gestes qu'on peut faire même quand personne n'est là pour les voir.

– Je trouvais que ça pouvait être sympa d'aller à la fête foraine.

– Sympa ? répète-t-il avec le même ton hargneux que lorsqu'il a prononcé le mot « amis » le jour de notre rencontre.

Il tourne enfin la tête vers moi.

– Mais t'es qui, en fait ?

J'appuie sur l'accélérateur et regarde droit devant moi en m'efforçant de ne pas montrer combien son ton me blesse. Je ne réponds pas à sa question, car aujourd'hui je ne suis même plus sûre d'en connaître la réponse. On termine le trajet en silence.

Une fois arrivés à la fête foraine, je me gare dans le parking boueux face au collège de Langston. Côte à côte, on marche jusqu'à l'entrée et je paie nos deux billets. C'est la moindre des choses vu que je l'ai obligé à venir et qu'il m'a invitée au zoo.

Sur le portail qui mène au terre-plein central, quelqu'un a accroché cinq grandes banderoles qui ont toutes pour vedette Brian Jackson. Glissant un coup d'œil à Roman, je le vois observer les photos. La bouche sèche, je me force quand même à relancer le dialogue :

– Tu as discuté avec lui récemment ?

Il hausse les épaules.

– Non, pas depuis un moment. On n'est plus très proches tous les deux.

Je suis peut-être parano, mais à sa voix, j'ai comme l'impression que Roman ne me dit pas tout. Un peu comme s'il était au courant d'un truc mais qu'il ne voulait pas que je sache qu'il sait.

– Tu courais vraiment aussi vite que lui ?

Je repense au premier soir de notre rencontre, quand ses copains Lance et Travis avaient vanté ses talents de sportif.

Roman part d'un rire glacial.

– Non. Il a toujours été beaucoup plus rapide.

Il se détourne des banderoles pour me regarder avec un sourire en coin.

– En revanche, j'étais meilleur au dribble.

Soudain, je me sens légèrement soulagée. L'ambiguïté que j'ai cru déceler dans sa voix à l'instant ne portait peut-être pas du tout sur mon père. Peut-être qu'il n'est toujours pas au courant et que c'était juste de la jalousie car les photos de Brian lui rappellent combien sa vie a changé depuis la mort de Maddie. Alors que je m'apprête à poser d'autres questions, Roman hoche la tête en direction de la fête.

– Bon, on entre ou quoi ?

Je lui tends son billet.

– Oui, allons-y.

Il y a déjà foule dans l'enceinte. Des gosses qui se courent après passent devant nous comme des flèches, les mains collantes de barbe à papa et les lèvres teintes en bleu à force d'avoir bu trop de granité. Mon cœur se serre brutalement. Cette époque me manque. À cet âge, je n'avais pas encore pleinement réalisé que mon père avait un sérieux souci et que de fait, j'en avais un aussi.

Roman pose la main au creux de mes reins. J'ai du mal à cerner FrozenRobot. Pour quelqu'un qui est parfois si froid, il a vraiment les mains baladeuses.

– Ça va ?

– Oui, des souvenirs qui remontent, c'est tout.

Le terrain est mou sous mes pieds et mes baskets s'enfoncent dans la gadoue. Ça sent le pop-corn, la friture et la boue.

Roman hoche la tête en retirant sa main de mon dos.

– Maddie adorait cette fête foraine.

Faute de savoir quoi répondre, je fais une suggestion vaseuse :

– On va faire un tour de grande roue ?

– Oui. Pourquoi pas ?

Tandis qu'on se met dans la file, j'aperçois des élèves de ma classe. Je me demande s'ils sont venus assister au spectacle de danse de ma sœur. Je devrais probablement y aller aussi. Mais ma présence serait sans doute plus embarrassante qu'autre chose. Comme toujours.

Stacy Jenkins me montre du doigt en chuchotant à Nate Connors. Je présume qu'elle parle de moi. Je me mords l'intérieur de la joue en m'efforçant de les ignorer.

Roman me lance un regard, apparemment ma nervosité ne lui a pas échappé.

– Qu'est-ce que tu as ? Un problème avec ces… ?

– Non, laisse tomber, dis-je en le coupant tout net.

Il se retourne vers Stacy et Nate en leur jetant un regard de travers. Avec ça, s'ils n'étaient pas déjà en train de parler dans mon dos, maintenant au moins ils m'ont bien remarquée. J'ai horreur de sentir leurs regards sur ma nuque comme si j'étais une cible qu'ils étaient pressés d'atteindre. Serrant les bras contre moi, je tente de faire le vide dans ma tête et me mets à fredonner tout bas le *Requiem* de Mozart en me balançant lentement d'avant en arrière sur les talons. Je n'ai aucune envie que Roman intervienne auprès d'eux à mon sujet. S'ils commencent à parler, il finira forcément par comprendre qui est mon père et je ne vois pas pire façon pour lui de découvrir la vérité.

On arrive au début de la file, et un homme auquel il ne doit plus rester que la moitié des dents nous fait signe de monter dans la prochaine nacelle. On grimpe à bord et, très vite, on décolle en douceur.

– Tu crois vraiment que ça va t'aider de rencontrer ton père ?

Roman rate tout l'intérêt de la grande roue puisqu'il me regarde au lieu d'admirer la vue à nos pieds.

– Je sais pas si ça va m'aider, mais il y a des choses que j'ai besoin de savoir.

Je contemple les buvettes et les stands de jeux qui rapetissent à vue d'œil. Je me demande si la mort, c'est pareil. Toutes nos pensées rapetissent avant de s'effacer pour de bon.

– Quoi, par exemple ? insiste Roman. Je croyais que de le revoir ne changerait rien à ta décision de… tu sais.

Il agite les mains sur ses genoux. J'hésite à lui dire qu'à ce stade, il devrait être suffisamment à l'aise avec le sujet de la mort pour en parler ouvertement mais, au final, je laisse tomber. Je me passerais volontiers d'une énième dispute avec lui.

– Écoute, dis-je en haussant le ton, mon père était un sale type, d'accord ? Il a commis un acte épouvantable, terrible. Et il faut que je sache *pourquoi*, point.

– Quel intérêt ? Si ça ne change rien à ta décision, pourquoi as-tu besoin de savoir ?

La voix de FrozenRobot est douce et calme. Pas de pression. Ni de critique.

Je suis submergée par une brusque envie de le serrer dans mes bras. Ça me fait un bien fou qu'il ne cherche pas à savoir ce que mon père a fait. Les détails sordides ne l'intéressent pas. Fixant ses larges épaules, je m'imagine la jouer blottie contre son torse. Bon, mais là, je m'égare et il ne faut pas, alors je détourne les yeux vers la terre ferme pour me concentrer plutôt sur le stand de bretzels.

Mon père adorait ça, les bretzels. Il disait toujours pour plaisanter que c'était un des plus gros avantages de vivre aux États-Unis. Il en achetait un à la cannelle pour moi et un aux oignons et cheddar pour lui, et on flânait dans les allées du festival, bretzel à la main, en pointant du doigt les attractions et en se demandant lesquelles on devrait essayer. Et durant ces rares moments, je me sentais bien.

– Hé, réveille-toi, dit Roman en me tapotant l'épaule et en agitant la main devant mes yeux.

– Désolée, j'étais ailleurs. J'aime bien regarder en bas et voir tout rapetisser.

– Oui, c'est super, mais en attendant, tu n'as toujours pas répondu à ma question. Je comprends pas, Aysel. Pourtant je voudrais, je t'assure. Si tu as l'intention de sauter avec moi le 7 avril, on s'en fout de savoir pourquoi ton père a agi comme il l'a fait, non ?

En rongeant l'ongle de mon pouce, je repense malgré moi aux semaines qui ont précédé l'acte de mon père. Il était à cran, encore plus que d'habitude, convaincu qu'il perdait de l'argent à cause de petits voleurs à l'étage qui barbotaient des confiseries et des revues quand il avait le dos tourné. Je me rappelle qu'un jour, après l'école, j'étais entrée en gambadant dans sa boutique et je l'avais trouvé assis derrière le comptoir en train de fourrager comme un hystérique dans sa paperasse. Il m'avait regardée, les yeux injectés de sang. « Je fais tout mon possible, Zellie. Mais je ne sais pas si ça suffira. » J'étais tiraillée par l'envie de m'enfuir, mais finalement, j'avais ravalé ma peur et l'avais rejoint derrière le comptoir. Je l'avais pris dans mes bras en fourrant mon nez dans les replis de sa chemise qui sentait toujours l'ail. Au bout de quelques instants, il s'était mis à fredonner un passage du *Concerto brandebourgeois n° 1* de Bach.

Je ferme les yeux. Parfois la voix grave et assourdie de mon père résonne encore à mon oreille.

– Je ne sais pas, Roman, dis-je en soupirant avant de

rouvrir les yeux. Mais il m'a élevée, tu comprends ? J'ai juste besoin de tourner la page.

Revenue au point de départ, notre nacelle s'immobilise et on en sort rapidement. Alors, Roman glisse un bras sur mes épaules et m'attire contre lui.

– Tant que tu te dégonfles pas.

– Je t'ai dit : c'est pas mon genre.

– Ah ! là je te reconnais !

À ces mots, mon cœur fait un bond, mais je m'efforce aussitôt de me ressaisir. N'importe comment, Roman se trompe : je ne suis pas en train de me dégonfler ou de chercher des raisons de vivre. Je cherche plutôt à justifier ma volonté de mourir. Mais quand, en relevant la tête, mon regard s'arrête sur ses yeux cernés, j'ai subitement un doute et ne sais plus trop si c'est lui ou moi que j'essaie de convaincre. *Je ne suis pas une dégonflée,* me dis-je en boucle. *Je sais ce que je veux.*

– Qu'est-ce que tu as encore ? s'étonne Roman en sourcillant.

– Rien, tout va bien. (*Si seulement.*) Bon, alors tu m'accompagneras samedi ?

– Pour aller voir ton père ?

– Oui.

– Oui, si tu veux. Il faudra que je trouve un prétexte pour que ma mère me laisse sortir.

– Très bien. Je passerai te prendre samedi matin. Sans doute assez tôt. Ça te va ?

– Envoie-moi un texto quand tu es là, répond-il sans broncher.

– D'accord.

On reste quelques secondes sans rien dire, un peu gênés.

– Bon, maintenant que tu m'as traîné ici, autant essayer de *s'amuser* un peu.

Il prononce « s'amuser » comme si c'était un mot étranger, une énorme blague.

Sur ce, il m'entraîne vers le stand de basket miniature et file quelques billets froissés à l'employée qui lui tend une balle. Je ne la reconnais pas, mais c'est sûrement la mère d'un des élèves de ma classe. Au regard qu'elle me lance, elle sait qui je suis et qui est mon père, pour autant elle ne bronche pas.

Roman ajuste la position de la balle entre ses mains en ciblant le panier. De tête, je rédige la formule de physique de circonstance pour tenter de calculer l'énergie potentielle de la balle. Roman la repose sur le bord du stand et se tourne vers moi.

– Ne me dis pas que tu recommences ?

– Quoi donc ? dis-je en croisant les bras sur la poitrine.

La femme qui tient le stand me scrute en jouant des sourcils. À tous les coups, elle fait partie de ces mères qui adorent les mélodrames entre ados. Génial, manquait plus que ça.

– Ta fixette en sciences. Il faut toujours que tu la ramènes avec la physique.

Mes joues s'empourprent.

– Comment tu as deviné ?

Un sourire en coin vient éclairer son visage.

– Tu as fait la même tête que l'autre jour au zoo quand tu prenais des photos. Comme si tu étais très concentrée.

Il se tourne à nouveau vers le panier et tire. *Pof.* La balle glisse sans encombre dans le filet. FrozenRobot a du talent, c'est sûr.

La femme qui tient le stand lève un doigt maigrelet pour indiquer qu'il a marqué un point. *Merci pour cette précision. On sait compter jusqu'à un. On est suicidaires, pas ignares.* Je lui fais oui de la tête pour lui faire savoir qu'on a compris.

Roman tourne la balle entre ses mains.

– Mais j'aime bien quand tu prends cet air concentré. C'est mignon.

C'est plus fort que moi, j'éclate de rire. Je crois que de toute ma vie, personne n'a jamais utilisé le terme « mignon » en parlant de moi. Même quand j'étais petite, j'étais toujours « spéciale », en décodé : différente des autres gamins de Langston. Ou « gentille », comprendre sage et sans prétentions. Mais « mignonne », ça, jamais.

– Pourquoi tu ris ?

Il s'accroupit légèrement et relance la balle qui rebondit contre l'arceau mais finit par tomber au fond du panier. Je lève deux doigts en l'air à l'attention de la femme, qui me répond d'un vague sourire.

– Ouaip, confirme-t-elle avec un accent à couper au couteau. Il en a marqué deux et il lui en reste deux à tirer.

Roman examine les peluches en rayon. Il y a des rangées entières de pandas roses et de tigres orange fluo. Je repère même quelques éléphants bleus.

– Qu'est-ce que je peux gagner ? demande-t-il.

Elle se redresse d'un bond dans une posture plus affirmée et nous sort une belle imitation de présentateur de jeu télévisé tendant les bras devant elle et effectuant un mouvement de balancier vers les peluches.

– Si tu réussis les quatre tirs, tu choisis celui que tu veux !

– Même le gros lion, là-haut ? s'étonne Roman en tendant

le cou pour mieux voir le gigantesque lion perché tout en haut des étagères.

Vu d'ici, sa crinière doit sûrement gratter si on colle son nez dedans mais il n'en est pas moins impressionnant.

Elle me décoche un grand sourire.

– Y compris le gros lion. C'est celui que tu voudrais ?

– Moi ? dis-je en clignant des yeux.

– Ben oui. C'est pour toi qu'il va remporter le lot, mon chou, non ?

Elle fait claquer sa langue contre son palais. Je n'ai jamais compris pourquoi les femmes de Langston aimaient tant faire ce bruit ; elles doivent se sentir des affinités étranges avec la volaille.

– Non, je crois pas, dis-je en plongeant les mains dans les poches de mon jean et basculant de la jambe droite sur la gauche.

Roman fait mine de ne pas avoir entendu sa remarque et se prépare à tirer son prochain panier. En l'observant, les traits concentrés, les yeux vert doré grands ouverts ets impatients, les muscles noueux de son bras contractés, je me demande s'il voit quelque chose de similaire quand il me regarde réfléchir à des questions de physique. Bien sûr, il a toujours l'air déprimé FrozenRobot-esque. Et pourtant, il y a un je-ne-sais-quoi. J'ai presque envie de me saisir de l'image pour la mettre au point.

Tout à coup, je comprends de quoi il s'agit. Ce je-ne-sais-quoi, c'est de la joie. FrozenRobot adore le basket. Et malgré tous ses efforts pour la rejeter, cette joie reste ancrée en lui. Je me demande si cette émotion possède une énergie potentielle propre ou s'il existe une énergie potentielle qui entraîne la joie, comme un élixir de bonheur tapi au fond des gens qui monte lentement pour créer cette sensation.

Si c'est le cas, ma grosse limace a tout siphonné. Correction : presque tout. Car regarder FrozenRobot jouer au basket me donne presque le sourire. Notez bien le mot-clé : *presque.*

Troisième et quatrième tir, Roman met dans le mille. C'est à peine si j'ai fait attention quand il a lancé la balle. Je préfère l'instant qui précède quand il se prépare au tir en lui-même, trop fugitif, presque impossible à capter.

– Alors, qu'est-ce que vous choisissez ? nous demande la femme.

Je remarque que son rouge à lèvres couleur mûre a bavé sur sa dent de devant.

– Comme voudra Madame, répond Roman en me regardant, ce qui me prend totalement au dépourvu.

La femme à la dent tachée de rouge à lèvres se tourne vers moi.

– Le lion, alors ?

Tout ce que je voulais dire est coincé au fond de ma gorge. Il ne faut pas que FrozenRobot remporte un lot pour moi à la fête foraine. Je vais laisser assez de choses comme ça derrière moi, ce n'est pas la peine d'en rajouter ni de m'embrouiller encore plus.

– J'veux rien, dis-je à la femme en faisant non de la tête.

Elle me toise d'un air désapprobateur tandis que Roman me donne un petit coup d'épaule.

– Allez, Aysel. Choisis-en un, j'ai gagné.

– Je sais que tu as gagné, dis-je avec brusquerie. Mais je... je préférerais autre chose.

Le regard désapprobateur de la femme s'accentue.

– J'ai que ces peluches-là à t'offrir, ma petite.

Je secoue encore la tête mais plus vite cette fois.

– Non, mais je ne veux pas un autre lot. J'aimerais juste que vous offriez celui qu'il a gagné à quelqu'un d'autre.

Devant l'air ahuri de la femme, je tente de m'expliquer au mieux :

– Par exemple, si un autre gamin vient jouer mais ne marque aucun panier, est-ce que vous pourriez quand même le laisser remporter une peluche? dis-je en me mordillant la lèvre.

– Mais comment je saurai à quel gosse le donner ? répond-elle en plantant les mains sur ses hanches.

– Je sais pas moi… Offrez-le à celui qui semble en avoir le plus besoin, celui qui a l'air le plus solitaire.

Remuant le nez d'un air songeur, elle finit par me gratifier d'un petit sourire.

– C'est d'accord, ma puce. Comme tu veux. Tu vas faire un heureux aujourd'hui.

– Moi non, mais cet énorme lion, sûrement. Du moins, j'espère, j'ajoute tout bas.

Tandis qu'on s'éloigne du stand, Roman me tend une main que je saisis et il enlace nos doigts. Je ne réagis pas. Cette manière de se tenir par la main a un sens différent que pour le reste du monde. C'est sans doute comme ça qu'on se tiendra le 7 avril.

Son contact propage une chaleur diffuse dans ma paume. J'espère qu'il ne remarque rien. Sinon il va croire que j'ai les mains moites de nature.

– C'était hyper cool de ta part, commente-t-il en faisant osciller nos mains de haut en bas.

Je le laisse faire comme si nous ne formions qu'un.

– Tu étais une enfant solitaire ?

Je réfléchis un instant.

– Hm, non, pas toujours.

Il baisse le menton pour me regarder dans les yeux. Il ne me relance pas, mais c'est inutile. Je sais qu'il attend que je développe.

– Après ce qui s'est passé avec mon père, j'ai perdu tous mes amis. Certains ont tout de suite pris leurs distances, pour d'autres, c'est moi qui les ai rejetés. Cette histoire était trop horrible pour en parler à qui que ce soit, dis-je dans un soupir. Je ne sais pas comment expliquer ça.

Roman acquiesce doucement. Sous la lumière du jour, les reflets vert doré de ses yeux rappellent la couleur de l'herbe après un été ensoleillé.

– T'inquiète, je comprends. D'une certaine manière, ta tristesse est si profonde et pesante que tu as peur qu'elle étouffe tous ceux qui t'entourent si tu les laisses trop s'approcher.

Il a tout compris.

– Exactement.

Il tend l'autre main pour balayer une mèche devant mes yeux.

– J'ai fait pareil, tu sais. J'ai repoussé mes amis. Mais à mon avis, c'est inévitable. Il n'y a pas le choix.

Nos doigts toujours enlacés, je me demande à quelle vitesse il me lâcherait la main s'il savait ce que mon père a fait à Timothy Jackson.

– Parle-moi de ta tristesse.

– Pour quoi faire ?

– Parce que, j'ai envie de comprendre. J'aime bien te découvrir. Ça fait longtemps que je n'ai pas accroché avec quelqu'un, mais toi et moi j'ai l'impression qu'on est sur la même longueur d'onde.

Mon cœur se fige et dégringole dans le vide qui l'habite en me coupant net la respiration. Ça ne peut pas se passer comme ça. Sinon le 7 avril va être encore plus compliqué. Une bande de collégiens passe près de nous à toute vitesse en nous charriant. Roman rougit mais ne me lâche pas la main pour autant. Mes joues s'empourprent aussi, je le sens.

On reste immobiles quelques instants, puis il me tire doucement par la main pour m'encourager à repartir et on se promène au hasard dans les allées de la fête foraine sans rien dire, nos baskets craquant sur la paille qui a été étalée par terre pour absorber la gadoue.

Alors qu'on approche du manège des tasses tournantes, Roman reprend la discussion :

– Moi, parfois, j'ai l'impression que mon chagrin me dévore littéralement de l'intérieur. J'ai toujours cru que les moments les plus douloureux seraient quand je me souviendrais d'elle, mais c'est faux. Le plus dur, c'est quand j'imagine l'avenir sans elle. Bien sûr, les vacances sont difficiles, mais je parle surtout des petites choses du quotidien, comme quand on est au supermarché, que je passe devant les surgelés et que j'imagine Madison supplier ma mère d'acheter une grosse boîte d'esquimaux.

Il marque une petite pause et laisse échapper tout bas un petit rire étranglé.

– Ouais, pendant six mois, ma mère ne m'a pas lâché d'une semelle. Du coup, elle m'obligeait à l'accompagner faire les courses.

Il baisse la tête en fixant le bout de ses chaussures couvertes de boue.

– Le pire, c'est que j'ai conscience que c'est à cause de moi si elle n'est plus là pour quémander des esquimaux. Je donnerais n'importe quoi pour la revoir une dernière fois et échanger ma place contre la sienne.

Je serre sa main plus fort, comme si j'avais peur qu'il disparaisse subitement et que son chagrin le dévore sur-le-champ.

– C'est pour ça que je dessine, confie-t-il. Avant la mort de Madison, je faisais des croquis mais je ne les montrais jamais à personne. Je me prenais pas au sérieux. Et, soyons lucide, mes coéquipiers m'auraient saoulé avec ça. Mais maintenant je dessine parce que, parfois, je me sens incapable de parler. C'est comme si j'étais prisonnier d'un énorme gouffre dont je pouvais pas ressortir. Je dessine pour essayer de m'évader, même si je sais que c'est sans issue.

Ravalant la grosse boule dans ma gorge, je tente d'assimiler tout ce qu'il vient de me confier. Je crois que c'est la première fois que j'entends FrozenRobot aligner autant de mots. J'en ai mal pour lui et j'aimerais bien pouvoir l'aider mais, d'expérience, je sais qu'il n'y a pas de solution. Rien ne pourra le tirer de son gouffre. Tout comme rien ne pourra me délivrer de ma grosse limace noire.

– Mais toi au moins, c'est normal que Madison te manque.

Apparemment il comprend ce que j'essaie de dire car il enchaîne avec cette question :

– Ton père ? Il te manque aussi ?

– Oui, dis-je sans hésiter. Il me manque beaucoup. C'est qui me fait dire que je suis dingue.

Il s'arrête en se tournant vers moi, comblant l'écart entre nous. On se tient face à face, nos torses collés l'un à l'autre ou, plutôt, mon menton collé au sien. Sans me lâcher la main, il agrippe ma nuque de l'autre. Sa paume est chaude et moite. Il est peut-être, et je dis bien *peut-être*, aussi intimidé et troublé que moi.

– Je ne crois pas que tu sois dingue, chuchote-t-il. Mais je comprends que ça te perturbe. J'aurais aimé que les choses soient différentes pour toi, que rien de tout ça ne soit arrivé.

– Et moi donc, dis-je dans un souffle, d'une voix à peine audible.

De la main droite, il me repousse doucement par l'épaule pour s'écarter un peu et mieux me voir.

– Je peux te poser une question.

– Bien sûr.

– En tant qu'accro à la science, tu crois à l'existence d'autres univers ? À une dimension parallèle où on est heureux et où ton père et Maddie sont encore là ? Une dimension où on serait juste un garçon et une fille comme les autres à une fête foraine ?

Je lâche sa main et m'écarte de lui en haussant les épaules.

– Je ne préfère pas y penser.

Grimaçant, il se frotte la nuque avec embarras.

– Pourquoi ?

– C'est déstabilisant.

– Parce que toutes tes histoires d'énergie potentielle, ce n'est pas déstabilisant, peut-être ?

– Je sais pas, dis-je en rougissant. Pour moi, c'est différent, moins hypothétique, disons.

J'essaie de réfléchir à un argument judicieux, une explication logique qui lui permettrait de comprendre que mon baragouin sur l'énergie potentielle relève plus de la science pure et moins de la science-fiction, mais je n'ai pas le temps d'ajouter quoi que ce soit qu'il enchaîne :

– Tu sais ce qui me déstabilise, moi ?

D'un signe de tête, je l'incite à continuer.

– C'est de te voir si heureuse quand tu penses à la science. Quelque part... ça me rend heureux aussi.

Il se met à remuer nerveusement les pieds, le dos voûté.

– Ça, c'est déstabilisant.

Ma gorge se noue de plus belle et j'ai beau me dire que je devrais lui confier ce que j'ai ressenti en le regardant tirer des paniers tout à l'heure, je reste silencieuse. Je pense à la grosse limace qui serpente au fond de moi en éclusant à grand bruit toute mon énergie potentielle de bonheur. Une main sur le ventre, je songe à tout ce que je donnerais pour la faire disparaître et pour qu'il existe un moyen de me guérir, moi comme Roman. Mes ongles s'enfoncent dans ma peau et m'arrachent une grimace de dégoût.

Roman tend le bras pour poser sa main sur la mienne.

– Mais le plus perturbant, c'est que le fait que ça me trouble de te voir heureuse ne change rien.

Il baisse la voix pour que moi seule l'entende.

– J'ai toujours l'intention d'en finir le 7 avril. Et je compte toujours sur toi pour passer à l'acte avec moi.

Tout à coup, la fête foraine résonne de façon assourdissante. J'entends d'ici le bruit sourd de la grande roue métallique mêlé au tourbillon des manèges et aux cris de joie des enfants. J'esquisse un geste pour me tâter le front, mais Roman me saisit la main en entrelaçant nos doigts et la ramène le long de son corps.

– Je comprends, dis-je dans un murmure forcé. Rassure-toi, je ne te laisserai pas tomber.

Il m'étreint si fort la main que je ne la sens plus. J'aimerais bien que quelqu'un en fasse autant avec mon cœur.

VENDREDI 29 MARS
J - 9

Pile quand la sonnerie retentit, je me faufile à ma place et jette mon sac à dos par terre sous ma table. Tyler me salue de la tête. Il a pris cette habitude ces derniers jours, comme si pour lui on était devenus les meilleurs amis du monde depuis qu'on est allés au zoo ensemble. J'imagine d'ici les messes basses que ça va déclencher dans la classe.

M. Scott a écrit « Einstein » à la va-vite en lettres bleues sur le tableau blanc, sur lequel il tapote avec le capuchon de son marqueur effaçable en attendant que tout le monde se taise.

– Bonjour, bonjour.

Quelques-uns lui répondent en marmonnant. Je reste silencieuse.

– Aujourd'hui, j'aimerais mettre de côté les maths et les équations et prendre le temps d'aborder la théorie. On appellera ça l'atelier détente du vendredi.

Pendant que la classe ronchonne, le prof se retourne pour écrire en hâte : « La Théorie de la Relativité Restreinte ».

– Que ceux qui ont déjà entendu parler de cette théorie

lèvent la main, demande-t-il en tapotant encore sur le tableau tandis que certains élèves se manifestent.

Bien sûr, j'en ai déjà entendu parler. Tout le monde sait qui est Einstein ; je parie que même Mike pourrait l'identifier dans une rangée de suspects. Et je sais plus ou moins de quoi il s'agit, mais ce n'est pas comme si j'allais proposer de l'expliquer. Je déteste prendre la parole en classe.

M. Scott désigne Melanie Taylor qui, je crois, n'a même pas levé la main.

– Tu veux expliquer à tes camarades ?

Son visage joufflu rougit légèrement.

– C'est que… je ne connais pas très bien cette théorie, bafouille-t-elle en tripotant les boutons en cuivre criards de son gilet. Mais je sais qui est Einstein. Tout le monde le connaît, non ? C'est ce génie avec une coupe de fou.

Qu'est-ce que je disais ? Tout le monde connaît Einstein. Même Melanie Taylor.

– Bon… quelqu'un d'autre ? suggère lentement M. Scott en parcourant la salle des yeux avant de s'arrêter sur moi.

Je ne lève même pas la main. Je ne comprends vraiment pas ce qu'il espère.

– Aysel, est-ce que tu connais un peu cette théorie ?

Je hausse les épaules en faisant non de la tête, un enchaînement de mouvements qui donne vaguement l'impression que je suis en train de danser : ça s'appelle la danse du *j'en-sais-rien-et-pitié-m'obligez-pas-à-répondre.*

– Allons, un petit effort. Je suis certain que tu sais deux ou trois choses. Vu ta note au dernier contrôle, tu sembles avoir un goût inné pour la physique.

Dans la classe, certains sifflent et braillent de façon débile.

Pourquoi les profs sont-ils toujours persuadés qu'ils vont gagner en popularité s'ils crient sur tous les toits qu'un de leurs élèves a obtenu une bonne note à un contrôle ? Alors ça, ça me dépasse. En plus, ma note prouve uniquement que je suis capable d'apprendre ce que M. Scott m'a enseigné mais, au-delà de ça, je n'en sais pas plus.

– Allez Aysel, tente le coup, insiste-t-il.

C'est à vous que j'ai envie de mettre un coup, me dis-je avec amertume, en tapotant nerveusement sur ma table. Heureusement que je ne l'ai pas dit tout haut. Stacy Jenkins et sa bande auraient pété les plombs. D'ailleurs, moi-même, je me fais un peu peur de l'avoir pensé et je voudrais pouvoir revenir en arrière, comme si ça ne m'avait jamais traversé l'esprit.

– Aysel… me presse M. Scott, cette fois avec une pointe de désespoir dans la voix.

J'ai presque de la peine pour lui. Sa vie doit être assez atroce si je suis la seule élève sur laquelle il compte. J'aimerais pouvoir lui conseiller de laisser tomber, il mise sur le mauvais cheval. Je demande quel est le terme physique pour décrire ça. Il y a bien les étoiles mortes, c'est sûr. Mais elles au moins, avant de mourir, c'était des étoiles.

Et leur mort a donné lieu à une supernova. Ma mort ne méritera sûrement pas le nom de supernova. Il n'y aura personne dans les parages pour voir mon énergie s'éteindre. Sauf Roman, peut-être, mais ça m'étonnerait qu'il y fasse très attention sur le moment.

– Aysel, répète le prof.

Comme s'il pensait que c'était un mot magique qui allait subitement relancer mon cerveau et faire de moi une fille qui connaîtrait la réponse.

M. Scott et moi nous défions mutuellement du regard. Il ne cille pas.

Je finis par craquer.

– Ça serait pas lié au fait qu'on ne doit pas toujours se fier à notre perception des choses, comme quoi l'esprit humain est trop lent pour pouvoir appréhender des phénomènes rapides ?

– Des phénomènes rapides comme… ? répète-t-il avec un moulinet du poignet pour m'inciter à continuer.

– La vitesse de la lumière ? Ça n'a pas un rapport avec ça ? Je crois que la théorie de la relativité restreinte a quelque chose à voir avec la lumière et puis il y a aussi l'autre théorie qu'il a trouvée.

– La théorie de la relativité générale, complète M. Scott.

– C'est ça. Dans celle-là, on prend aussi en compte la pesanteur.

– Excellent.

D'un geste ultra-ringard du pouce, M. Scott me fait signe qu'il est satisfait de ma réponse et je n'ai qu'une envie, c'est disparaître dans l'éther. Dans ce genre de situation, j'ai toujours l'impression que ma peau est trop fine, que tout le monde peut voir au travers et constater combien je suis vide et sombre à l'intérieur.

– Tu as tout à fait raison, Aysel. Bravo.

Le sourire jusqu'aux oreilles, il n'a pas du tout l'air de se rendre compte que je suis mal à l'aise.

Tirant sur la manche de mon tee-shirt à rayures, je regarde droit devant moi vers le tableau. M. Scott enchaîne en affirmant qu'avec cette théorie, Einstein a révolutionné tout le champ de la physique. Il nous expose la théorie de la relativité restreinte de façon très basique en expliquant que rien ne se propage plus vite que la lumière et que la vitesse de cette dernière a toujours la même valeur, quels que soient la rapidité ou le sens de la propagation. En gros, la vitesse de la lumière est une constante. On ne pourra jamais aller plus vite qu'elle et il n'y a pas moyen de la ralentir.

Mais le temps, lui, n'est pas une constante. Du moins, pas notre conception humaine du temps. Einstein a émis l'hypothèse que plus on va vite, plus on perçoit le temps comme tournant au ralenti. Quoi qu'il arrive, les horloges continuent toujours leur tic-tac au même rythme, mais tout est dans l'analyse de l'observateur.

Je crois que dans la vie, tout ou presque est une question d'analyse de l'observateur.

– Et vous savez, ajoute M. Scott, Einstein a une citation assez connue à propos de la relativité. Quelqu'un parmi vous la connaît-il ?

Silence total dans la classe.

Le prof attrape son marqueur et se met à écrire au tableau. Une fois qu'il a terminé, il lit à voix haute ce qu'il a griffonné :

– Posez la main une minute sur un poêle brûlant et cela vous semblera durer une heure. Asseyez-vous une heure auprès d'une jolie fille et cela vous semblera durer une minute. C'est ça, la relativité.

Appuyant fortement sur mon crayon, je me mets à noircir la page de mon cahier en me demandant s'il y a réellement du vrai dans la théorie d'Einstein. Depuis que ma rencontre avec Roman et ma décision de sauter de la falaise de Crestville Pointe, le temps a filé. J'ai envie de croire que ce changement n'a rien à voir avec Roman, que le temps passe peut-être plus vite quand on se rapproche de la fin. Ça serait logique, je trouve. Comme je sais que tout va bientôt disparaître, j'ai un peu moins envie de me précipiter.

Ces derniers temps, je fais tout plus lentement, comme quand je mâche mes barres de muesli pour vraiment savourer les pépites de chocolat, ou que je garde quelques secondes une gorgée de jus d'orange au fond de la gorge avant d'avaler pour bien sentir le goût des agrumes. Einstein avait peut-être raison. Maintenant que mes mouvements sont plus lents, le temps passe plus vite. Peut-être que l'univers fonctionne ainsi et que ça n'a rien mais absolument rien à voir avec Roman ou le fait que je vois les choses sous un autre angle depuis que je le connais mieux.

Mais honnêtement, je n'en suis pas sûre. Du tout.

La sonnerie retentit au moment où M. Scott annonce qu'il ne nous donne pas de devoir pour le week-end. La classe éclate en applaudissements et moi, je tente de cacher ma déception. Ça me plaît bien de résoudre des problèmes. Ça m'occupe quand il est deux heures du matin, que la maison est calme, plongée dans la pénombre, et que Georgia dort comme une souche en ronflant un peu. C'est drôle que le fait de calculer la gravitation d'un objet aléatoire puisse donner l'impression d'être plus ancré dans la réalité.

Je me lève en rangeant mon cahier de physique dans mon sac et, alors que je m'apprête à quitter la salle en vitesse, M. Scott s'approche.

– Deux minutes, Aysel.

Je me rassieds en le regardant.

Il me met une brochure de papier glacé sous les yeux.

– Pour les élèves qui s'intéressent aux sciences, l'université du Kentucky parraine en été un cycle de cours intensifs de deux semaines.

Après avoir tiré une chaise de la table de devant pour s'asseoir en face de moi, il ouvre la brochure et me montre le descriptif en page trois.

– Il y a même un cursus spécial physique. À mon avis, ça te plairait beaucoup.

J'inspire à fond. Difficile d'expliquer à M. Scott que je ne pourrai pas assister à cette université d'été car je serai morte d'ici là.

– L'été, il faut que je travaille.

Un sourire de compassion lui tord la bouche. Je n'avais jamais remarqué que ses yeux étaient si foncés et si doux. Je me suis peut-être trompée à son sujet. M. Scott a peut-être toujours rêvé d'enseigner et fait partie de ces gens qui ont vocation à s'occuper des autres.

– Tu n'auras pas à te soucier de l'aspect financier si tu es admise. Ils fournissent une bourse pour les frais de scolarité et une chambre avec pension pendant deux semaines.

Il agite la brochure sous mon nez.

– Je crois que ce serait une expérience merveilleuse pour toi, Aysel.

Je la ramasse et la glisse au fond de mon sac, en disant que j'envisagerai peut-être de m'inscrire, puis je le remercie d'avoir pensé à moi. Plus tard, en cours de maths, je la ressors et effleure ses illustrations sur papier glacé en songeant à toutes ces expériences soi-disant merveilleuses que je vais rater et à l'aspect tout *relatif* de l'émerveillement.

SAMEDI 30 MARS
J - 7

J'arrive à la maison de Roman un peu après sept heures et demie du matin. Je m'apprête à lui envoyer un texto pour qu'il rapplique quand la porte s'ouvre. Mme Franklin apparaît sur le perron, en peignoir crème et pantoufles pelucheuses. Elle m'adresse un signe auquel je me sens tenue de répondre.

Elle vient dans ma direction, alors je sors de la voiture.

– Bonjour.

– Bonjour, Aysel !

Voyant qu'elle va me prendre dans ses bras, je sursaute ; je n'ai pas l'habitude des contacts physiques. En général, les gens restent plutôt à l'écart, comme si, en me touchant, ils risquaient d'attraper la psychose de mon père.

Seulement, Madame Franklin n'est pas au courant, alors elle m'étreint aussi chaleureusement que possible. Je respire son dentifrice à la menthe, j'entends les battements rapides de son cœur. Elle desserre son étreinte en gardant tout de même les mains sur mes épaules.

– Alors, contente d'aller camper ?

Camper ? Roman a dû lui donner cette excuse pour expliquer notre absence de plusieurs jours. J'avais oublié que sa mère se soucie de ce qu'il fait, où il va et à quoi il occupe son temps. J'ai prévenu la mienne que je travaillais tard ce week-end, qu'elle ne devrait donc pas m'attendre ; quant à Georgia, elle dort souvent chez une amie le samedi soir. Je suis certaine que je pourrais passer une semaine dans l'Antarctique avant que quiconque dans la famille ne s'aperçoive de mon absence.

– Ah oui ! Ça fait une éternité que je n'ai pas campé.

Cette fois, elle me lâche les épaules, contourne ma voiture et jette un coup d'œil à l'arrière. En l'occurrence, j'ai parlé d'éternité, mais j'aurais aussi bien pu dire *jamais*.

Elle doit pourtant repérer mon manque d'expérience en matière de camping car elle m'interroge :

– Tu as apporté un sac de couchage ?

Là, je mens effrontément :

– Oui, il est dans le coffre.

Roman et moi avons décidé de passer la nuit quelque part du côté de l'établissement pénitentiaire de Mc Creary, afin que je ne fasse pas la route deux fois dans la même journée. En plus, qui sait combien de temps je vais devoir attendre avant de voir mon père ? A priori, on avait l'intention de descendre dans un motel pas cher ; il dormirait dans le lit et moi par terre. Mais je suppose qu'en fin de compte, il s'est rabattu sur du camping. Du moins, c'est ce qu'il aura fait croire à sa mère.

– Bien, bien, ça vaut mieux parce que, par ce temps-là, vous en aurez besoin. Bref, Roman est un peu en retard. Les réveils à l'aube, ce n'est pas trop sont fort. J'ai presque dû le tirer moi-même du lit. Il prend sa douche, mais il devrait bientôt en sortir. Tu veux entrer prendre un petit déjeuner ?

Je mens encore :

– J'ai déjà mangé.

Intérieurement, je maudis Roman de ne pas être prêt. C'était justement ce que je voulais éviter. Je n'ai aucune envie de faire davantage connaissance avec sa mère.

– Bon, mais entre au moins prendre un café.

Je ne réprime pas une grimace qui, à l'évidence, révèle que je ne suis pas une grande amatrice en la matière.

– Ou un chocolat chaud ? Tu ne vas pas attendre dehors.

Elle retourne vers la maison, me fait signe de la suivre.

Je râle un peu en suivant derrière elle l'impeccable chemin de pierres. Une fois à l'intérieur, elle me fait asseoir à la table de la cuisine. Elle emplit d'eau la bouilloire et la met à chauffer.

– Ça sera prêt dans une minute.

Je hoche la tête comme si je ne rêvais de rien d'autre au monde que d'une tasse de chocolat. J'examine un peu la cuisine, avec ses murs jaune canari et ses placards en merisier. Sur le comptoir ivoire trône une photo encadrée de Roman et Madison. La fillette est pendue au cou de son frère qui plisse les yeux dans un début d'éclat de rire. Je baisse les yeux vers le carrelage : impossible de soutenir la vue de cette photo.

Je ne sais pas comment leurs parents peuvent la garder sous les yeux à longueur de journée.

Mme Franklin dépose un mug sur la table et s'assied en face de moi.

– Raconte-moi où vous comptez aller. J'adore le camping. On en faisait beaucoup en famille. Je ne cesse d'essayer de convaincre Jim et Roman d'y retourner cet été. Avant, mon fils aimait beaucoup le grand air et la nature, tu sais. Toujours partant pour l'aventure.

Je bois un peu de chocolat, mais il me brûle le bout de la langue.

– Attention, c'est chaud ! s'exclame-t-elle en me voyant grimacer.

– Je ne sais pas où nous allons, dis-je. C'est Roman qui a proposé de camper.

Le visage de Mme Franklin se rembrunit.

– Ah ! d'accord. Comme je disais, il a toujours aimé vivre dehors. Ça lui fera du bien.

Elle me regarde un instant dans les yeux avant d'ajouter :

– Je suis tellement contente qu'il t'ait rencontrée, Aysel !

Elle jette un coup d'œil par-dessus son épaule en direction de l'escalier, puis se retourne, ajoutant d'un ton tranquille :

– C'est nouveau pour moi. Le laisser partir comme ça, sans nous. Mais je ne pouvais pas lui dire non. Il paraît si heureux quand il parle de toi. Ça va lui faire du bien, tu ne crois pas ?

Elle prend un air absent, comme perdue dans ses souvenirs.

– Tu veilleras sur lui, d'accord ? Qu'il ne prenne pas trop de risques.

Comment ignorer ce pincement qui m'étreint les tripes, ce sentiment de culpabilité qui me serre le cou comme un nœud coulant ? Mes mains deviennent moites contre les parois du mug. La vapeur du chocolat me monte aux joues.

– Salut !

C'est la voix de Roman qui vient d'entrer dans la cuisine, les cheveux bruns encore humides et un sac sur le dos.

– Désolé, pas entendu mon réveil.

Je hausse les épaules comme si ce n'était pas grave, mais j'ai bien l'intention de l'engueuler dès qu'on se retrouvera seuls dans la voiture. Je suppose qu'il n'existe pas de règles d'usage propres aux Partenaires de Suicide, mais on devrait y penser. Si je n'avais pas prévu de disparaître dans les huit jours, je me chargerais d'en rédiger quelques-unes. Règle numéro un : ne jamais avoir une panne d'oreiller le jour où on doit retrouver son partenaire. Règle numéro deux : ne jamais laisser ce partenaire prendre le petit déjeuner avec sa mère car ils finiront par s'envoyer une platée de culpabilité et de regrets.

– Je vais chercher la tente au garage, annonce-t-il. Tu peux me donner tes clés ? Je vais tout ranger dans le coffre.

– Ah, au fait, Roman ? lance sa mère.

– Oui ?

– J'ai mis quelques boissons au frais dans la glacière que je t'ai laissée dans le garage, si tu veux l'emporter. J'y ai aussi glissé des saucisses de hot-dogs. En principe, c'est facile à griller. Et je t'ai préparé un panier avec des petits en-cas, que j'ai posé à côté de la glacière. Mais passe peut-être quand même au supermarché pour acheter des pains à hot-dogs ? Malheureusement, je n'en avais pas à la maison.

L'air de s'excuser, elle ouvre des paumes impuissantes.

– Je n'en ai pas trouvé dans les placards, me dit-elle avec un sourire contrit. Roman ne m'a annoncé qu'hier soir que vous comptiez partir camper. Sinon, j'aurais prévu bien sûr ce qu'il fallait.

– C'est parfait, maman, t'inquiète. On fera un tour au supermarché pour le reste.

– Profitez-en pour prendre des marshmallows. C'est ce que je préfère, grillés au feu de bois…

– D'accord, maman, je m'en occupe.

– Oui, ne vous en faites pas, dis-je pour suivre le mouvement. Et merci pour tout.

Je lance mes clés à Roman qui file vers le garage qui se trouve dans le jardin.

Mme Franklin se lève et ouvre le frigo.

– Je vais lui préparer un sandwich au beurre de cacahuète pour la route, afin qu'il ne vous retarde pas davantage.

– Vous savez, il peut prendre son petit déjeuner ici, s'il préfère.

Elle fait volte-face, un large sourire aux lèvres. Je me rends compte que je ne l'avais encore jamais vue sans maquillage. Malgré son air ravi, les larges cernes autour de ses yeux la trahissent. Peut-être que FrozenRobot ne s'est pas trompé. Elle doit passer ses nuits à pleurer. Comment fait-elle pour cumuler ces deux rôles ? Mère inconsolable la nuit, femme d'intérieur enjouée le jour ? Je ne crois pas que j'arriverais à mener une double vie, comme ça. Mais peut-être que quand on aime quelqu'un, la question ne se pose pas.

Elle doit vraiment être très attachée à Roman. J'ai dû m'assombrir à cette idée car elle intervient :

– Bon, je ne vais pas vous retarder davantage !

Je bredouille :

– Non, non, C'est pas le problème.

Elle attrape un torchon dont elle frappe le comptoir.

– Alors ne fais pas cette tête. Vous allez bien vous amuser pendant cette petite virée !

Si elle savait… Il ne s'agit pas d'aller camper au grand air ni de marshmallows, de hot-dogs ou de sacs de couchage, il s'agit que j'affronte mon passé afin d'entériner mes quasi-certitudes quant à mon (supposé) avenir. Et ça, ça ne va pas être l'éclate.

– Bon, il est temps que vous partiez, reprend-elle en sortant de quoi préparer son sandwich. Roman n'aura qu'à manger en route.

Je considère d'un œil absent mon chocolat chaud. Je n'y vois pas mon reflet mais fais comme si. Et je n'aime pas la fille que j'ai sous les yeux. Cette fille capable de faire ça à Madame Franklin, de ne pas l'avertir.

Je me demande s'il existe plus d'un moyen de tuer quelqu'un. En tuant Timothy Jackson, mon père a sans doute aussi tué sa mère en lui brisant le cœur. Il a anéanti toute la famille. J'imagine que c'est pour ça que Brian Jackson tient tant à participer aux Jeux olympiques : il veut réparer le mal que leur a fait mon père.

Quoi qu'il en soit, je ne tiens pas à faire ça à Mme Franklin et à l'anéantir de cette manière. Je tourne plusieurs fois le mug entre mes mains moites, finis par en boire une gorgée, puis une autre, jusqu'à avaler tout mon reflet chocolaté avec. Que cette fille disparaisse.

Dès que Roman revient, sa mère lui tend son sandwich et le serre dans ses bras.

– Tu as trouvé tout ce qu'il te fallait ?

– Oui. J'ai chargé la voiture. Merci encore, Maman.

Elle lui sourit, l'étreint plus fort.

– Au fait, M'man ?

– Oui ?

– Tu penseras à nourrir Capitaine Nemo ?

Elle pose les mains sur ses épaules en le regardant dans les yeux.

– Bien sûr, mon chéri. Je ne le quitterai pas d'un œil et t'appellerai pour te donner des nouvelles.

D'un coup d'épaule, Roman se dégage de son étreinte en rougissant, son embarras accentue au passage les taches de rousseur sur son nez.

– N'oublie pas de le nourrir, c'est tout, d'accord ?

Visiblement peu offusquée par l'attitude de son fils, Madame Franklin le prend une dernière fois dans ses bras.

– Tout ce que tu voudras, mon chéri.

Elle me regarde par-dessus l'épaule de Roman.

– Vous devriez partir, maintenant, les enfants. Soyez prudents et appelez-moi dès que vous êtes arrivés.

J'ai la peau qui me démange ; je ne supporte plus ces effusions ni d'entendre Mme Franklin rabâcher à son fils d'être prudent. Je lui adresse un petit signe de la main et file dehors sans plus attendre.

– Ravie de vous avoir revue, Madame.

– Amusez-vous bien ! Et, Roman, surtout n'oublie pas de m'appeler !

Je grimpe dans la voiture et agrippe brutalement le volant en attendant Roman. À travers le pare-brise, j'aperçois le massif de Madame Franklin ; il semble avoir été durement touché par le gel. La neige a laissé le sol spongieux. Un buisson a viré au brun et ses brindilles restent dénudées. Je ne sais pas si ce gel tardif va retarder la floraison. J'espère que non et que les bourgeons naissants vont bientôt s'ouvrir. Mme Franklin va en avoir besoin.

Finalement, Roman apparaît sur le seuil et s'amène d'un

pas tranquille. Ses cheveux encore humides paraissent plus foncés, ce qui souligne à l'inverse la pâleur de son teint, la raideur de son expression. En revanche, il se tient plus droit. Et puis, il y a cette légèreté dans son pas, loin de son manque d'enthousiasme habituel. Mme Franklin disait sans doute vrai, il aime vraiment le camping.

Il vient côté conducteur, frappe à ma vitre. Je l'abaisse.

– Quoi ?

– J'ai oublié mon portable dans le garage. J'arrive dans une seconde.

– Dépêche-toi, dis-je en grognant.

Je le regarde partir au petit trot au fond du jardin vers le garage, lequel ressemble davantage à une remise avec son toit aux bardeaux rouillés et ses murs couleur myrtille, écaillés. Roman revient vite, en brandissant son téléphone pour me montrer qu'il l'a récupéré.

– J'y crois pas, dis-je en râlant dès qu'il monte à bord.

Tout l'habitacle sent le déodorant au cèdre. Une main plaquée sur la bouche, je me retiens de tousser.

– Quoi ?

– Tu as commis deux délits, dis-je en déboîtant sur la chaussée.

– Hein ?

FrozenRobot se frotte les yeux. Manifestement, il a du mal à s'allumer le matin. Je ne sais pas trop à quelle heure on compte partir à Crestville Pointe, le 7 avril, mais il vaudrait mieux que ce ne soit pas trop tôt.

– Premier délit : tu as mis beaucoup trop de déo.

Il s'enfonce dans son siège en renversant la tête contre l'appuie-tête, pose son sac à dos par terre et cale ses pieds dessus.

– Je ne mets pas de déo.

– Peu importe ce que c'est, le fait est que tu sens le sapin de Noël.

Il renifle son épaule en tirant sur la manche de son t-shirt noir.

– Et mon deuxième délit ?

Je serre davantage le volant.

– Le deuxième, c'est le plus grave.

– C'est pour ça qu'on est en route pour la prison ? Je suis condamné à combien d'années ? Désolé de te le rappeler, mais je ne pourrai sûrement pas purger ma peine jusqu'au bout, je serai mort avant.

Je ne relève pas.

– À cause de toi, je me suis retrouvée coincée en tête à tête avec ta mère. Et c'est pas la première fois que tu me fais le coup. Rien que pour ça, tu mériterais d'aller en prison.

– Coincée ? tique Roman en se tournant vers moi.

Je n'ai pas l'habitude d'avoir des passagers dans ma voiture. J'en oublie qu'elle n'est pas bien large et qu'on peut s'y sentir franchement à l'étroit si le voisin se penche vers vous. Il suffirait que je tende à peine le cou pour me retrouver joue contre joue avec lui. Je m'écarte autant que possible en décalant la tête vers ma vitre.

– Oui, coincée.

Bien que j'en meure d'envie, j'évite de faire un lien hâtif entre « coincé » et « condamné » et reprends une position normale. Je peux difficilement conduire jusqu'à Mc Creary en gardant le cou tordu.

– Et fais pas mine de ne pas comprendre ! Ça me fend le cœur de me retrouver face à ta mère. Elle est adorable !

– Tu ne la connais pas vraiment, grommelle-t-il.

– Sans blague ?

– Oui, sans blague.

Il sort son sandwich au pain de mie du sachet en plastique, retire la croûte et mord dedans.

– Bon, mais on peut arrêter de parler de ma mère, s'il te plaît ? Ce qui se passe avec elle, ce ne sont pas tes affaires.

– D'accord. Dans ce cas, ne m'oblige pas à avoir affaire à elle.

On quitte son quartier pour prendre la route sinueuse en direction de l'autoroute. Les collines laissent bientôt place au bassin fluvial boueux et sans relief. J'évite de regarder l'Ohio. Sa vue me met mal à l'aise. C'est comme si la rivière en savait long sur moi. Parfois, j'ai le sentiment qu'elle me juge, que je l'ai déçue. J'ai conscience que tout ça c'est dans ma tête, mais certaines impressions sont plus tenaces que d'autres.

Je reporte mon attention sur Roman après avoir cessé de parler de sa mère pendant cinq bonnes secondes.

– Je n'en reviens toujours pas qu'elle nous laisse partir seuls. Ça ne lui ressemble pas.

Un sourire narquois se dessine sur ses lèvres de façon délibérée, franche. Rien à voir avec le sourire en demi-teinte auquel il m'a habituée.

– Avant le drame avec Maddie, elle ne l'aurait jamais permis. Mais étant donné que je viens de passer un an enfermé dans ma chambre, elle est trop contente que j'aie envie de mettre le nez dehors.

Je n'ai pas le temps de commenter qu'il ouvre son sac à dos et en sort une carte froissée.

– Tiens, j'ai trouvé le chemin le plus rapide pour rejoindre Mc Creary.

Il m'indique le chemin tandis que je m'engage sur l'autoroute. J'allume la station de musique classique, mais il proteste en râlant.

– Quoi ?

– Qu'est-ce qui te plaît dans cette musique soporifique ?

– Tu m'as déjà posé la question.

– Je sais. Mais tu n'y as pas vraiment répondu.

– Je t'ai dit : ça m'aide à réfléchir.

Et quelqu'un m'a dit un jour que si j'écoutais bien, j'y trouverais des réponses.

– C'est complètement impersonnel.

– Faux. Cette musique a autant de caractère que les autres, mais il est plus discret, plus profond. Elle nécessite un effort d'écoute de la part de l'auditeur. C'est ce qui me plaît justement. C'est pas facile d'accès.

– Si tu le dis.

Il appuie la tête contre sa fenêtre.

– À part ça, tu te sens prête ?

Je pianote sur le volant en fredonnant en rythme avec le morceau. Je n'en sais rien, si je suis prête. Ni pour ce face-à-face ni pour le reste. Cette nuit, j'ai eu du mal à m'endormir. J'ai passé des heures à m'imaginer des scénarios improbables mais chaque fois que je me voyais assise face à l'hygiaphone, le téléphone orange à la main, je n'arrivais pas visualiser la personne assise de l'autre côté de la vitre. Tout était flou et, en dépit de mes efforts, impossible de me représenter mon père.

Et quand j'ai fini par m'endormir, la nuit s'est soldée par un cauchemar dans lequel j'avais rendez-vous avec Roman à Crestville Pointe, et il n'arrivait pas. J'attendais pendant des heures, les genoux en sang après une chute dans les graviers, jusqu'au moment où il se pointait enfin, mais en compagnie de Brian Jackson. Ils se moquaient de moi, leurs rires froids et sinistres m'encerclaient comme une meute de loups. Ils m'exhortaient à sauter en criant et je me rapprochais de plus en plus du bord jusqu'à ce que je m'arrête d'un coup, pétrifiée.

– Aysel ? me relance-t-il.

Je ne peux décemment pas lui parler de ce rêve. Ni lui dire que je ne me sens pas prête du tout pour cette virée : j'ai peur que ça gâche toute notre relation quand il découvrira que je ne lui ai pas dit la vérité, toute la vérité.

– Aysel, regarde-moi, exige-t-il en coupant la radio.

– Je croyais que je ne devais pas quitter la route des yeux ?

– Ouais, bon, écoute.

Je lui jette un coup d'œil.

– Quoi ?

– Tu es prête ou quoi ?

– Oui, je suis prête. Enfin, je crois.

– Il ne faut pas que tu croies, mais que tu en sois sûre.

L'ennui, c'est que je ne suis pas sûre du tout. De rien. Plus maintenant.

Il plonge la main dans son sac à dos pour en sortir un bloc à croquis.

– Ça t'ennuie si je dessine ?

Je m'aperçois qu'il me fixe intensément.

– Que tu dessines qui ? Moi ?

– Oui. Sauf si tu ne veux pas…

– Non, c'est bon, vas-y.

Sur ce, je remets la radio et m'efforce de fixer la route dégagée droit devant moi pour oublier qu'il est là, tout près, en train de m'observer.

– Détends-toi. Si tu te crispes, je vais avoir du mal à te dessiner.

– D'accord... dis-je tout bas, plus pour moi que pour lui.

Au bout de quelques minutes, je lui jette un nouveau coup d'œil. Calé contre sa portière, tête penchée en avant et un crayon fusain à la main, il est totalement absorbé. C'est la première fois que je le vois aussi bien, aussi à l'aise.

– Arrête, dit-il en surprenant mon regard sur lui.

– Quoi donc ?

– Essaie de faire abstraction de ma présence, sinon le résultat ne sera pas naturel. Je veux que mon dessin soit fidèle à l'image que j'ai de toi et pas à celle que tu essaies de renvoyer.

Je fronce le nez.

– C'est absurde.

– Mais non, fais-moi confiance.

– Si tu le dis.

Je ne prends pas la peine de lui demander pourquoi ça lui tient tant à cœur. Je ressens des palpitations au creux du ventre, une légèreté que je n'ai pas éprouvée depuis longtemps, voire jamais, et j'ai peur de ce que ça implique. Et comme je ne préfère pas connaître sa réponse au risque qu'elle gâche tout, je la boucle.

Après avoir monté le volume de la radio, je me concentre à nouveau sur la route et fais mine de ne pas entendre ses coups de crayon sur le papier ou sa respiration lente. À la place, je me mets à compter les kilomètres qui nous séparent encore de l'établissement pénitentiaire Mc Creary et de mon père.

SAMEDI 30 MARS
J - 7

Plus tard

On arrive à la prison au milieu de l'après-midi. Le soleil me brûle le visage alors qu'on se dirige vers l'entrée. À première vue, l'endroit est moins menaçant que je ne l'avais imaginé. C'est un large bâtiment en brique de plain-pied. Certes, il est bordé par deux terrains en plein air assez peu engageants, clôturés par des grillages mais, sans les boucles de barbelé au sommet, je n'aurais jamais imaginé que c'était une cour de prison.

Roman me prend par la main.

– Tu es sûre d'avoir envie d'y aller ?

Je saisis sa main puis la relâche, pour essayer de lui faire croire que tout va bien. Mais, en réalité, j'ai la bouche sèche et, pour être honnête, je ne suis pas sûre d'avoir envie d'y aller ni si j'en suis capable. Je me suis fait toute une montagne avec cette idée que je devais à tout prix revoir mon père une dernière fois avant de me suicider – mais maintenant que j'y suis, je me demande bien ce qui m'a pris. Je ne sais pas trop ce que j'espérais en venant ici, dans cette prison, mais plus je regarde le bâtiment face à moi, moins j'ai l'impression que je vais y trouver ce que je cherche. Si tant est que je cherche quelque chose. Roman avait sans doute raison. Je ne cherche peut-être qu'un prétexte, une raison de continuer à vivre.

Mais ce n'est pas en prison que je vais en trouver une.

Les jambes flageolantes, j'ai le sentiment angoissant que l'homme que je m'apprête à rencontrer ne sera pas à la hauteur du souvenir que j'ai de mon père. Ce père qui m'a appris à aimer Mozart et qui partageait avec moi des barres chocolatées. En fin de compte, je suppose que ce père n'a pas vraiment existé car cet homme-là n'aurait jamais assassiné quelqu'un de sang froid.

Donc c'est peut-être tout l'intérêt de ma venue ici : que j'affronte la réalité en face et que je l'affronte lui, tel qu'il est réellement. Peut-être.

Roman me tient la porte et nous entrons. À l'accueil, un détecteur de métaux et quatre officiers chargés de la sécurité nous attendent. On passe sans encombre le premier contrôle. Je me dirige vers la réception.

– Quelque chose me dit que vous n'avez rien à faire ici, me lance d'emblée le préposé.

Il porte le même uniforme que ses collègues sauf qu'il a ajouté une touche de panache à sa tenue en arborant une casquette de base-ball des Kentucky Wildcats. Son badge affiche le nom de JACOB WILSON.

Ce Jacob Wilson est bien présomptueux.

– Je viens voir mon père, dis-je en fouillant dans mon sac pour trouver mon portefeuille.

Je sors mon permis de conduire, le pose sur le comptoir et le glisse vers lui.

– Il s'appelle Omer Seran. J'ai téléphoné il y a quelques jours et on m'a dit que les heures de visite le samedi étaient jusqu'à seize heures. En principe, je devrais être sur sa liste de visiteurs autorisés. Je suis sa fille.

Je brode totalement au sujet de cette fameuse liste, mais sur le moment, ça me semble être la meilleure chose à dire. Je vérifie l'heure sur mon téléphone : 14h17. J'ai encore largement le temps avant la fermeture.

Jacob Wilson pianote sur son ordinateur, un grosse antiquité, semblable à celles qu'on utilise chez TMC. Les sourcils froncés, il tape encore sur quelques touches, clique sur la souris, puis siffle dans un soupir.

Je m'apprête à entendre que je ne fais pas partie de la liste des élus. Génial. Mon père ne va même pas me donner l'occasion de lui faire face et de lui demander pourquoi il a craqué. Je n'ai pas le temps de réagir que Roman intervient :

– Qu'est-ce qui se passe ?

– Votre père ne se trouve plus ici, explique Jacob.

– Hein ? dis-je, ahurie, sans percuter.

– Il a été transféré.

Je cligne encore plusieurs fois des yeux mais glisse les mains le long de mon corps. *Un peu de retenue.* On n'est pas venus jusqu'ici pour finir sous les verrous.

– Comment ça se fait ?

Jacob écarte les mains, paumes vers le ciel, en haussant les épaules.

– Je ne suis pas devin, ma jolie. Tout ce que je sais est consigné dans cet ordinateur. Et sur mon écran, ça dit qu'il a été transféré.

Roman se rapproche, pose les mains à plat sur le comptoir et se penche vers l'officier.

– Vous n'êtes pas censés prévenir la famille du détenu avant un transfert ?

– Hé ! Du calme, objecte Jacob d'un ton moqueur. On baisse d'un ton, d'accord ?

Roman recule.

– Désolé.

– Cela dit, tu as raison, fiston. Effectivement, on informe la famille avant.

Plissant les yeux, Jacob se penche à nouveau vers son écran un instant puis il relève la tête vers moi.

– Il est écrit ici qu'on a téléphoné à Mme Melda Underwood. On lui a aussi envoyé un courrier.

Il relit le nom affiché à l'écran en fronçant les sourcils.

– Underwood ?

– C'est ma mère. Elle s'est remariée, j'ajoute en le voyant tiquer davantage.

Il retrousse la lèvre du côté droit dans une sorte de rictus.

– Ça arrive souvent quand un mec se fait incarcérer. Coup dur.

Je ne décrirais pas exactement les événements de la vie de mon père comme des « coups durs ». De mon point de vue, sa vie a été davantage un coup dur pour les autres que pour lui.

– Alors où est-il maintenant ?

– D'après mes données, à l'hôpital psychiatrique de Saint Ann.

Psychiatrique ?

– Ça se trouve où ?

– Je ne sais pas trop, avoue Jacob. Sans doute dans cet État, car il n'est mentionné nulle part qu'il est sorti du Kentucky. Mais bon, allez savoir.

– Vous savez comment elle pourrait reprendre contact avec lui ? intervient de nouveau Roman.

Je ne sais pas pourquoi il estime que c'est son rôle d'intervenir dans cette conversation mais, curieusement, je lui en suis très reconnaissante. En d'autres circonstances, ça m'aurait plutôt agacée, mais là, je n'ai pas les idées claires. Je suis restée bloquée sur le fait que *mon père est enfermé dans un asile de fous.*

Jacob nous adresse un sourire triste.

– Comme je vous l'ai dit, il est à l'hôpital psychiatrique de Saint Ann. Si vous voulez, je peux appeler de votre part et voir si quelqu'un là-bas peut vous indiquer la procédure pour lui rendre visite.

– D'accord, dis-je faiblement. Je veux bien, merci.

Il jette un œil dans son dos, comme pour vérifier si son chef est dans les parages.

– Je ne peux pas le faire tout de suite, mais j'essaierai plus tard. Vous pourriez appeler l'établissement vous aussi, mais ça risque de vous prendre plus du temps pour obtenir les infos que vous cherchez. Avec la bureaucratie, vous savez…

Il me décoche un clin d'œil.

– Je ne suis pas censé faire ce genre de chose, ma petite, mais j'ai envie de vous aider.

Il arrache une feuille d'un bloc-notes qu'il me tend, accompagnée d'un stylo.

– Tenez. Laissez-moi votre numéro. Je vais voir si je peux trouver quelqu'un qui saura vous aider pour joindre votre père. Je vous appellerai si j'obtiens une réponse.

Je note en hâte mon numéro sur le papier aux reflets dorés. Drôle de couleur pour une telle occasion. Ceux qui commandent les fournitures de cette prison devraient y réfléchir à deux fois.

Je lui tends mon numéro.

– Merci beaucoup.

– C'est le moins que je puisse faire. Désolé de ne pas pouvoir vous aider plus. Je sais à quel point ça peut être décourageant quand les parents vous cachent des choses.

Il rajuste sa casquette avant d'ajouter :

– Vous devriez en parler à votre mère.

Je hoche la tête. *Pour ça, il faudrait déjà que je lui parle tout court.*

– Oui, vous avez sans doute raison. Merci pour votre aide.

– Pas de quoi. J'espère que vous finirez par trouver ce que vous cherchez.

À la façon dont il me regarde, j'ai l'impression qu'il comprend davantage ma situation qu'il ne veut bien l'admettre. Je l'observe un moment, puis tire Roman par la manche et entraîne notre tandem dépité hors de l'établissement pénitentiaire Mc Creary.

Une fois dehors, Roman se protège les yeux d'une main pour regarder au loin comme s'il contemplait le Grand Canyon ou je ne sais quoi, pas une cour de prison déserte.

– Je croyais que tu avais appelé, observe-t-il.

– C'est ce que j'ai fait. Pour connaître les horaires de visite.

– Tu n'as pas pensé à leur demander si ton père était toujours là ?

Je me mords la joue.

– Je n'avais aucune raison d'en douter.

Je marque une pause et le scrute, mais il ne tourne pas la tête et continue de fixer l'horizon.

– Attends, qu'est-ce que tu me reproches au juste ?

Il traîne les pieds sur le ciment. Ses cheveux qui scintillent sous le soleil paraissent plus blonds que châtains. L'atmosphère me semble plus étouffante qu'à l'arrivée, moite comme après une douche chaude. On ne se croirait pas en mars. Peut-être que le printemps arrive et que les fleurs de Mme Franklin vont bientôt s'épanouir.

– Je ne sais pas, Aysel, marmonne-t-il en se frottant la nuque. Mais on dirait que tu cherches des excuses pour retarder l'échéance.

– Quelle échéance ?

– Laisse tomber.

Je croise les bras.

– Non, vas-y. Dis-le.

Cette fois, il se retourne pour me faire face, les yeux grands ouverts mais dénués de toute expression.

– Si tu ne parles pas à ton père avant le 7 avril, tu sauteras quand même avec moi ou pas ?

J'acquiesce, mais sans soutenir son regard. J'en suis incapable.

SAMEDI 30 MARS
J - 7

Plus tard

Je me gare en face du camping. Si on peut appeler ça un camping. Pour moi, ça ressemble plus à un terrain boueux. Je ne suis pas experte en la matière, mais je suis forcée de penser que celui-ci est des plus sommaires. Visiblement, les seuls agréments dont il dispose sont un brasero – bûches à moitié calcinées et cendres comprises –, un grand chêne et une poubelle rouillée.

Roman sort de la voiture et va chercher la tente dans le coffre. Au loin, je distingue une berge rocheuse et la rivière qui vient lécher les galets. Au fond, ce ne sera peut-être pas si mal. Ça me laisserasans doute le temps de discuter un peu avec Roman et de trouver les mots pour expliquer ce qui m'arrive.

J'attrape mon sac à dos sur la banquette arrière et suis Roman vers notre emplacement. Quand il ouvre le sac contenant la tente, je m'aperçois qu'il y a caché deux bouteilles de vin.

– Classe ! dis-je.

– Du vin tiède, passe encore, mais la bière tiède, c'est dégueu. J'ai dû trancher.

– Tu aurais pu mettre la bière dans une glacière.

Je ne relève pas le fait qu'il me parle comme si j'étais une pauvre fille qui n'a jamais bu d'alcool de sa vie. Même si, bon, à vrai dire, c'est le cas. Sauf si on compte les quelques gorgées de bière que m'a fait goûter Steve quand j'avais onze ans, un jour où Maman et lui recevaient des amis pour un barbecue dans le jardin.

– Je sais, mais c'est ma mère qui a préparé la glacière. Elle s'en serait aperçue si j'avais mis des bières.

– Tu aurais pu les y glisser après.

– Bon sang, mais tu as vraiment envie de bière ou quoi ? Je peux faire un saut en ville si c'est le cas.

Je fourre les mains dans les poches de mon jean noir et m'éloigne vers la rivière.

– Non, pas la peine. Je disais ça pour te faire marcher, c'est tout.

Il sort la tente et commence à se débattre avec. Une ou deux fois, j'envisage de lui offrir mon aide, mais je n'y connais rien en matière de tentes. Tandis qu'il peste à voix basse, je décide d'aller me promener au bord de l'eau.

– Je reviens vite, dis-je en m'éloignant, mais il ne répond pas.

Je descends à flanc de colline, mes baskets s'enfoncent dans l'herbe détrempée. En approchant de la berge, j'aperçois un ponton. Personne dans les parages. Des cannes à pêche cassées flottent à la surface de l'eau et je tente d'imaginer ces lieux pleins de vie, de familles joyeuses et de pêcheurs aguerris. Mais rien dans cet endroit ne laisse supposer qu'il puisse y avoir foule. On dirait plutôt qu'il était destiné à être isolé. J'entends quelques oiseaux pépier entre eux et le moteur d'un bateau vrombir au loin, mais les bourdonnements dans ma tête assourdissent tout le reste. Les mains sur les oreilles, je me mets à fredonner tout bas, occupant mes pensées avec la *Messe en si mineur* de Bach.

Alors que je m'appuie à la balustrade de bois fendue en éclats, une rafale de vent ricoche sur l'eau et me caresse les joues. On dirait parfois que le vent a des mains, des doigts, et il m'arrive de me demander si en tendant le bras, je pourrais l'attraper et s'il m'étreindrait à son tour, comblant le vide entre mes doigts avant de m'emporter. Est-ce que Roman se pose parfois ce genre de question, lui ou n'importe qui d'autre, d'ailleurs ?

Je regarde derrière moi mais, d'ici, on ne distingue même pas le camping, alors je me remets à contempler l'eau. Le bord de la berge est jonché d'algues visqueuses et d'hameçons rouillés. Si je sautais d'ici, je me finirais uniquement trempée et sale. Mais pas morte.

Ce n'est pas Crestville Pointe. Sauter de là-bas, pour le coup, ça me tuera, et Roman aussi.

Je retourne au camping d'un pas lourd. Je ne suis pas pressée de retrouver Roman, ni sa glacière sans bière et ses doutes quant au fait que je me dégonfle. Je l'aperçois la première. Apparemment, il a réussi à monter la tente : un assemblage de toile bleu relâché oscille au vent. Dos à moi, penché sur le brasero, il est en train de craquer une allumette.

Alors que j'approche derrière lui, les deux bûches se rallument dans un crépitement de flammes. Et je viens m'asseoir dans l'herbe près de lui.

– Tu as trouvé ce que tu cherchais ? demande Roman.

– Comment ça ?

– Je croyais que tu étais partie à la recherche de quelque chose.

– Eh non, dis-je en croisant les jambes en tailleur. J'en suis toujours au même point.

– Ravi de te l'entendre dire.

Il se frotte les mains avant de se relever.

– Tu as faim ?

Interprétant mon haussement d'épaules comme un oui, il va chercher dans la glacière les saucisses que sa mère nous a préparées. Entassées, gluantes, dans un sachet en plastique, elles ont triste mine. Il me les passe puis sort des brochettes en acier de son sac à dos.

J'embroche une première saucisse en regardant la pointe en métal ressortir par l'autre bout, puis j'avance le tout au-dessus des flammes et Roman en fait autant. Je la retourne de temps à autre mais, en toute franchise, je fais ça complètement au pif. Chez moi, on ne connaît pas le camping.

– À mon avis, c'est cuit, annonce Roman en désignant ma saucisse d'un mouvement du menton.

– Ah, ok, je bredouille en la retirant du feu.

– J'ai oublié d'aller acheter les petits pains, s'excuse-t-il. Ma mère serait horrifiée.

Un sourire contrit sur les lèvres, il se rassied lourdement par terre, ramène les genoux contre sa poitrine et décroche sa saucisse en soufflant dessus à plusieurs reprises.

Je m'efforce de prendre exemple sur lui, mais je dois avoir l'air d'une gamine de cinq ans qui n'arrive pas à souffler toutes les bougies de son gâteau d'anniversaire. J'arrache un bout de ma saucisse en me brûlant les doigts au passage, puis je le mets dans ma bouche et je mâche. Au goût, c'est carbonisé à l'extérieur, mais froid à l'intérieur. Je réussis quand même à avaler.

Roman dépose la sienne sur une feuille de papier journal, se lève pour aller chercher deux gobelets en plastique, puis dévisse le bouchon d'une des bouteilles de vin.

– Tu as raison, observe-t-il en brandissant cette dernière. Des hot-dogs et du vin : c'est la classe !

Je sais qu'il dit ça pour me taquiner, mais c'est la première fois que je bois du vin et je suis un petit peu excitée malgré moi. Il y a un mois, je vous aurais soutenu que plus rien ne m'emballait dans la vie. Qui aurait cru qu'un truc aussi bête que du vin suffirait à me faire dire le contraire ? Je m'efforce de garder un air neutre pour ne pas trahir mon enthousiasme. Il nous remplit chacun un gobelet et m'en tend un.

– Merci, dis-je en le posant à côté de moi et en manquant de faire tomber ma saucisse.

Et quoi de pire qu'une saucisse à moitié cuite *et* saupoudrée de terre ? À mon avis, pas grand-chose.

– On aurait dû emporter des serviettes en papier, observe Roman la bouche pleine.

– Sans doute.

Il termine en vitesse sa saucisse, peut-être pas assez cuite non plus, tandis que je me force à engloutir la mienne avant de boire une lampée de vin. Son goût aigre m'arrache une grimace.

– Tu ne bois pas souvent, on dirait ? devine Roman avec un petit sourire.

– Pas trop, non.

Il avance son gobelet vers le mien pour porter un toast.

– À Aysel, ma partenaire de suicide.

– Et à tous ceux qui ne se dégonflent pas.

Cette fois, il me décoche un sourire franc et vide son verre d'un trait avant de se resservir.

Dans le ciel, le soleil commence à décliner et je n'ai aucune idée de l'heure. J'envisage un instant de sortir mon téléphone de ma poche pour vérifier, mais à la réflexion, peu importe. Tout ce qui compte, c'est que j'ai l'impression que cette journée est passée beaucoup plus vite que d'habitude. Quand je suis avec Roman, le temps paraît toujours trop court.

Je bascule de côté pour m'étendre à plat ventre. Roman s'allonge sur le dos à côté de moi, les yeux fixés sur le ciel.

– Désolé qu'on n'ait pas pu voir ton père.

Je me passe la langue sur les dents et sens l'arrière-goût acide du vin.

– Peut-être que ce cher Jacob va nous appeler.

– Peut-être, acquiesce Roman en posant la main au creux de mon dos. Mais peut-être pas. Ça ira quand même ?

Je ne sais pas quoi répondre à cette question. J'imagine que sans nouvelle de Jacob, je tenterai de joindre moi-même l'hôpital. Mais au fond, je n'en sais rien. Un petit groupe d'oiseaux s'envolent d'un arbre tout près en poussant des cris rauques. Le battement de leurs ailes me fait un peu tressaillir ; je me redresse. Moi qui pensais que plus la mort approcherait, moins je serais à cran et effrayée, en fin de compte, c'est tout le contraire.

– Désolé, dit-il en ôtant sa main pour la glisser dans sa poche.

– Non, c'est pas toi.

Il hausse un sourcil.

– Ce sont les oiseaux qui t'ont fait peur ?

J'ai envie de lui répondre que tout me fait peur à présent. Mais je m'abstiens et le laisse disserter sur le fait que les oiseaux sont inoffensifs. Il boit de plus en plus de vin et j'essaie de suivre son rythme, mais j'ai la tête qui tourne et mes paupières commencent à être lourdes.

Je m'allonge sur un coude face à lui. Le feu se maintient et les volutes de fumée projettent des ombres sur ses joues creuses. Il descend son vin en silence et je sais que je devrais essayer de lui faire comprendre ce que je ressens, mais la situation est déjà assez instable comme ça, je n'ai pas envie que ça empire.

– J'ai la trouille aussi, tu sais, finit-il par lâcher.

Je sens d'ici son haleine avinée alors qu'il relève le visage et l'approche du mien.

– Et d'un autre côté, j'ai hâte, ajoute-t-il.

Je ferme les yeux un instant ; j'ai l'impression d'avoir le cerveau cotonneux.

– Tu as déjà entendu parler de la théorie de la relativité, d'Einstein ?

Il avale une longue gorgée avant de me répondre.

– Ça y est, tu recommences avec les sciences. T'es une vraie geek, toi, non ?

– Je crois que pour être geek, il faut déjà être intelligent.

Il fronce les sourcils.

– Tu m'as tout l'air de l'être.

– Je suis bonne actrice, dis-je en lui lançant un clin d'œil avant de me redresser pour me resservir du vin.

– Alors ? Explique.

– Quoi, la théorie ?

Le vin commence à me paraître moins aigre. Je ne sais pas ce que je dois en déduire : que je suis en train d'y prendre goût ou que mes papilles sont anesthésiées par l'alcool, si tant est qu'elles puissent l'être, d'ailleurs ?

– Oui, Einstein. Ta théorie d'intello.

Il baragouine nonchalamment. Ce serait plutôt mignon si ce n'était pas aussi un peu effrayant.

– Bon, comme tu sais, il avait deux théories : la théorie de la relativité restreinte et celle de la relativité générale.

Roman me coupe en faisant non de la tête.

– Je sais que dalle sur Einstein. Et franchement, sans toi, j'en aurais pas grand-chose à foutre de ce type.

– Tu veux dire que grâce à moi, tu t'intéresses à Einstein ? dis-je en mordillant le bord de mon gobelet en plastique.

Du coin des lèvres, il me décoche son adorable sourire en demi-teinte.

– Je suis obligé de m'intéresser à ce qui t'intéresse. J'ai l'impression que désormais, on est un peu liés.

Je me surprends à sourire aussi. Les muscles de mes joues me font un drôle d'effet : ils sont comme une pièce qui n'aurait pas vu la lumière du jour depuis des années et dont on ouvrirait tout à coup les volets pour laisser le soleil entrer à bloc. Et sans que je puisse me retenir, mon sourire continue de s'élargir de plus en plus. C'est la chose la plus gentille que Roman m'ait jamais dite. La vache ! C'est même la chose la plus gentille qu'on m'ait dite au cours de ces trois dernières années.

– Ça te rend heureuse que je dise ça, réalise-t-il d'un ton soudain grave.

– Oui, c'est vrai.

Il ferme les yeux et secoue la tête l'air navré. Il tangue d'avant en arrière comme ces figurines de danseuse hawaïenne montées sur ressort que certains mettent sur leur tableau de bord.

– Qu'est-ce qu'il y a ? dis-je en lui donnant un petit coup sur l'épaule.

– Je ne peux pas te rendre heureuse. Il faut pas que toi et moi, on laisse l'autre nous rendre heureux.

Je marque une pause, le temps de déchiffrer son baragouin, puis je me penche vers lui.

– Ça serait si dramatique que ça ?

Il rouvre les yeux d'un coup, le regard à la fois vif et pétillant mais aussi éteint et humide.

– Ça gâcherait tout.

Je mets quelques secondes à reprendre pied. Je ramasse une brindille que je me mets à faire traîner dans l'herbe.

– Pourtant à la fête foraine, tu disais que tu aimais bien m'écouter parler de sciences et peut-être que…

Il me coupe la parole d'un geste.

– Peu importe ce que j'ai pu dire, affirme-t-il en nous désignant tour à tour du doigt. Peu importe ce qui se passe entre nous. C'est temporaire.

Il ouvre davantage les yeux et je constate que ces derniers commencent à être cernés et rougis. Trop de vin pour FrozenRobot.

– Écoute, Aysel, dit-il en me prenant les deux mains. Je sais que c'est perturbant. On est dans une situation bizarre et merdique, mais il ne faut pas qu'on se fasse d'illusions.

J'essaie de me dégager mais il me retient, écrasant mes articulations sous ses doigts.

– Quelle situation ?

– Le fait qu'on soit partenaires de suicide. Entre nous, il y a une certaine intimité et, il faut bien le dire, une certaine alchimie aussi.

– Une alchimie ?

Je ne peux m'empêcher de rire.

– Oui, t'es plus calée que moi sur les termes scientifiques.

Il se penche tout près, son nez se cogne contre le mien et je sens le battement de ses cils sur ma peau. Je lève le menton et c'est alors que nos bouches se touchent. Notre baiser est maladroit mais parfait, et une phrase tourne en boucle dans mon esprit : *on est en train de s'embrasser, je suis en train d'embrasser FrozenRobot !*

Elle résonne à mes oreilles comme un banal mantra.

Je continue de l'embrasser en m'efforçant de ne pas trop réfléchir à ma technique. Mon cœur bat la chamade, ça doit vouloir dire que j'aime ça, et j'espère que le sien palpite aussi fort. L'humanité s'embrasse depuis la nuit des temps et pourtant, à cet instant précis, j'ai l'impression que le baiser est une pratique secrète à laquelle nous sommes les seuls initiés.

Au bout d'un instant qui m'a semblé durer à la fois une seconde et cent ans, Roman s'écarte lentement en repoussant une mèche sur ma joue.

– Je confirme : le courant passe vraiment bien entre nous.

Je lui souris encore. Ça fait deux fois. Il ne faut pas que je prenne cette habitude. Si je devenais du genre à sourire de bon cœur, je ne me reconnaîtrais même plus.

– Je crois aussi, dis-je.

En reprenant mon souffle, je remarque qu'il y a dans l'air non plus une odeur de feu de bois mais un doux parfum de vanille, et dans ma tête résonne un drôle de petit bruit que je n'identifie pas tout à fait mais qui me fait penser à un tintement de pièces jetées dans une fontaine, au flic flac des vœux qu'on formule, désespéré.

Il blottit sa tête dans mon cou et j'essaie de me détendre en faisant comme si ce geste de tendresse était parfaitement naturel pour moi. Puis il me prend par la taille avant de m'allonger par terre avec lui. Lovée dos à lui, ses mains sur mes hanches, on reste étendus là, enlacés dans l'obscurité et le silence à quelques mètres de la tente. C'est la première fois de ma vie que je prends vraiment conscience d'être faite de chair et de sang. Je peux pratiquement sentir mes os vibrer sous la surface, comme s'ils brûlaient de faire corps avec les siens.

– Malgré tout, ça ne doit rien changer, murmure-t-il subitement.

Je me tortille pour me coller davantage à lui. Je perçois les battements de son cœur qui s'emballe. Ça me brûle au creux du ventre, mais la sensation n'a rien à voir avec la limace qui ronge mon bonheur. Le poids insoutenable que j'avais sur le cœur a cédé la place à une légère effervescence, signe que mon énergie potentielle est peut-être en train de se transformer. Je m'imagine retracer toute son évolution comme une scientifique qui rendrait compte de ses travaux pratiques. Ma vie entière ressemble de plus en plus à une vaste expérimentation.

– Aysel, souffle-t-il en me serrant contre lui, ses lèvres effleurant mes cheveux : ça ne doit rien changer, d'accord ? Ce genre de bonheur est illusoire et passager. Il ne faut pas qu'on perde de vue les raisons qui nous poussent à vouloir en finir. Je ne veux pas oublier Maddie, et tu ne dois pas oublier tes propres motivations.

Mes motivations. Le terme paraît si vague. Et pour cause : je n'ai jamais pris le temps de vraiment lui exposer mes raisons, étant donné que je redoute sa réaction s'il découvre qui est mon père. C'est sans doute pour ça que j'ai préféré ne rien lui dire, d'ailleurs. Parce que j'ai peur non pas qu'il ne veuille plus de moi comme partenaire de suicide mais qu'il souhaite d'autant plus ma mort, voire même qu'il l'approuve.

Au final, il a peut-être raison : je suis une dégonflée. Mais quelque part, ma rencontre avec Roman m'a permis de mieux me connaître. Je suis abattue, c'est vrai. Et lui aussi. Pourtant, plus on en parle et on partage notre tristesse, plus je commence à croire qu'on a peut-être une chance de remonter la pente, de se sauver l'un l'autre.

Jusqu'ici, tout paraissait vraiment définitif, inévitable, prédestiné. Mais à présent, je suis de plus en plus convaincue que la vie réserve parfois plus de surprises qu'on ne peut l'imaginer. Peut-être que tout est relatif, pas seulement le temps et la lumière comme l'a élaboré Einstein dans ses théories, mais l'ensemble de la vie. L'existence nous semble parfois horrible et sans issue jusqu'au jour où un infime changement s'opère dans notre univers et modifie notre point de vue, et alors, subitement, tout paraît plus supportable.

– Tu comprends ? insiste Roman. Quoi qu'il se passe entre nous, quoi qu'on devienne toi et moi, ça ne doit rien changer. Il ne faut pas.

Néanmoins, ses actes contredisent ses paroles car, tout en parlant, il m'attire plus près de lui.

– Je comprends, dis-je tout bas.

Mais en mon for intérieur, je comprends surtout que tout a changé.

DIMANCHE 31 MARS
J - 6

Je suis réveillée par l'éclat du soleil levant. Roman me tient toujours dans ses bras ; je me dégage de son étreinte. On s'est endormis à quelques pas de la tente, et mon t-shirt et mon jean sont zébrés de taches d'herbe et de boue.

Je sors mon téléphone de ma poche et constate que j'ai un appel en absence et un message vocal d'un numéro inconnu. Je commence à m'éloigner de Roman et m'arrête en l'entendant grogner d'un ton endormi.

– Tu vas où ? marmonne-t-il en se redressant et se frottant les yeux. Il est quelle heure ?

– Presque huit heures.

Il se laisse retomber sur le dos en fermant les yeux.

– Il est trop tôt et y'a trop de lumière.

– J'en connais un qui a trop bu de vin, dis-je d'un ton aussi ordinaire que possible.

Je sais que pour lui, ce qui s'est passé entre nous hier soir ne change rien mais le problème, justement, c'est que moi, j'ai du mal à faire comme si de rien n'était. Il n'est plus FrozenRobot, mon partenaire de suicide rencontré sur Internet, mais Roman, ce garçon qui m'a embrassée au bord de la rivière et tenue toute la nuit dans ses bras. Pour moi, ce n'est pas rien. Ça change tout.

Ce n'est plus une personne avec qui je veux mourir mais la personne avec qui je veux vivre.

– Je reviens tout de suite, dis-je en partant vers la rivière.

Je descends le même sentier qu'hier et consulte de nouveau mon écran. L'appel manqué date d'hier soir, vers dix-neuf heures. J'avais peut-être déjà un peu trop bu pour remarquer que mon portable vibrait.

Le téléphone collé à l'oreille, j'écoute le message. C'est Jacob, le surveillant de prison : il a du nouveau sur mon père. Le souffle court, je réécoute son message. Il a trouvé quelqu'un qui travaille à l'hôpital psychiatrique de Saint Ann et qui connaît le patient. Jacob me laisse son nom, Tara Woodfin, et son numéro. Je me repasse une dernière fois le message puis jette un œil à mon téléphone. Il est sans doute trop tôt pour passer un coup de fil à cette dénommée Tara, surtout un dimanche. Je vais devoir attendre un peu.

Une fois de retour à la tente, je constate que Roman n'a pas bougé depuis que je l'ai laissé. Il est toujours étendu sur le dos, les yeux fermés et les traits figés dans une grimace de douleur. Je m'agenouille à côté de lui et le secoue doucement par les épaules.

– Allez, debout il faut y aller. Aide-moi à ranger.

– Pourquoi tu veux partir si tôt ? marmonne-t-il d'une voix encore pâteuse en roulant sur le côté.

J'observe la tente et essaye de trouver le moyen de replier le tout sans rien casser. Je secoue maladroitement les piquets jusqu'à ce que je comprenne qu'on peut les sortir des rabats et, une fois retirés, les plier en deux. Je suis sûre qu'il y a une méthode de démontage plus simple et plus élégante, mais Roman est trop dans le coaltar pour me critiquer et, n'importe comment, s'il parvient à ses fins, il n'aura plus jamais besoin de cette tente.

Cette idée m'est presque insupportable, et je ravale la boule d'angoisse qui me serre la gorge. *Continue de t'occuper. Ne pense pas à ça.* Une fois la tente démontée, je fourre tous les éléments dans le sac prévu à cet effet. C'est rangé n'importe comment, mais je suis sûre que Madame Franklin s'en occupera comme il faut à notre retour.

En allant chercher une bouteille d'eau pour Roman dans la glacière, j'aperçois son sac à dos qui traîne à côté. Après avoir vérifié qu'il dort encore, je l'ouvre et sors son bloc à dessin. Je sais, ça ne se fait pas mais c'est plus fort que moi.

Je m'assieds en tailleur par terre et commence à le feuilleter. Mon cœur fait un bond quand j'arrive à la dernière page, où apparaît mon portrait. La fille que je découvre, c'est moi… sans vraiment l'être. Bien que ses grands yeux regardent ailleurs, je perçois en eux quelque chose qui sur le coup me surprend : une lueur d'espoir. À sa posture, elle paraît moins pitoyable que moi, comme si elle était plus forte, plus tenace.

– Merci, FrozenRobot, dis-je dans un murmure.

J'arrache la page du bloc, et tant pis si Roman se fâche quand il découvrira que je lui ai piqué son dessin. J'en ai besoin. Ça va m'aider à me rappeler que je peux être cette fille. Cette personne solide et pleine d'espoir est en moi. Je plie la feuille en un tout petit carré que je glisse dans ma poche puis remets le bloc dans son sac à dos.

Tout en sortant une bouteille d'eau de la glacière, je réfléchis à la façon dont je vais m'y prendre. Il faut que j'aide Roman comme il l'a fait pour moi, que je lui montre que la personne qu'il croit disparue et anéantie existe encore en lui. Cette personne, c'est un garçon plein d'audace et de talent, au sourire insouciant et au rire contagieux. Lumineux comme une prairie en été, son regard perçoit des choses auxquelles la plupart des gens sont aveugles, et ses mains créent d'incroyables dessins. Les yeux fermés, je me souviens alors de ce jour où je lui ai tenu la main à la fête foraine, de sa fermeté et de sa poigne. Il faut que je l'aide à s'en sortir. À tout prix.

Je prends une grande inspiration pour me donner du courage puis retourne auprès de Roman. Je m'accroupis et presse la bouteille fraîche contre son front.

– Réveille-toi.

– Hé ! s'écrie-t-il dans un sursaut.

– Je me suis dit que ça te ferait du bien.

– C'est le cas, merci. Ça m'a juste un peu surpris.

Il me prend la bouteille des mains et se cale sur un coude pour en boire quelques gorgées avant de la coller de nouveau sur son front.

– Je range tout dans la voiture et on s'en va, d'accord ?

– Ok.

Je suis sur le point de me lever quand il me retient par la main pour me faire asseoir par terre à côté de lui.

– Je n'étais pas saoul au point d'en oublier cette nuit, Aysel.

Je le fixe, le regard vide. Comme je ne peux pas lui avouer ce que j'ai sur le cœur, je me dis que le silence vaut mieux que des paroles qu'il ne veut pas entendre. Et puis, je ne me lancerai pas avant d'avoir trouvé les mots justes, la formule magique, celle qui le convaincra de vivre. <Il secoue la tête avant d'avaler une autre gorgée d'eau.

– Ne fais pas comme si tu ne voyais pas de quoi je parle.

Je reste muette et me passe la langue sur les dents en cherchant quoi répondre.

– Aysel, insiste-t-il en me reprenant la main.

Baissant les yeux, je contemple sa main en la serrant, cette main qui a dessiné mon portrait, qui m'a permis de refaire surface.

– Jacob a appelé, dis-je tandis qu'il me masse doucement les doigts.

– Et ?

– Il m'a donné le nom et le numéro d'une employée de l'hôpital qui pourra me renseigner sur mon père.

Sans me lâcher, Roman détourne les yeux.

– On n'aura peut-être pas le temps d'aller le voir avant de…

– Je sais, mais…

Je marque une pause et inspire à fond, laissant la fraîcheur printanière emplir mes poumons.

– Écoute, Roman, à propos de cette nuit… je sais que pour toi, ça ne doit rien changer, et peut-être qu'effectivement, cette nuit en particulier n'a rien changé, mais je commence à me dire qu'on devrait peut-être prendre le temps de vraiment… réfléchir à la suite.

Il lâche ma main et s'écarte brusquement. Je retiens mon souffle, craignant le pire.

– Écoute, maugrée-t-il, je savais que c'était pas une bonne idée. Le truc, c'est que t'es… t'es… t'es…

Il bafouille comme un disque rayé.

– Je suis quoi ?

– Tu es toi. Tu comprends tout. Et puis tu es triste comme moi : c'est flippant mais assez beau aussi. Et bourrée, aussi.

Il m'effleure la joue, caresse mes cheveux.

– Tu es comme un ciel gris : belle sans le vouloir.

Non, il se trompe. Le problème n'est pas de vouloir être belle ou pas mais d'être belle *parce que* je suis triste. FrozenRobot est bien placé pour savoir que la tristesse n'a rien de beau ni de touchant ou de séduisant. La tristesse, c'est moche, point, et ceux qui pensent le contraire n'ont rien compris. Je crois que ce que voulait dire Roman, c'est qu'on est tous les deux aussi moches l'un que l'autre et, d'une certaine manière, c'est rassurant, agréable. Mais agréable ne veut pas forcément dire beau.

Je repense à son dessin. La fille du portrait, *elle*, elle était belle. Ce n'était pas un ciel gris. Elle était pleine d'espoir. Ça, c'est beau.

Je ne veux plus que la tristesse et la laideur soient le seul lien entre nous. Je n'ai pas envie d'être un ciel gris. Je veux qu'on reprenne espoir. Ensemble. Je détourne les yeux pour cacher les larmes qui montent. Au bout d'un long silence, je me relève en m'époussetant.

– On ferait bien de se mettre en route.

– Aysel, ajoute-t-il avec insistance. Il faut qu'on parle de tout ça.

– Sans doute, mais je sais pas quoi dire.

Il me serre la main et faute de pouvoir faire plus, j'étreins la sienne à mon tour car j'ai trop peur de lâcher prise et de le perdre.

DIMANCHE 31 MARS
J - 6

Plus tard

Ça fait près d'une heure qu'on roule lorsque je quitte l'autoroute pour faire une pause dans un tout petit restaurant qui était annoncé sur un panneau avant la bretelle de sortie. Roman, qui a dormi tout du long, se réveille doucement tandis que je me gare.

– On est où ? demande-t-il en se frottant les yeux.

– Je me suis dit que ça te ferait du bien de manger un bout avant que je te dépose chez toi.

Face au sourire en coin qu'il me décoche, mon cœur se serre comme dans un étau. La vue de ce sourire m'est désormais insoutenable. Je jette un œil à travers le pare-brise. Il pleut des cordes et, au loin, on entend le tonnerre gronder.

– Bien vu, approuve-t-il en sortant de la voiture. Tu as raison, ma mère flipperait grave si tu me ramenais dans cet état. Tu perdrais ton titre de sainte Aysel.

Quelque chose me dit que je le perdrai aussi si je te laisse sauter dans le vide à Crestville Pointe, Je me mords la lèvre. Roman reste indifférent au déluge qui nous tombe dessus, sur les cheveux, le visage, les fringues.

On entre sans se presser dans le restaurant et on va s'asseoir à une table au fond. Tandis qu'il examine le menu, je me surprends à le fixer. Mais dès qu'il relève le nez, je baisse les yeux et m'empresse de lire et relire le choix d'omelettes proposé en faisant semblant d'être tiraillée entre la recette du sud-ouest et celle de Florence.

Une fois certaine qu'il ne me regarde plus, je l'observe à nouveau en douce. Son t-shirt est humide, ses cheveux trempés, et des gouttes lui perlent au front. Toute cette pluie lui donne un air plus jeune, plus vivant. Ses joues sont plus roses, son teint plus lumineux. J'essaie d'imaginer l'effet à plus grande échelle, à quoi il ressemblera quand il aura sauté de Crestville Pointe, une fois noyé. Sa bouche rose deviendra bleue et son teint frais d'une pâleur extrême. Je me demande si on ressent ces transformations dans notre corps et si on sent notre énergie cinétique grésiller et s'évaporer dans le néant. Est-ce un bruit perceptible à l'oreille et si oui, est-ce qu'on dirait une vraie symphonie ou au contraire, des hurlements ? Je n'ai aucune réponse à ces questions mais, désormais, je m'en fiche, je n'ai plus envie de savoir. Et je voudrais bien que Roman n'ait plus envie non plus.

Je me remets à fixer en silence mon menu. Ce n'est pas le moment de penser à ça. Notre serveuse arrive et prend notre commande : deux œufs, du bacon, une galette de pommes de terre sautées et une portion de piments pour lui, l'omelette à la florentine pour moi. Cette femme doit avoir l'âge de ma mère, mais ses mains sont beaucoup plus ridées et son visage plus joufflu. Manifestement, ses cheveux blonds sont une teinture car ses racines sont noires.

– Excellents choix, commente-t-elle en en prenant note avec un sourire.

Lorsqu'elle relève le nez de son carnet pour nous regarder, son sourire s'agrandit.

– Vous formez un joli petit couple, vous savez ? Je parie qu'on vous le dit tout le temps. Bref, je vous apporte tout ça très vite.

On n'a pas le temps de la reprendre qu'elle s'éloigne. Je tire sur les bouts de rembourrage qui s'échappent de ma banquette déchirée sur toute sa longueur.

– Ça devrait te faire sourire, Aysel. La dame trouve qu'on forme un joli couple.

– Tu parles d'un couple.

Je le fixe avec une telle intensité qu'il baisse les yeux.

La serveuse revient plus vite que je ne l'espérais, ce qui a le don de m'inquiéter quant à la préparation des plats. Remarquez, on est dans un restau délabré au fin fond du Kentucky, donc je crois que la qualité de la cuisine ici est pour ainsi dire toute vue.

Je n'ai pas d'appétit. Alors je pousse de-ci, de-là l'omelette dans mon assiette, ma fourchette grinçant un peu sur sa surface blanche et terne. À l'inverse, Roman engloutit son bacon en mâchant bruyamment. C'est drôle comme même les manies déplaisantes d'une personne deviennent, en quelque sorte, attachantes, dès lors que celle-ci nous plaît.

Ça me rend dingue. Et puis, je ne sais pas comment il peut avoir faim dans ces circonstances. Est-ce qu'il a déjà complètement oublié notre dispute au camping ? Ou que le 7 avril, c'est dans moins d'une semaine ?

– Je peux te poser une question ? me demande-t-il entre deux bouchées.

– Bien sûr, dis-je en buvant une gorgée de l'eau du robinet que la serveuse nous a apportée.

Il passe aux œufs au plat, sur lesquels il a étalé ses piments, graines incluses. Il s'en coupe une bouchée qu'il avale d'une traite.

– Quand est-ce que tu comptes me raconter ce que ton père a fait pour se retrouver derrière les barreaux ? Tu m'as juste confié qu'il était en prison… ajoute-t-il en laissant volontairement sa phrase en suspens.

Je m'arrête un instant pour observer son visage. Ses yeux noisette très enfoncés sont plus vifs depuis qu'il mange et il paraît sincèrement intrigué. Je penche la tête pour fixer le dessus de la table en métal plutôt que lui. Je suis tiraillée entre tirer parti de sa curiosité et être forcée, au fond, de lui dire la vérité. Malgré mon appréhension, je suis tentée de penser qu'il comprendra. Le garçon qui a dessiné ce portrait de moi a l'air d'être de ceux qui comprendraient.

– Alors, est-ce que je dois en déduire que tu ne me diras rien du tout ?

Je ne le regarde pas. C'est au-dessus de mes forces. Fermant un instant les yeux, je fredonne tout bas un morceau que je connais bien. Alors que la mélodie s'enchaîne peu à peu dans ma tête, un passage où les notes s'emballent comme si elles couraient après quelque chose me donne subitement une idée. Je relève le menton et affronte enfin son regard.

– Je te raconterai en détail ce que mon père a fait si tu

m'accordes moi aussi une question. C'est honnête comme marché, non ?

– Ça dépend de la question.

– D'accord. Alors voilà : si tu ne comptais pas mourir dans sept jours, qu'est-ce que tu voudrais faire dans la vie ?

Il repose sa fourchette en me lançant un regard noir. En moins de trois secondes, ses yeux lumineux virent à l'orage.

– C'est quoi, cette question ?

– De la curiosité. Comme toutes les questions, tu me diras.

Ses lèvres se contractent, comme s'il réprimait une envie de sourire.

– Pourquoi tu parles comme le Chapelier fou ?

– Tu me connais, toujours en train de faire des blagues pourries.

Il ramasse sa fourchette pour reprendre une bouchée d'œufs au plat.

– Tu appelles ça une blague ?

– Bon, bref : marché conclu ou pas ?

Il m'adresse une courbette moqueuse.

—Tes conditions sont à ma convenance.

Je pose les coudes sur la table et me penche vers lui.

– Alors, quelle est ta réponse ?

– Parce que c'est à moi de me lancer en premier ? se hérisse-t-il en pointant sa fourchette vers lui. C'est pas très honnête, pour le coup.

– Tu es mal placé pour parler d'honnêteté.

Il secoue la tête ; son sourire caractéristique réapparaît sur son visage. Je détourne les yeux.

– C'est bon, d'accord, je commence. Mais c'est débile.

– Quoi, ma question ?

– Non, ma réponse.

– Je t'écoute, dis-je en retenant mon souffle.

J'ai envie d'entendre plein de choses, mais je ne sais pas lesquelles exactement. Il va peut-être me répondre un truc bête, par exemple qu'il a toujours rêvé d'avoir sa propre boutique d'articles de sport, comme ça il serait fourni à vie en ballons de basket, à moins qu'il ne me fasse un aveu émouvant, genre il a toujours voulu devenir pédiatre pour pouvoir soigner les enfants malades.

Mais, en fin de compte, peu importe quel métier Roman souhaite faire. Je commence à me rendre compte que c'est justement ça qui est grisant, curieux et franchement frustrant en amour. Les choses qui comptent aux yeux de l'autre deviennent peu à peu fascinantes, même si quand on y réfléchit bien, elles sont en fait plutôt banales.

Un jour, j'ai lu dans mon bouquin de physique que l'univers ne demandait qu'à être observé et que l'énergie se déplace et se transforme lorsque les gens sont attentifs. L'amour se résume peut-être à ça : avoir quelqu'un d'assez aimant pour nous prêter attention et nous donner envie d'avancer, de changer et de faire des étincelles avec notre énergie potentielle pour la transformer en énergie cinétique. On a peut-être juste besoin, tous, que quelqu'un nous remarque et s'intéresse à nous.

Et je peux vous dire que Roman, je l'ai bien remarqué. Alors, honnêtement, tout ce que je lui demande, c'est une réponse à ma question. Je voudrais connaître une chose sur lui, rien qu'une. Un détail qui m'incitera à penser qu'il existe ne serait-ce qu'un tout petit espoir que ses particules ont envie de bourlinguer et ont juste besoin qu'on les pousse dans la bonne direction.

– J'aurais envie d'aller à l'université, finit-il par me confier.

C'est plus fort que moi : mon cœur fait un bond, plein d'espoir. *C'est un bon début.* Je lui fais signe de continuer.

– Et j'aurais envie d'intégrer l'équipe de basket de la fac.

Je hoche la tête.

– Même si tu n'y as pas joué depuis longtemps ?

Il me fait un petit sourire entendu.

– Oui mais, tout ça a lieu dans un monde hypothétique, pas vrai ? Je peux être qui je veux.

Mon sursaut d'espoir disparaît déjà. Découragée, je me laisse retomber en arrière sur la banquette déchirée. *C'est pas obligatoirement hypothétique.* Je m'efforce de cacher ma déception.

– Bien vu. Mais continue.

– Qu'est-ce que tu veux que je te dise d'autre ?

– Je ne sais pas. Quelle matière tu voudrais étudier ?

Il s'empourpre et change de position, l'air mal à l'aise.

– C'est là que ça devient bête.

– Alors, c'est là que ça devient intéressant, dis-je en tapotant sur la table.

– Ça m'étonne pas que tu dises ça, réplique-t-il.

Face au regard que je lui lance, il lève les mains au-dessus de sa tête en signe de reddition.

– Ok, d'accord. Bon, alors j'aimerais étudier la biologie marine. Je sais, c'est naze, mais j'adorerais explorer les océans.

J'ai le sourire jusqu'aux oreilles et ça doit me donner un air idiot, mais je m'en fiche.

– Comme le capitaine Nemo dans *Vingt-mille lieues sous les mers*, dis-je.

Il s'égaye à nouveau.

– Exactement. J'ai toujours été attiré par l'exploration sous-marine. Mais c'est débile, vu que je n'ai encore jamais vu la mer.

Il s'interrompt, le regard soudain flou et distrait.

– Et a priori je ne la verrai jamais.

Peut-être que si, FrozenRobot. Peut-être que si, me dis-je en me mordant la langue. Un bref instant, je nous imagine en voyage sur la route en direction de la côte. On mettrait peut-être le cap sur la Caroline du Nord, c'est pas trop loin d'ici. Je le vois flâner sur la plage au bord de l'eau dans son sweat à capuche de l'université du Kentucky, les vagues clapotant contre ses chevilles. Il examinerait l'eau de près tandis qu'en retrait, assise dans le sable, je lirais un précis de philosophie de physique ou quelque chose du genre. On pourrait être heureux. Et c'est pas forcé que ça arrive dans un univers parallèle ou hypothétique.

Il faut que je trouve le moyen de le lui prouver. Déjà, je pourrais lui acheter un livre sur la biologie marine. Quoique, ce serait un peu maladroit. Il paniquerait. Et si je lui proposais une virée de dernière minute à la mer ?

Je me demande si quelqu'un sur Smooth Passages ne pourrait pas me conseiller, mais rien que de penser à ce site me fait grincer des dents. Tous les internautes deviendraient dingues s'ils apprenaient que je suis en train de changer d'avis et, pire, que j'essaie aussi de dissuader mon partenaire de suicide. C'est précisément le contraire de ce qui est censé se produire.

Et c'est justement la raison pour laquelle Roman ne voulait pas d'un ou d'une dégonflée. Mais en fin de compte, c'est ce qu'il a récolté : une dégonflée. Une Lâcheuse avec un grand L. Mais il ne peut s'en prendre qu'à lui-même. C'est à cause de lui que j'ai changé d'avis.

Je n'ai plus qu'à faire de lui un lâcheur aussi. Qui sait ? C'est peut-être contagieux.

Pendant que je rêvassais, Roman s'est remis à manger comme un glouton. Lorsque je redescends sur Terre, je croise aussitôt son regard scrutateur.

– Tiens, te revoilà ! Tu étais tombée sur un problème de physique urgent que tu devais absolument résoudre, ou quoi ?

Je hausse les épaules. Je crois que ce n'est pas le moment de lui exposer mon projet de virée au bord de la mer.

– En quelque sorte.

– Bon, à ton tour.

– De quoi ?

– De me parler de ton père.

Je me mets à mâchouiller les petites peaux autour de mon ongle de pouce.

– C'est un peu une longue histoire et je n'en connais pas trop les détails...

Roman se crispe.

—Arrête de me balader. J'ai répondu à ta question. Maintenant tu dois répondre à la mienne. Sans détour.

Il baisse la voix et ajoute presque en chuchotant :

– Les partenaires de suicide tiennent parole l'un envers l'autre.

Je sais qu'il a raison, mais j'aurais bien aimé pouvoir tenir parole sans que ça lui donne envie de me tuer. Littéralement.

DIMANCHE 31 MARS
J - 6

Plus tard

Je convaincs Roman d'attendre qu'on soit à l'ancienne aire de jeux de Willis pour que je lui explique pourquoi mon père est derrière les barreaux. Je n'avais pas trop envie de révéler le passé sordide de ma famille sous les néons de ce restaurant miteux. Mais bon, j'essayais peut-être juste de gagner du temps. J'ai l'impression de ne plus faire que ça à présent : essayer de gagner du temps.

Il est au téléphone avec sa mère quand je me gare sur le parking de l'aire de jeux. Elle a dû l'appeler au moins cinquante-sept fois depuis le début du voyage.

– Tout va bien, lui assure-t-il avant de marquer une pause.

Il s'interrompt et hoche la tête d'un air d'approuver ce qu'elle dit.

– Oui, c'était très sympa.

Elle doit dire un truc comique car il se fend d'un petit sourire narquois.

– Oui, Aysel est géniale. Mais, maman, j'appelais pour te prévenir que je rentrerai un peu plus tard que prévu.

Il hoche de nouveau la tête.

– Avec Aysel, on s'est dit qu'on allait faire un saut à l'ancienne aire de jeux et improviser une petite partie de basket. Oui, promis, j'irai doucement avec elle, acquiesce-t-il en riant. À tout à l'heure.

Il raccroche et se tourne vers moi.

– Au fait, tu joues vraiment bien ton rôle.

– Hein ? Quel rôle ?

– Ma mère trouve que je suis redevenu complètement normal. Avant, jamais elle n'aurait accepté que je rentre plus tard que ce qui était convenu.

Il sourit mais, cette fois, ce n'est pas un sourire en coin, nonchalant, c'est un sourire lourd de sous-entendus, et ça me serre le cœur mais pas dans le bon sens.

– D'ailleurs, je ne t'ai pas dit mais la semaine dernière, elle n'est pas venue une seule fois dans ma chambre la nuit pour vérifier que j'allais bien. Grâce à toi, je crois qu'elle se fait moins de souci pour moi.

J'ouvre ma portière et descends de voiture. Le cœur de plus en plus serré à chaque seconde, j'avance en traînant mes Converses grises sur le terrain boueux de l'air de jeux. Il ne pleut plus, mais l'atmosphère reste froide et humide. Bras croisés, serrés contre moi, je me dirige vers la table de pique-nique sur laquelle je m'étais assise la dernière fois. Je grimpe dessus, pose les mains à plat sur le bois mouillé et me penche en arrière pour contempler le ciel. Roman monte à son tour dessus et s'assied à côté de moi. Il se protège les yeux d'une main.

– Tu fais toujours ça, dis-je en l'observant.

– Quoi ?

– Porter la main à ton front pour t'abriter les yeux. J'ai remarqué ce tic chez toi. Même quand il n'y a pas de soleil.

Son sourire en coin réapparaît.

– Rien ne t'échappe ! Dans un autre univers, tu ferais une grande scientifique.

– Dans celui-ci aussi, peut-être, dis-je tout bas.

Il se raidit. Je n'ai pas le temps de me rattraper qu'il redescend de la table d'un bond et se plante devant moi les bras croisés et le regard sombre.

– Ramène-moi chez moi, lâche-t-il d'un ton monotone.

J'aurais presque préféré qu'il pique une crise. Au moins comme ça, je saurais qu'il n'est pas insensible.

– Arrête, Roman, dis-je pour tenter de calmer le jeu.

J'ai envie de me gifler tellement je m'en veux. Je m'y prends comme un pied. Je sais pertinemment qu'il ne faut pas que je le prenne de front comme ça. Je dois aborder le problème de façon plus subtile, pour qu'il arrive lui-même à la conclusion, sans que je l'y pousse.

J'essaie de faire marche arrière.

– Je disais ça juste comme ça. Je ne suis pas complètement idiote.

Il hausse les sourcils, la bouche pincée.

– Je voulais simplement dire que dans d'autres circonstances, je pourrais effectivement être une grande scientifique.

Je marque un temps d'arrêt avant de préciser :

– Dans ce monde-ci.

– Dans d'autres circonstances, comme tu dis. Mais de quelles circonstances tu parles, au juste ? enchaîne-t-il sans décroiser les bras.

Le soleil vient de faire une apparition derrière les nuages et cette soudaine luminosité donne à ses yeux des reflets particulièrement dorés. On dirait presque des flammes.

– Mon père, dis-je brusquement, sans réfléchir.

Trois ans que j'évite le sujet et m'efforce de ne plus vivre dans l'ombre de mon père, et voilà que je balance son histoire peu glorieuse comme un appât incongru. C'est vraiment pitoyable. Depuis le début, je me suis évertuée à essayer de cacher la vérité à Roman par crainte de sa réaction, mais là, ce n'est plus le problème ; tout ce que je veux, c'est le retenir ici, avec moi. Et je suis prête à tout pour qu'il reste encore un peu.

– Ton père, répète-t-il d'un air de s'impatienter, les yeux rivés au sol. Je ne te comprends pas, Aysel. C'est à cause de ton père que tu veux mourir. Et pourtant, tu veux à tout prix le voir une dernière fois alors que soi-disant tu le détestes. Et tu ne veux même pas me dire ce qu'il a fait ! Tu ne me fais pas confiance à ce point ?

Je serre les dents pour résister à l'envie de lui dire que je ne veux plus mourir, que tout a changé. Mais vu comme il est fâché, je crois que c'est pas vraiment le moment de lui faire ce gros aveu. Je tapote la table à côté de moi pour l'encourager à revenir s'asseoir.

– J'arrête de te faire mariner, promis. Je vais te raconter ce qui est vraiment arrivé à mon père. Du moins ce que j'en sais.

Roman se pince les lèvres et je vois bien qu'il hésite. Mais sa curiosité finit par l'emporter. Il revient se percher à côté de moi sur la table. Paradoxalement, ça me donne de l'espoir. Après tout, quand on est curieux, par définition, c'est qu'on a envie de connaître la suite, non ? C'est une forme de sensibilité. Et il faut peut-être que je l'exploite.

Je l'observe du coin de l'œil. Tête inclinée vers le bas, il regarde ses mains.

– Roman ?

– Quoi ?

– Tu promets de ne pas me juger si je te dis la vérité sur mon père ?

Il m'effleure le poignet et enroule ses doigts autour.

– Pourquoi je te jugerais ?

Je détourne les yeux. J'ai la gorge fatiguée, ramollie comme un vieux pneu de balançoire suspendu à une corde tout élimée. On dirait qu'elle va s'écrouler d'une seconde à l'autre et s'écraser au fond de mon bide en me laissant sans voix.

Il pose une main sur mon épaule.

– De quoi tu parles ?

– Brian Jackson.

Ce sont les seuls mots que je parviens à articuler.

Roman retire sa main en la ramenant derrière son dos, puis il pivote pour se mettre face à moi. Je me force à soutenir son regard écarquillé. C'est dans ce regard-là, qui s'est frayé un chemin jusqu'au vide de mon cœur, que j'ai retrouvé perspective et espoir. Je pousse un gros soupir étranglé. J'ai trop peur de voir ce regard chaleureux comme l'été devenir glacial comme l'hiver.

Il passe une main au creux de mon dos.

– T'inquiète pas, Aysel. Je suis au courant.

Nouveau soupir étranglé.

– Mais non, tu sais rien du tout.

Ses doigts se promènent au bas de ma colonne vertébrale.

– Si, je sais. Je suis au courant pour ton père.

Je m'écarte brusquement de lui et pars me réfugier au bout de la table. Les genoux ramenés contre ma poitrine, je me balance d'avant en arrière en essayant de fredonner le *Requiem* de Mozart mais tout ce que j'entends, c'est mon cœur qui cogne et qui ne veut pas ralentir.

Roman se rapproche et glisse un bras sur l'épaule.

– Du calme, tout va bien, chuchote-t-il gentiment.

Mes yeux s'embuent et une boule de larmes se forme et durcit dans ma gorge. Je n'ai pas véritablement pleuré depuis des années, c'est pas maintenant que je vais m'y remettre. Les épaules tremblantes, je me mords violemment la lèvre du bas, et un goût de sang se répand dans ma bouche.

– Pourquoi ?

– Pourquoi quoi ?

– Pourquoi tu ne m'as pas dit que tu savais ?

Il m'attrape le menton et le fait pivoter doucement vers lui. La lueur dans ses yeux dorés est encore chaleureuse.

– Parce que je ne savais pas comment mettre ça sur le tapis. Et puis, j'avais quand même quelques doutes.

Il lâche mon menton et pose les mains sur ses genoux en poussant un soupir.

– C'était juste une intuition que j'avais à cause de ton prénom et de ce que tu as dit sur ta famille. Un peu difficile de passer à côté de cette histoire… on en parle partout. J'ai pensé qu'il s'agissait sans doute de ton père, mais j'en avais aucune preuve. Jusqu'à ce que je l'entende de ta bouche.

– Pas la peine de me rappeler que cette histoire fait la une.

Les paumes pressées contre mes yeux, je ravale un sanglot car je refuse de laisser les larmes couler.

Tout mon corps brûle de honte.

Ce n'est même pas à cause de mon père – bien que ce soit déjà pénible –, mais je n'arrive pas à croire que j'aie pu être assez bête pour imaginer que je pourrais cacher toute cette affaire à Roman.

Un goût de bile me remonte dans la gorge comme je renifle.

– Si tu le savais, pourquoi m'obliger à t'en parler ? Pourquoi toutes ces questions sur mon père ?

Il me reprend la main et la serre.

– Parce que je voulais avoir la preuve que tu me faisais confiance, que tu te sentais assez à l'aise avec moi pour savoir que je ne te jugerais pas là-dessus. Et puis je voulais entendre toute l'histoire de ta bouche.

Il tire doucement ma main pour me presser de le regarder. J'incline la tête de façon à le regarder de profil mais me refuse toujours à croiser son regard.

– Je me disais que ça te ferait du bien d'en parler. Et j'en reste convaincu.

– Pourquoi ça ?

– Parfois ça aide, explique-t-il dans un haussement d'épaules. Moi ça m'a fait du bien de te parler de Maddie.

Un sursaut d'espoir me serre le ventre.

– C'est vrai ?

– Tu m'as apporté un réconfort que je n'ai trouvé chez personne d'autre.

– Lequel ?

– Ton regard sur moi : il n'a pas changé après que je t'ai parlé d'elle. Je veux en faire autant pour toi.

– D'accord.

– D'accord quoi ?

– Je vais te raconter ce que je sais.

Lâchant ma main, il se rapproche pour me serrer contre lui et je pose la tête sur son épaule.

– Ne m'en veux pas, murmure-t-il.

– Je ne t'en veux pas.

– Juré ?

– Juré.

Il a l'épaule large mais anguleuse, et je sens ses muscles se contracter sous le poids de ma tête.

– C'est vrai ? Tu ne me détestes pas ? Même maintenant que tu sais que mon père est ce cinglé à la une des médias ? Je pensais que tu serais furieux vu que…

Je fixe mon regard sur une canette de soda décolorée abandonnée sous la table.

– Eh bien… vu que tu étais très proche de Brian Jackson.

Il me caresse l'arrière de la tête et passe les doigts dans mes boucles emmêlées.

– Je te jure que je ne déteste pas, Aysel. Jamais je pourrais. Et encore moins pour cette raison. Toi, tu n'as rien fait au frère de Brian. C'est pas toi qui l'as tué.

Sa phrase résonne dans ma tête : *Toi, tu n'as rien fait au frère de Brian. C'est pas toi qui l'as tué.* À mesure que j'assimile ces mots, mes yeux s'embuent de plus en plus. Une première larme coule sur ma joue, puis c'est le déluge. Mon corps tremble de partout, j'ai des haut-le-cœur. Je ne comprends pas pourquoi je chiale précisément maintenant alors que je n'ai finalement plus envie de mourir. Roman me serre de plus belle et j'enfouis le visage dans son t-shirt en coton doux, qui sent un mélange d'adoucissant et de feu de bois. Il continue de me caresser les cheveux et je me concentre sur son énergie cinétique. Je ne veux pas qu'il s'arrête. Je veux qu'il reste en mouvement.

– Raconte-moi, Aysel, me chuchote-t-il au creux de l'oreille.

J'inspire une bouffée d'air humide qui m'emplit les poumons. J'ai l'impression que mon cœur va exploser, alors je me dégage de son étreinte. Je m'essuie les yeux en m'éclaircissant la voix.

– Je suis désolée.

– Ne le sois pas. Arrête de t'excuser, t'es pas croyable !

– Ah, tu vois ? dis-je en me renfrognant. Toi-même tu me trouves dingue. Tout ça à cause de mon père.

Il fait non de la tête, un sourire de plus en plus grand au coin des lèvres.

– Rien à voir. Je te trouve dingue dans un tout autre sens. Dingue dans le bon sens du terme.

Mon cœur se dérobe. Comment ose-t-il me sortir des trucs pareils, sept jours avant notre prétendu suicide ? C'est injuste. Il n'a pas le droit de me faire tomber amoureuse de lui alors qu'il va me quitter, qu'il a envie de partir et qu'il sait que la fin est proche.

Tandis que les larmes continuent de ruisseler sur mes joues, il me donne un petit coup d'épaule.

– Allez. Raconte.

J'essuie la morve sous mon nez et jette un œil à son t-shirt à présent baigné de larmes.

– J'ai taché tout ton t-shirt.

– Je m'en fiche. C'est toi qui m'intéresses.

Tout à coup, ça fait tilt. C'est comme si j'avais passé ma vie à essayer de percer un coffre à combinaison complexe et qu'en fin de compte je découvrais que je m'étais acharnée sur la mauvaise serrure. Et maintenant, cette chambre forte qui renferme tous mes secrets est grande ouverte, et je sens mon cœur se gonfler d'émotion.

– Très bien, je vais te dire ce que je sais.

Même si je ne le regarde pas, je sens qu'il hoche la tête d'un air approbateur. Et surtout, je sens son regard sur moi, doux et discret comme un premier jour de neige. Assis côte à côte, épaule contre épaule, on reste silencieux quelques instants. Je colle ma basket grise contre sa basket blanche toute salie, et voudrais qu'on reste comme ça pour toujours. Mais au fond, je sais que c'est impossible, alors je me lance enfin et lui raconte toute l'histoire, du début à la fin.

– Mon père et ma mère ont quitté la Turquie pour s'installer aux États-Unis avant ma naissance. Au début, ils ont vécu dans le Michigan mais ensuite un parent de mon père ou de ma mère, je ne sais plus trop…

Je m'interromps une seconde pour reprendre mon souffle. Roman a raison : depuis que mon père est en prison, je n'ai jamais parlé de cette histoire à personne. Elle a fait l'objet de rumeurs dans mon dos ou bien ma mère et Steve en ont discuté à voix basse tard le soir, quand ils croyaient que Georgia, Mike et moi dormions à poings fermés. On l'a déformée, trafiquée, transformée. Elle ne m'a jamais appartenu.

– Bref, dis-je avant de poursuivre : ce membre de la famille tenait un commerce de proximité ici, à Langston, et quand il est mort, mes parents sont venus ici pour prendre sa suite dans le magasin.

Roman lâche un petit grognement.

– Je sais ce que tu penses : Langston, ils auraient pu trouver mieux. Eh ben non, ils ont emménagé ici et, quelques mois plus tard, ma mère tombait enceinte de moi. Après ma naissance, je crois, ils ont commencé à s'éloigner l'un de l'autre. Je n'avais pas un an quand ils se sont séparés. Apparemment, mon père était sujet à de violentes sautes d'humeur. Il pouvait se lever à l'aube un matin pour lui préparer des œufs brouillés et des tartines, et à l'inverse, le lendemain, il arrivait que ma mère découvre à son réveil qu'il avait fracassé le mur d'un coup de poing dans un accès de rage et qu'il s'était ensuite enfermé dans leur petit bureau au sous-sol et refusait d'en sortir. Il se comportait aussi comme ça avec moi quand je vivais chez lui. Mais j'ai toujours eu trop peur pour en parler à ma mère.

Je trouve enfin le courage de regarder Roman dans les yeux. Il pose une main sur la mienne et entrelace nos doigts.

– Continue, dit-il.

– Mon père est resté à Langston et a repris le magasin car il ne voulait pas me perdre. J'étais tout pour lui…

À ce souvenir, ma voix se brise.

– Et puis maman a rencontré Steve, ils se sont mariés, Georgia et Mike sont nés et je passais les week-ends chez eux, mais le reste de la semaine, je vivais chez mon père. Et il détestait me voir partir le week-end.

Je contemple les balançoires au loin. L'une d'elles oscille toute seule sous le vent, comme poussée par un fantôme.

Je me demande si Roman et Maddie avaient l'habitude de venir s'amuser dans cette aire de jeux, sur ces balançoires. Des larmes salées coulent dans ma bouche. J'ai conscience que Roman attend que j'enchaîne, mais on est arrivés au passage que je redoute et que je n'ai moi-même jamais réussi à m'expliquer.

Au bout d'un long silence pesant, je reprends :

– Un jour, je suis passée chez ma mère après l'école. En général, j'allais retrouver mon père au magasin, mais ce jour-là était particulier car Mike jouait son premier match de baseball en minimes et je lui avais promis d'être là. La tête de mon père quand je lui ai annoncé que je rentrerais tard ! La boutique ne tournait pas fort et il comptait sur moi pour lui tenir compagnie et l'aider un peu. Ce mois-là, il était persuadé d'avoir un problème de vol à l'étalage. Il faisait une fixette là-dessus.

Je marque une pause en me mordillant l'intérieur de la joue, mais je ne lâche pas la main de Roman. Au contraire, je la serre de toutes mes forces à plusieurs reprises, chaque fois en formulant secrètement un vœu.

– Du coup, je n'étais pas là quand c'est arrivé. Quand Timothy et ses copains sont entrés dans le magasin, j'étais en train de regarder mon petit frère courir jusqu'à la deuxième base.

Affligée, je secoue la tête en fixant le sol.

– Dès qu'ils sont entrés, Timothy et sa bande ont commencé à faire les cons. Ils se pourchassaient dans les allées quand l'un d'eux a renversé un étalage et là, mon père a… il s'est… Il s'est mis en colère. Une colère noire, dis-je d'une voix étranglée. Il s'est mis à leur crier dessus mais, bizarrement, Timothy et les autres ont trouvé ça très marrant, alors ils ont renversé un autre étalage, puis l'un d'eux a attrapé des confiseries et les a jetées en l'air en défiant mon père. Alors mon père a attrapé la batte de base-ball qu'il gardait derrière son comptoir et s'est lancé à leur poursuite. Je crois que Timothy s'est interposé pour tenter de le calmer, mais mon père a craqué. Personne n'a pu l'arrêter. Quand la police est arrivée, Timothy gisait inconscient par terre et mon père était assis à côté de lui, cramponné à sa batte comme un aliéné. Timothy ne s'est jamais réveillé et il est mort à l'hôpital trois jours plus tard.

Tremblante, je reprends doucement mon souffle.

– Je crois que mon père ne savait même pas qui était Timothy Jackson.

Comme je n'ose pas regarder Roman en face, je pose la tête contre son torse.

– Ma mère ne m'a jamais permis de le revoir. Je n'ai même pas eu le droit d'assister au procès, même pas eu l'occasion de lui dire au revoir.

– Elle estimait sans doute que c'était mieux pour toi, suppose-t-il en me caressant les cheveux. Il était… enfin, tu vois, conclut-il de façon elliptique.

Je m'écarte pour le regarder à nouveau et prends sa main dans la mienne.

– Tu sais, tu avais tort tout à l'heure quand tu as dit que c'était à cause de mon père que je voulais mourir. C'est pas à cause de lui. La vraie raison, c'est que je suis terrifiée à l'idée qu'une part de sa folie sommeille aussi en moi. J'ai la trouille qu'au fond, je sois tout à fait capable de commettre la même horreur et d'être aussi détraquée que lui.

Un silence s'installe pendant lequel Roman ne réagit pas. Soudain, il me lâche la main et mon cœur vacille. *Il me déteste. Je lui fais peur.* Je détourne le regard et alors que je m'apprête à descendre de la table, il me retient par le bras.

– Aysel, regarde-moi.

Je garde les yeux fixés sur les balançoires. Leurs chaînes sont rouillées. Il faudrait les remplacer. Que quelqu'un remette vraiment cet endroit en état.

– Aysel, insiste-t-il. S'il te plaît.

Lorsque je tourne enfin la tête vers lui, son visage est tout près du mien. Sa mâchoire est serrée, son regard sombre. Je retiens mon souffle en attendant qu'il dise quelque chose. N'importe quoi.

Il écarte une mèche folle sur ma joue, puis incline la tête pour m'embrasser sur le front. J'ai des picotements dans tout le corps.

– Tu n'as rien à voir avec ton père. Tu m'entends ? Je te connais, Aysel. Tu ne ferais jamais un truc pareil.

Il approche les mains de part et d'autre de mon visage et me tient délicatement la tête.

– Mais pourquoi il me manque autant, alors ?

Mon nez est tout près du sien ; je regarderais bien ailleurs que dans ses yeux, mais je ne peux pas.

Il m'attire encore plus près pour me serrer dans ses bras.

– Parce que tu es humaine. Personne sur Terre n'est tout blanc ou tout noir. Je suis sûr que tu as vécu de bons moments avec ton père. C'est normal qu'il te manque.

– C'est pour ça que je voulais le voir une dernière fois, tu comprends ? Non seulement pour essayer de voir si je suis comme lui, mais aussi pour lui dire qu'il me manque et que je regrette de l'avoir abandonné. C'est peut-être tordu, mais j'ai besoin qu'il me pardonne.

Roman promène sa main dans mon dos en remontant jusque sous mes épaules.

– Je suis sûr qu'il ne t'en veut pas, Aysel. Et qu'il t'aime encore. Il t'aimera toujours.

En l'entendant dire ça, je me remets à pleurer à chaudes larmes. Il me serre encore plus fort et je sanglote dans son t-shirt. On reste assis là, moi à pleurer, lui à me caresser doucement le dos, pendant ce qui me paraît des heures. Une fois que je suis calmée, je m'écarte d'un coup en m'essuyant les yeux.

– Désolée.

– Ne redis jamais ça, me taquine-t-il gentiment en me prenant les mains.

Je déglutis nerveusement puis renverse le visage vers le ciel. Il s'est drapé d'un bleu indigo morose et le soleil commence à décliner. Je ne veux pas que cette journée se termine. Que le temps s'arrête ! L'espace d'un instant, je ferme les yeux et reste aussi immobile que possible. Quand je les rouvre, Roman est là, à fixer le sol.

– Merci, dis-je.

– De quoi ?

– De me comprendre.

Il me répond d'un petit haussement d'épaules, d'un air de dire qu'il n'a pas fait grand-chose alors que pour moi, c'est tout le contraire.

– J'ai trouvé le portrait que tu as fait de moi, dis-je lentement.

Une lueur de surprise traverse son regard.

– Il n'est pas terminé.

Je sors le dessin de ma poche et le déplie.

– Moi je le trouve bien comme ça.

Roman oscille d'une fesse sur l'autre, l'air gêné.

– Tu peux le garder.

Je sais que ça devrait me remonter le moral, mais ce n'est pas le cas. La façon dont il le dit a quelque chose de trop définitif.

– J'aimerais bien savoir dessiner.

Il regarde au loin en se frottant la nuque.

– Je suis sûr que tu es douée.

– Sûrement pas autant que toi, dis-je tout bas. J'aimerais avoir ton talent pour te dessiner tel que je te vois. Je dessinerais un garçon au sourire ultra-envoûtant, aux mains très douces et au regard sombre sauf de temps en temps, quand il se met à briller. Je dessinerais un garçon qui mérite de voir la mer.

Mais c'est à croire qu'il sent la Dégonflée arriver à des kilomètres à la ronde car sur ce, il tend le cou vers la voiture et me lâche froidement :

– On devrait y aller.

Une petite brise balaie mes joues encore trempées de larmes et en observant Roman qui se tient là, debout, une main sur la nuque, son t-shirt ample battu par le vent, le visage chiffonné de douleur, je comprends qu'à cet instant il n'a qu'une idée en tête : Maddie. Plonger tête la première dans l'Ohio. Et mourir.

J'ai à nouveau envie de pleurer toutes les larmes de mon corps.

Sur le chemin du retour, je le pousse à accepter un rendez-vous dans le courant de la semaine prochaine. C'est assez tordu, mais il reconnaît qu'il faut qu'on décide ce qu'on va écrire dans nos lettres de suicide respectives. J'arrive à peine à évoquer ce projet et je suis presque sûre qu'à présent il sait que je mens, et je sais qu'il sait, mais ni l'un ni l'autre ne bronche.

Après nous être fixé ce rendez-vous sans grand enthousiasme, la fin du trajet se déroule dans le silence. Je ne prends pas la peine d'allumer la radio car pour l'heure, même le *Requiem* de Mozart n'arrivera pas à me réconforter.

– Cette nuit, tu as dormi avec tes chaussettes, observe Roman au moment où je me gare dans l'allée de sa maison.

– Pardon ?

Je coupe le moteur et serre le frein à main avant de me tourner vers lui. Il regarde dehors, ramassé contre sa portière comme s'il cherchait déjà à mettre un maximum de distance entre nous.

– Tu as dit que tu ne pouvais pas dormir avec des chaussettes, que c'était un gros problème pour toi, tu te rappelles ? Pourtant, tu les as gardées, cette nuit.

Je n'arrive pas à dire s'il est sérieux ou non.

– Euh... Et tout ça pour dire que... ?

Lentement, il pivote face à moi, les yeux écarquillés et humides. Je crois que ça va être son tour de pleurer. Sauf que non, il refoule ses larmes.

– Tout ça pour dire que tu peux changer. Tu as du ressort, Aysel. Ne l'oublie pas.

– C'était qu'un problème de chaussettes.

– Peu importe. C'est quand même une évolution.

Je suis à deux doigts de lui dire que lui aussi peut rebondir, j'en suis sûre et certaine, mais finalement, je me mords la langue. Je descends de voiture pour l'aider à décharger le coffre. Je ne suis pas vraiment du genre à prier, mais pour le coup j'y mets toute ma ferveur pour adjurer intérieurement

Madame Franklin de rester dans la maison. Avec un peu de chance, il y aura un feuilleton sentimental passionnant à la télé et il aura plus d'intérêt que celui qui se déroule dehors, sur le seuil de sa porte.

– Qu'est-ce que tu essaies de me dire, Roman ?

Un sourire en coin s'ébauche sur ses lèvres.

– Rien. C'était juste une remarque comme ça.

Ses yeux n'ont plus l'air aussi tristes, ils n'ont plus rien l'air du tout, ils sont dénués de toute expression, et ça, ça me serre presque encore plus le cœur. Roman ouvre grand les bras pour me serrer contre lui.

– À plus.

– Attends, on a dit jeudi ou vendredi ? Qu'est-ce qui t'arrange, déjà ?

Il ne répond pas. Il se contente de laisser retomber ses bras pour me lâcher, puis il tourne les talons et remonte l'allée de sa maison, armé de son sac à dos, de la tente, de la glacière et du panier de pique-nique. J'hésite à lui donner un coup de main car il a du mal à tout tenir, mais je crois qu'il ne veut pas de mon aide. Pourtant, j'aimerais vraiment l'aider.

– Je te tiens au courant si j'ai du nouveau sur mon père !

Au point où on en est, je me fiche que sa mère entende. Pour la première fois de ma vie, mon père est le cadet de mes soucis. Roman pose son barda sur le perron, il m'adresse un petit signe de la main, sans se retourner.

Eh bien, justement : il faut que je trouve le moyen de retourner la situation. Pour qu'il retourne sa veste.

LUNDI 1ER AVRIL
J - 5

À la sortie du lycée, j'appelle le numéro que Jacob m'a indiqué. J'ai déjà téléphoné dimanche après avoir déposé Roman, mais personne n'a répondu et je n'ai pas eu le courage de laisser un message.

Blottie au volant de ma voiture, je colle le téléphone à mon oreille. Au bout de la troisième sonnerie, une voix froide décroche :

– Hôpital psychiatrique de Saint Ann, Tara à l'appareil.

– Euh, Bonjour, Tara. Je m'appelle Aysel Seran, je suis la fille d'Omer Seran. On m'a dit qu'il avait été transféré de l'établissement pénitentiaire Mc Creary à Saint Ann et…

Je déballe ces mots plus vite que je ne le voudrais. Mais si je ne crache pas le morceau d'une traite, j'ai peur qu'elle me raccroche au nez et que je perde tout espoir de retrouver mon père.

– Je vois, répond-elle d'un ton sec. Êtes-vous mineure ?

– Pardon ?

– Avez-vous moins de dix-huit ans ?

J'ai presque envie de mentir.

– Qu'est-ce que ça change ?

– Je ne suis pas autorisée à renseigner un mineur sur un patient. Ni à communiquer des informations sensibles par téléphone.

– Mais alors… Qu'est-ce que je dois faire ? Je voudrais vraiment voir mon père.

Je l'entends soupirer.

– Si votre père est interné ici, ce que je n'ai légalement pas le droit de vous confirmer, il faudrait que vous demandiez à votre tuteur de nous appeler pour fixer une visite. Mais celle-ci ne sera possible qu'en fonction de l'état du patient.

– Vous ne pouvez vraiment pas m'en dire plus ? Même pas un petit indice que mon père se trouve bien chez vous ?

– Le mieux serait de parler à votre mère pour qu'elle prenne rendez-vous avec nous, répète-t-elle en soupirant encore. Dites-lui d'appeler à ce numéro.

Un petit sourire se glisse sur mes lèvres.

– Merci.

– De rien. Bonne journée.

Et je l'entends raccrocher.

Je range mon téléphone dans ma poche puis incline le dossier de mon siège pour m'étendre un peu. Le soleil, qui fait des apparitions entre les nuages, baigne mon visage. *Il faut que je parle à maman au sujet de mon père.*

Je m'imagine cette visite. Je me demande s'il sera en blouse blanche ou pire, menotté. Les yeux plissés, je tente de me représenter ses traits, mais la seule image qui me vient est celle de l'homme que j'ai gardée en mémoire. Cet homme n'aurait jamais frappé à mort un gamin avec une batte de base-ball. On a peut-être tous une part sombre en nous, sauf que certains s'en arrangent mieux que d'autres.

L'acte qu'a commis mon père était atroce, inexcusable, mais son cas n'est peut-être pas encore totalement désespéré. Si les médecins lui procurent l'aide dont il a besoin, ils réussiront peut-être à ressusciter l'homme qui m'a initiée à la *Toccata* de Bach et qui dormait dans le fauteuil de ma chambre quand j'avais peur du noir.

Et s'il reste de l'espoir pour mon père, il en reste forcément pour moi. Lui et moi sommes peut-être bel et bien rongés de l'intérieur par la même grosse limace, mais il n'appartient qu'à moi de la vaincre. Je le dois bien à mon père. Et je me le dois à moi-même.

Je redresse mon siège, insère la clé de contact et démarre. *Il faut que je parle à maman.* Tout en quittant le parking du lycée, je me fais une promesse : *je serai plus forte que ma tristesse.*

Je ferai de mon mieux pour devenir la fille qu'a dessinée Roman. Cette fille aux yeux brillants et pleine d'espoir.

LUNDI 1ER AVRIL
J - 5

Plus tard

Quand j'arrive à la maison, ma mère est en train d'éplucher des pommes de terre devant l'évier. Je me dirige vers le placard et fouille dans le bazar à la recherche d'une barre de céréales aux pépites de chocolat.

– Aysel, m'interpelle-t-elle avec un petit geste de la main.

Je me retourne, la boîte de barres de céréales vide à la main.

– Mike prend toujours la dernière et ne jette jamais le paquet. C'est chiant, à la fin.

Maman sourit faiblement. Ses cheveux châtain clair sont rassemblés dans son dos en une natte lâche. Quand elle se coiffe de cette manière, ça dégage son grand front et met en valeur ses pommettes saillantes, et elle ressemble encore plus à Georgia. Elle pose son épluche-légumes et s'essuie les mains.

– Je peux te parler deux minutes ?

Manifestement, elle ne compte pas à réagir au sujet des barres de céréales. Je pose la boîte sur la table de la cuisine.

– Oui, bien sûr.

– TMC a appelé aujourd'hui. Monsieur Palmer se demandait où tu étais passée. Tu n'étais pas à ton poste samedi et tu étais aussi censée travailler aujourd'hui, non ?

Elle n'a pas l'air très sûre d'elle, comme si elle avait peur de me réprimander.

Cela dit, elle a raison. J'ai complètement zappé le boulot. Puisque j'allais mourir, je me suis dit que ça n'était pas très grave si je perdais ma place. L'argent n'a aucune valeur quand on est mort. Et en fin de compte, même si je ne saute pas de Crestville Pointe, je crois que je n'ai aucune envie de retourner travailler chez TMC.

– Je démissionne.

– Comment ? fait-elle comme si elle n'avait pas entendu.

Elle garde cependant un ton calme et mesuré. Pour une fois, j'aurais préféré qu'elle m'engueule comme une gamine ordinaire.

– Tu peux m'engueuler, Maman. Je ne suis pas lui, tu comprends ? Je lui ressemble peut-être, mais je ne vais pas forcément finir comme lui.

Sentant la tristesse me monter aux yeux, je m'efforce de refouler mes larmes.

Maman a un mouvement de recul, comme si je venais de la gifler. Elle porte une main à sa joue.

– Oh, Aysel ! Ma chérie, s'exclame-t-elle en me prenant dans ses bras.

Je la laisse faire sans réagir puis je m'effondre contre elle et la sens se raidir tandis qu'elle soutient le poids de mon corps. Elle me prend par la main et m'emmène dans sa chambre. Depuis que j'ai emménagé ici, je n'ai jamais mis les pieds dans cette pièce. Elle n'est pas tellement plus grande que celle que je partage avec ma sœur. Je remarque quelques chemises sales de Steve qui traînent par terre dans un coin mais, à part ça, ma mère se donne du mal pour garder cette pièce en ordre. C'est l'unique refuge qu'elle a au sein de cette maison prise d'assaut par le désordre.

On s'assied sur son lit. Les mains posées sur la couette, j'observe ses motifs fleuris. Le tissu effiloché donne aux roses un aspect duveteux et ensanglanté. Je gratte une des peluches.

Ma mère s'écarte un peu pour me regarder dans les yeux.

—Tu n'es pas du tout comme lui, Aysel.

Mon cœur se met à cogner, il pèse lourdement dans ma poitrine et je me demande si la grosse limace ne m'aurait pas laissé que ça : un corps vidé de sa substance où il ne reste que mon cœur battant et solitaire.

– Mais si, Maman, je suis comme lui.

Elle me caresse timidement la main.

– Pourquoi dis-tu ça ?

Haletante, j'inspire plusieurs bouffées pour essayer de me détendre un peu.

– Je suis triste, Maman. Constamment. Et je crois qu'il l'était aussi.

– Oh ! ma puce, gémit-elle d'une voix émue.

Comme je la regarde enfin, je m'aperçois que ses yeux sont embués et rouges.

– Tu aurais dû me le dire. Pourquoi as-tu attendu tout ce temps ?

Je baisse la tête, le menton rentré vers la poitrine.

– J'avais peur…

Ma voix se brise et le goût salé des larmes remonte dans ma gorge.

– J'avais la trouille que tu m'envoies en pension et, surtout, que ça te crée davantage de soucis. Tu en as assez comme ça.

Elle me reprend dans ses bras et me berce doucement sans dire un mot. Puis elle me lâche et s'essuie les joues.

– Je ne sais pas pourquoi, mais je crois que si je n'ai jamais parlé de tout ça avec toi, c'est parce que j'avais peur de mal m'y prendre et de dire tout ce qu'il ne fallait pas.

Elle marque une pause et sa bouche se contracte comme si elle hésitait à ajouter quelque chose.

– Maman ?

Elle pousse un soupir.

– Je crois que je ne sais toujours pas quoi dire. Ni comment m'y prendre. Tu sais, quand tu étais petite, je me souviens que je te voyais toute seule sous l'arbre dans la cour de ton école primaire, vêtue de cet anorak bleu que t'avait offert ton père. Celui avec des petits canards jaunes, tu t'en souviens ?

Oui, je m'en souviens très bien. Elle poursuit :

– Je venais chercher Georgia et je savais que ton père allait arriver, mais j'avais toujours le sentiment obsédant que je devais faire quelque chose pour toi. Déjà à l'époque, tu avais l'air très seule. J'avais envie de sortir de ma voiture pour aller te serrer dans mes bras et te parler, mais je ne l'ai jamais fait. Et ensuite, quand toute cette histoire avec ton père est arrivée, je me suis laissé encore plus dominer par la peur. Je suis désolée. Je te demande pardon. J'aurais dû être plus forte pour toi.

Elle tente de me saisir les mains, mais je m'écarte. Des larmes coulent sur ma joue et je les sèche d'un revers de manche. Alors, je m'éclaircis la gorge et dis :

– Je voudrais rendre visite à papa.

Le regard fixé au sol, elle ne dit rien.

– J'ai vraiment besoin de le voir, Maman. Je pense que ça m'aiderait.

– Il n'est plus en prison, annonce-t-elle lentement en tentant de nouveau d'agripper ma main.

Cette fois, je la laisse faire.

– Il a été transféré dans un hôpital psychiatrique.

– Je sais.

Elle redresse brusquement la tête.

– Quoi ?

– J'ai voulu lui rendre visite à Mc Creary, mais sur place on m'a dit qu'il avait été emmené ailleurs. J'ai besoin que tu m'accompagnes à Saint Ann pour qu'on m'autorise à le voir.

Elle porte une main à sa bouche et serre le poing en le mordant légèrement.

– Alors, tu voudras bien m'emmener ? dis-je d'un ton insistant.

Elle inspire profondément et tend lentement le bras pour me caresser les cheveux comme je l'ai souvent vue faire avec Georgia en songeant qu'elle n'aurait jamais ce geste à mon égard.

– Je ne suis pas convaincue que ce soit une très bonne idée, mais je vais étudier la question et voir comment on peut s'organiser.

– Promis ?

Elle me presse doucement les mains.

– Promis. Mais, en retour, je voudrais aussi que tu fasses quelque chose pour moi.

– Quoi ?

– Parle-moi de ta tristesse, Aysel. As-tu besoin de voir quelqu'un ?

Je détourne le regard.

– J'en sais rien.

Aussi loin que je m'en souvienne, j'ai toujours eu peur de m'épancher sur ma tristesse car j'étais persuadée qu'on allait l'interpréter comme la preuve que j'avais hérité du déséquilibre de mon père. Mais, aujourd'hui, j'ai pris conscience que je ne pourrai jamais effacer le crime de mon père et le fait que ce jour-là, je n'étais pas là pour tenter de l'en empêcher. Chaque jour, sans exception, je me réveillerai et il sera toujours responsable de la mort de Timothy Jackson.

Et peut-être que la grosse limace ne disparaîtra jamais et qu'il y aura d'autres jours sans, où ma tristesse me paraîtra insurmontable. Néanmoins, c'est peut-être bête à dire, mais peut-être aussi que les bons jours vaudront la peine de surmonter les mauvais.

Pendant trop longtemps, j'ai fait du passé mon avenir, sans jamais oser rêver d'autre chose. Et je suis restée statique, sans réagir, effrayée par ma propre énergie cinétique. Il est peut-être temps de rêver, de me bouger et de me battre contre la tristesse qui m'habite.

Je me demande s'il ne serait pas possible de faire comprendre ça à Roman : que si j'ai changé d'avis, ce n'est pas parce que je me dégonfle mais, au contraire, parce que je veux me battre. De lui montrer que les changements de mon cœur ne vont pas ralentir et qu'il s'agit de lutter. À un moment ou à un autre, il va falloir que je trouve le courage de lui parler franchement.

– Je peux y réfléchir un peu ? dis-je finalement à ma mère.

– Bien sûr. Mais en attendant, même si tu ne vas pas consulter dans l'immédiat, promets-moi de me parler quand ça ne va pas. Il ne faut plus que tu gardes tout ça pour toi, ma chérie.

– Je sais, dis-je en me blottissant à nouveau contre elle.

Son parfum fleuri me rappelle mon enfance, à l'époque où ma tristesse n'était pas encore aussi accablante et insoutenable. Je me demande si c'est de cette manière, en nous persuadant de la contenir au fond de nous au lieu de l'évacuer, que les ténèbres finissent par l'emporter.

Mais moi, je ne me laisserai pas sombrer.

MERCREDI 3 AVRIL
J - 3

En cours de littérature, on a arrêté de disserter sur les poètes américains dépressifs pour entamer notre chapitre sur *Le paradis perdu.* À mon sens, c'est du pareil au même, un simple saut outre-Atlantique pour s'intéresser cette fois aux poètes dépressifs anglais.

Madame Marks est amoureuse de John Milton. Elle garde le livre serré contre elle comme si c'était un nouveau-né et qu'elle craignait qu'on le lui arrache des mains pour s'enfuir avec. À ce qu'il paraît, elle a dû se battre pendant des années pour obtenir l'autorisation d'étudier cet auteur avec ses élèves, mais elle se comporte encore comme si le proviseur allait faire irruption dans la classe pour tout arrêter.

Elle arpente la salle d'un bout à l'autre. C'est une manie chez elle. Elle nous a fait installer nos tables en U et elle passe tout le cours à nous tourner autour.

– Comme vous l'avez compris depuis le temps, je raffole des grandes citations et des belles formules.

Je me frotte les yeux pour résister à l'envie de piquer du nez. Il fait chaud et on étouffe dans cette classe, et déjà d'ordinaire, même quand la température est normale, j'ai toujours beaucoup de mal à rester attentive à ce que raconte la prof. Je jette un œil à la pendule. Encore treize minutes avant que la sonnerie retentisse et que je puisse filer en cours de physique.

– Et bien que j'aime beaucoup John Berryman, Sylvia Plath et Allen Ginsberg, j'avoue avoir un faible pour la poésie anglaise, ajoute-t-elle non sans susciter quelques grognements.

Le chapitre sur la poésie américaine n'a pas emballé mes camarades, apparemment. Comme c'est étonnant.

– Et John Milton a pour moi le mérite d'être l'auteur de ma citation favorite de tous les temps.

Elle arrête ses tours de piste et s'approche du tableau blanc pour griffonner la phrase suivante au feutre bleu :

« *L'esprit est à soi-même sa propre demeure ; il peut faire en soi un Ciel de l'Enfer, un Enfer du Ciel.* »

Elle lit la citation à haute voix puis demande :

– Quelqu'un peut-il me dire ce que Milton entendait par là ?

Silence total dans la classe. Personne ne bronche.

Je relis la phrase et les mots retentissent dans mon esprit. Pour la première fois de l'année, j'ouvre mon cahier de littérature pendant le cours. Il est presque entièrement vide, excepté les rares devoirs que j'ai notés. En haut d'une page blanche, je recopie la citation.

– Aysel, une idée ? interroge Mme Marks.

Je rêve ou elle vient de m'appeler ? D'habitude, elle ne me sollicite jamais. Je croyais qu'il y avait un accord tacite entre nous. Une sorte de pacte de non-agression.

– Non, aucune, dis-je doucement d'un air incrédule.

– Oh ! allez, un petit effort, insiste-t-elle en faisant tapoter le bout de son feutre contre le tableau. Je te vois écrire, c'est que ça doit t'inspirer un peu. Dis-nous la première chose qui te vient à l'esprit.

J'inspire à fond et relis la citation une troisième fois. Elle suscite en moi un regain d'énergie, comme si on m'avait rebranché le cerveau.

– Ça me fait penser à Einstein.

À ces mots, les autres se remettent à ricaner et grogner.

– Silence ! ordonne Mme Marks. Continue, Aysel.

Je sais que je ferais mieux de la boucler. Il y a encore une semaine, c'est exactement ce que j'aurais fait. Mais aujourd'hui, c'est comme si quelque chose en moi ne voulait plus se taire.

– Ce que j'essayais de dire, c'est que ça me rappelle la théorie de la relativité d'Einstein. Bon, évidemment, Milton ne parle pas de la vitesse de la lumière mais de la perception de la vie par l'esprit humain.

Madame Marks m'encourage d'un signe de tête, alors je continue :

– En fait, Milton et Einstein disent à peu près la même chose : que tout est subjectif dans l'esprit humain. Nos émotions, nos opinions, tout est relatif et dépend du point de vue.

– Excellente analyse, Aysel ! Tu devrais participer davantage.

À mon grand étonnement, personne ne chuchote dans

mon dos ou ne m'insulte à voix basse. La classe reste silencieuse et Madame Marks se remet à discourir sans fin sur *Le paradis perdu*. Elle nous indique les chapitres à lire pour la prochaine fois, puis la sonnerie retentit. Au moment où je passe devant son bureau pour quitter la salle, elle lève le pouce en signe d'encouragement. J'acquiesce et lui souris du regard. Puis je remonte le couloir au pas de course pour arriver en cours de physique avant tout le monde. Lorsque j'atteins la salle de Monsieur Scott, je suis presque à bout de souffle.

– Holà, Aysel ! Inutile de courir, s'exclame-t-il en levant les mains au-dessus de la tête.

– Désolée, dis-je pantelante, en reprenant mon souffle. C'est parce que je voulais vous demander si je pouvais encore m'inscrire à ces cours d'été dont vous m'aviez parlé.

Son visage s'épanouit en un large sourire.

– Absolument ! La date limite est fixée au 1er mai. Tu es dans les temps.

Il part à son bureau, ouvre un tiroir et en sort un nouvel exemplaire de la brochure qu'il me tend.

– Au cas où tu aurais perdu l'autre, précise-t-il en me glissant un clin d'œil.

J'hésite à lui dire que j'ai toujours la première mais que ses pages de papier glacé sont à présent toutes salies à force de les avoir feuilletées en m'imaginant dans la peau d'un de ces élèves souriants aux énormes lunettes de protection, absorbés par un microscope ou occupés à fabriquer un pont avec des cure-dents.

J'ai encore un peu du mal à m'imaginer à leur place, mais désormais je conçois que ce soit possible. Rectification : en mon for intérieur, je *sens* que c'est potentiellement possible.

Toutefois, je n'en dis rien à Monsieur Scott et me contente de prendre la nouvelle brochure qu'il me tend avec un sourire.

– Merci.

– Au fait, Aysel ? lance-t-il alors que je me dirige déjà vers ma place au fond de la salle.

– Oui ? dis-je en me retournant.

– Et ton projet, où en est-il ? L'exposé avec Tyler avance bien ? J'ai hâte de voir vos idées.

Je repense à la sortie au zoo. J'ai l'impression que c'était il y a un siècle.

– On sera prêts pour le dix.

– Bien, sourit-il. Je suis impatient de voir ça.

JEUDI 4 AVRIL
J - 2

Je pars en voiture chez Roman. Je lui ai envoyé un texto pour le prévenir de ma venue. Il n'a pas répondu, mais parfois il met du temps à répondre il est parfois lent à la détente.

Je l'imagine dans sa chambre. Affalé sur son lit, il regarde fixement Capitaine Nemo tout en dessinant distraitement, son crayon traçant des marques légères sur le papier. Je me demande s'il reste silencieux toute la journée ou s'il fait parfois un brin de causette avec lui. Et s'il lui arrive de parler de moi. Dommage que je ne puisse pas demander à cette tortue de me révéler tous les secrets de Roman.

Serrant le volant entre mes mains, je me convaincs que je n'ai besoin de personne. Il finira par se confier. Je vais lui dire tout ce que je pense sans détour. Je quitte la route des yeux un instant pour jeter un œil au titre du livre que j'ai acheté et posé sur le siège passager : *À la découverte des plages de Caroline du Nord*. Je vais commencer par essayer de lui vendre mon idée d'escapade à la mer et j'espère qu'ensuite, la discussion viendra naturellement.

Quand je me gare finalement devant chez lui, Roman n'a toujours pas répondu à mon message. Je reste deux minutes assise au volant, à contempler leur boîte aux lettres caramel, puis je me décide à en envoyer un autre. Comme il n'y répond pas non plus, j'essaie de l'appeler. Répondeur.

En entendant la porte de la maison s'ouvrir, je fais un bond sur mon siège, mais je déchante aussitôt en constatant que c'est sa mère. Je sors de la voiture en lui faisant un signe de la main.

– Qu'est-ce que tu fais ici, Aysel ? lance-t-elle en venant à ma rencontre, un pull rose sur le dos et ses fameux sabots à fleurs aux pieds.

Ses cheveux châtains sont relevés en chignon. Cette coiffure la rajeunit.

– Eh bien, comme je passais dans le coin, je voulais voir si Roman était là, dis-je avec un sourire embarrassé. Le week-end dernier, on avait parlé de se voir aujourd'hui.

Madame Franklin fronce les sourcils d'un air perplexe.

– Roman n'est pas là.

– Ah bon ?

J'essaie de ne pas avoir l'air trop choquée. Je croyais qu'il ne sortait jamais de chez lui à moins que ce soit avec moi ?

– Il m'a dit qu'il allait chez toi.

– Comment ça ? dis-je totalement interloquée.

Elle s'enveloppe de ses bras comme si elle avait soudain très froid.

– Il m'a demandé l'autorisation d'emprunter ma voiture pour aller chez toi. Je ne sais pas si tu es au courant, mais il n'a pas le droit de conduire depuis un certain temps. Mais comme il a l'air d'aller beaucoup mieux depuis qu'il te fréquente, je me suis dit que bon… explique-t-elle sans finir sa phrase.

Un terrible pressentiment s'abat sur moi avec la force d'un tsunami.

– Je peux … je peux aller jeter un œil dans sa chambre ? dis-je en bredouillant, submergée par cette pensée.

Madame Franklin marque un temps d'arrêt et me dévisage d'un air un peu dérouté. Et puis, tout à coup, elle me fixe avec des yeux exorbités et elle retourne précipitamment dans la maison. Je lui emboîte aussitôt le pas.

Elle traverse la cuisine à toute vitesse en dégageant une chaise au passage, laquelle heurte le comptoir et fait voler en éclats une tasse posée au bord. J'enjambe les débris et rattrape la mère de Roman tandis qu'elle s'élance dans l'escalier.

On fonce à l'étage et je suis presque soulagée de voir que la porte de la chambre de Roman est ouverte. Il est peut-être simplement là, dans sa bulle, coupé du monde, en train d'écouter sa musique pourrie avec des écouteurs dans les oreilles.

Une main sur le cœur, Madame Franklin s'arrête dans l'embrasure et souffle bruyamment, hors d'haleine. J'ai l'impression d'avoir deux enclumes aux pieds qui m'entraînent vers le fond, mais je me force à avancer et pénètre dans la pièce.

Les poils des bras hérissés, j'éprouve soudain un violent sentiment d'angoisse en découvrant la chambre déserte. Je me retourne vers la mère de Roman, mais son expression est neutre, presque soulagée. Je parcours la pièce des yeux à la recherche du moindre indice.

La couette beige est tirebouchonnée en tas au pied du lit défait. Il y a encore la marque de sa tête dans l'oreiller. Je m'approche pour le tâter.

– Aysel ? questionne Mme Franklin d'une voix tremblante en s'enroulant à nouveau dans ses bras. Est-ce qu'il y a quelque chose que je devrais savoir ? Dois-je m'inquiéter ?

Sans lui répondre, j'inspecte la table de nuit mais en vain : aucune lettre de suicide.

– Je ne sais pas trop, dis-je dans un bref soupir.

Je m'agenouille pour regarder sous le lit. Rien. Je me relève et m'approche de l'aquarium de Capitaine Nemo. Mon cœur s'arrête quand je l'aperçois : une deuxième ration de nourriture a été posée à côté de la première. D'habitude, il n'y en a qu'une. Mais là, il y en a deux, comme en prévision de quelque chose.

Je me mords la joue en essayant de me raisonner. Je me trompe peut-être. Si ça se trouve, Capitaine Nemo avait une faim de loup ce matin. Les prétextes se bousculent dans ma tête, mais aucun n'est aussi convaincant que le nœud qui se resserre de plus en plus dans mon ventre tandis que je regarde la tortue danser sur l'eau.

– Il faut qu'on le retrouve ! dis-je dans un cri étranglé.

Je ressors de la chambre en coup de vent et dévale l'escalier. Sa mère me suit et, une fois en bas, me retient fermement par la main.

– Qu'est-ce qui se passe ? s'affole-t-elle, haletante et toute rouge.

– J'ai peur que Roman…

Trop chamboulée pour oser la regarder dans les yeux, je tripote mes clés de voiture.

– Je viens avec toi.

Ce n'est pas une suggestion, c'est un ordre. Je ne veux pas qu'elle m'accompagne mais je ne vois pas comment l'en empêcher. Qu'est-ce que vous voulez que je lui dise alors que tout est ma faute et que ça fait des jours que j'aurais dû lui parler de notre intention de nous suicider ensemble ?

Je sors de l'allée en marche arrière en virant sur la chaussée dans un crissement de pneus. Madame Franklin s'agrippe au tableau de bord pour se maintenir, mais elle ne fait aucune remarque sur ma vitesse excessive. Je file à toute allure en direction de Crestville Pointe.

C'est alors qu'elle se met à sangloter en gémissant, les épaules tremblantes. Elle martèle sa vitre à coups de poing.

– Tout ça, c'est ma faute !

C'est pas votre faute, c'est la mienne ! hurle une voix dans ma tête. Serrant les dents, je reste concentrée sur la route. Roman me répétait toujours de faire attention. De rester attentive.

– Il se reproche la mort de sa sœur, explique-t-elle.

Je sais bien. Je sais tout. Je ne dis rien.

– Mais en réalité, c'est ma faute, ajoute-t-elle. Je le lui ai dit mille fois. C'est moi qui l'ai laissé seul avec elle. C'était trop de responsabilité pour un gamin de seize ans. Je n'aurais jamais dû les laisser seuls tous les deux…

Elle fond en larmes en se cachant le visage dans les mains.

– Quand il est allé voir un thérapeute, je l'ai accompagné. Et on a discuté je ne sais combien de fois du fait que les responsables, c'était nous, son père et moi, pas lui, mais il ne voulait rien savoir.

Je n'acquiesce même pas. Il n'y a rien à dire. Je gare la voiture à l'orée du bois. J'inspecte les alentours, à la recherche de la Jeep rouge des Franklin. Je ne la vois nulle part. Il s'est peut-être enfoncé avec dans la forêt. À ce stade, il n'en a plus rien à faire que ce soit interdit ou dangereux.

– Attendez-moi ici.

– Je veux venir avec toi.

Je jette un œil à ses sabots.

– C'est que…

Mme Franklin sort de la voiture et envoie valser ses chaussures.

– C'est mon fils, Aysel. Je viens, déclare-t-elle d'un ton ferme en me prenant par la main.

Alors on s'élance à travers les bois et elle s'agrippe à moi en pressant continuellement ma main. Sa poigne est si forte que j'ai l'impression que le sang ne circule plus dans mes doigts et qu'à force, ils vont finir par tomber. Ses pieds nus écrasent des brindilles, mais elle ne bronche pas et continue d'avancer à la même allure que moi. Très vite, on atteint la clairière.

Le bord de la falaise surgit devant nous. J'espère y trouver Roman et, en même temps, je ne l'espère pas. J'ai envie de me jeter à son cou et de le serrer fort contre moi, de sentir son parfum de cèdre et de couvrir de baisers les taches de rousseur dans sa nuque. Mais j'ai aussi envie de lui balancer un coup de poing dans le ventre et de le gifler en pleine face pour m'avoir trahie de cette manière. Pour m'avoir menti et avoir essayé de mourir sans moi. Mais je ne pourrai peut-être faire ni l'un ni l'autre si on ne le retrouve pas à temps. Mes jambes se dérobent sous moi.

– Tu ne crois tout de même pas qu'il a… ? ose Madame Franklin d'une voix enrouée de larmes.

Elle scrute le vide au pied de la falaise. Le fleuve Ohio crachote en contrebas et à mon avis, on n'arriverait même pas à le repérer s'il gisait là, dans l'eau, sa tête cognant contre les rochers et sa colonne vertébrale brisée.

Je chasse ces images de ma tête.

Il n'est pas mort. C'est impossible. Si c'était le cas, je me demande si je le sentirais, si je le saurais intuitivement. Si mon corps serait capable de sentir que ses forces l'abandonnent et qu'il dépérit peu à peu. Pour la première fois de la journée, à mon tour, je serre fiévreusement la main de Mme Franklin.

– Il faut qu'on le retrouve. On va le retrouver.

Je ne sais pas ce qui me prend de dire ça. Ce n'est pas tant une promesse qu'un souhait. Elle lâche ma main pour me serrer vigoureusement contre elle. Elle sent la pâte à gâteau et la vanille.

– Tu es un ange.

À ces mots, je craque. Non, je ne suis pas un ange ! Au contraire. J'aurais pu empêcher tout ça. J'aurais *dû* empêcher tout ça ! Je suis sur le point de tout lui avouer quand une idée me vient brusquement à l'esprit.

– Vous dites que vous avez donné les clés de la voiture à Roman ?

Elle fait oui de la tête.

Je repars en courant vers la mienne et Madame Franklin me suit sans poser de questions. Je n'attache même pas ma ceinture et démarre en trombe. On s'éloigne de Crestville Pointe dans un hurlement de moteur. Les huit minutes de trajet me semblent une éternité. Arrivée chez Roman, je serre le frein à main et saute de la voiture.

Je fonce vers le garage. Je sens d'ici l'odeur du gaz d'échappement qui filtre par l'interstice au bas de la porte et j'entends le ronronnement du moteur. Je tire sur la poignée, mais impossible d'ouvrir la porte. Alors j'envoie un grand coup de pied dedans.

Derrière moi, Mme Franklin pousse un cri et se précipite à l'intérieur de la maison pendant que je continue d'envoyer des coups de pied dans la porte mais en vain. Elle réapparaît en brandissant furieusement la télécommande du garage, puis elle appuie comme une hystérique sur le bouton, le portail finit par se lever et la scène se révèle sous nos yeux.

Le moteur de la Jeep rouge qui tourne, le garage qui empeste le gaz d'échappement. À travers la fumée, je distingue Roman effondré sur le volant, ses grands yeux merveilleux fermés, le corps inerte.

Les jambes coupées, je sens mon cœur exploser.

VENDREDI 5 AVRIL
J - 1

Cela fait des heures que je suis assise dans la salle d'attente de l'hôpital, à fixer le néon blanc qui clignote faiblement au-dessus de moi, en essayant d'oublier l'image du corps inanimé de Roman. Autour de moi, ça sent le café brûlé, le désinfectant et les larmes. Tant qu'on n'a pas passé longtemps dans un hôpital, on n'imagine pas une seconde que la peur ou le chagrin ait une odeur.

Je me demande si la culpabilité aussi sent quelque chose, une puanteur infecte que les parents de Roman pourraient déceler. Je suis assise entre eux et depuis le début, ils ne disent rien, à part pour me demander de temps à autre si je vais bien. Comment peuvent-ils encore s'inquiéter pour moi ? Ils n'ont toujours pas compris que j'étais en partie responsable de la situation et complice de leur fils ? Oui, j'avais changé d'avis mais s'ils savaient la vérité, ils me haïraient, c'est sûr.

Ils viennent d'aller voir Roman dans sa chambre. Par miracle, son état est stable mais il est toujours plus ou moins inconscient. Du coup, je suppose qu'il n'a pas encore eu l'occasion de leur raconter quelle traîtresse je suis. Envers lui comme envers eux.

Je me tortille, mal à l'aise. Mon siège en plastique est humide de sueur et me colle aux cuisses. J'aurais mieux fait de porter un jean plutôt qu'un short. À mesure que je ronge les petites peaux autour de mes ongles, je me surprends à en vouloir de plus en plus à Roman. Je l'ai peut-être trahi, mais lui aussi. Il a mis notre plan à exécution et tenté de se suicider sans moi.

En sentant sa mère poser une main sur mon épaule, je reviens brusquement à la réalité.

– L'infirmière nous a informés que Roman n'allait pas tarder à se réveiller, ma chérie. Je lui ai expliqué qui tu étais et elle a dit que tu pourrais aller le voir dans quelques minutes, si tu voulais.

Sa voix est douce, un peu comme une berceuse.

– Je lui ai dit que c'était grâce à toi que Roman avait la vie sauve. Sans toi...

Elle m'attire dans ses bras pour étouffer le bruit de ses propres larmes.

– Nous te sommes tellement reconnaissants.

Elle me lâche en m'adressant un petit sourire triste.

– Comment pourrons-nous jamais te remercier ?

Je retiens mon souffle, désemparée. Je ne trouve pas les mots. C'est comme si j'avais du sable mouvant plein la bouche et dès qu'une phrase me vient à l'esprit, elle est aussitôt engloutie au creux de mon ventre.

– Ne t'en fais pas, ma chérie, ajoute-t-elle en me tapotant la tête d'une main parfaitement manucurée Ne te sens pas obligée de répondre. Je sais que ça fait beaucoup à encaisser.

Elle penche la tête pour me regarder dans les yeux.

– J'imagine que tu as envie de voir Roman, non ?

Je me force à hocher la tête. Bien sûr que je veux le voir. J'en meurs d'envie. Je ne demande que ça.

Mais, d'un autre côté, je redoute de l'affronter. Je reste avec elle encore quelques minutes. Son mari revient de la cafétéria avec un café pour elle et un cookie pour moi. Je le pose sur la desserte à côté de moi sans plus y toucher.

Finalement, une infirmière aux cheveux cannelle vient nous parler. Madame Franklin me désigne d'un geste et la femme acquiesce. Au moment où je me lève, mes cuisses restent collées au similicuir du siège, comme si ce dernier me suppliait de rester et me déconseillait fortement d'y aller.

L'infirmière me précède dans le couloir carrelé, jusqu'à la chambre de Roman. En chemin, j'observe les cartes et les messages d'encouragement collés sur les différentes portes. Sur l'une d'elles est punaisée toute une grappe de ballons jaunes. J'aurais peut-être dû en apporter aussi ? Non, c'est probablement idiot. Ça ne me semble pas être le meilleur moment pour des ballons.

On arrive finalement devant la chambre de Roman. L'infirmière tourne le bouton en métal et pénètre à l'intérieur. Je reste quelques secondes plantée dans le couloir, à me tordre les mains en inspirant à fond et en fredonnant le quinzième *Concerto pour piano* de Mozart.

– Par ici, ma petite, m'encourage l'infirmière.

Je me demande si elle est souvent confrontée à cette situation dans son métier, à des visiteurs qui n'assument pas et n'osent pas regarder la réalité en face.

À la vue de Roman étendu sur son lit, je sens mon cœur

s'arrêter. Son corps dégingandé est trop grand pour un lit d'hôpital et ses orteils pendus dans le vide dépassent au bout. L'éclairage lui donne un teint diaphane et de gros cernes noirs soulignent ses yeux noisette désormais d'un vert terne. Leurs reflets dorés ont totalement disparu.

– Aysel, articule-t-il d'une voix rauque et fatiguée.

L'infirmière m'adresse un sourire plein d'espoir et pose une main sur mon épaule.

– Si vous avez besoin de quoi que ce soit, je suis dans le couloir.

À défaut d'avoir le courage de le regarder, j'examine la chambre. Sa mère lui a rapporté sa collection de romans de Jules Verne et son bloc à dessin, et un bouquet de soucis orne sa table de nuit. En revanche, pas de trace de Capitaine Nemo. Mais bon, je suppose que c'est normal ; on n'a probablement pas le droit d'amener sa tortue de compagnie à l'hôpital.

Toutefois, en dehors des livres, des fleurs et du bloc à dessin, la chambre est aseptisée. Rien à voir avec Crestville Pointe. Ce n'est pas le genre d'endroit dans lequel il se voyait mourir. Il ne faut pas qu'il meure dans une chambre pareille. Ni qu'il meure tout court, d'ailleurs.

– Aysel, répète-t-il, cette fois un peu plus fort, mais sa gorge semble toujours aussi irritée.

Je refoule les larmes que je sens déjà monter dans mes yeux.

– Comment as-tu pu faire une chose pareille ?

– Tu ne voulais plus, explique-t-il. Je le sais. Et je ne voulais plus que tu le fasses. Je tiens trop à toi pour te regarder mourir. Je veux que tu vives, Aysel. Alors j'ai agi seul, pour être sûr que tu aies la vie sauve.

Je hausse le menton en le regardant droit dans les yeux. Il est si blême que je distingue les veines de son visage. Il paraît extrêmement frêle, comme si son corps allait le lâcher d'un instant à l'autre.

– La vie sauve ? Si tu t'inquiétais autant pour moi, tu n'aurais jamais fait ça.

Je me rapproche du bord de son lit mais reste debout. Il essaie de faire non de la tête, mais il parvient à peine à bouger le cou. De près, je m'aperçois que sa gorge est couverte de bleus, violette et enflée.

– Je n'avais pas le choix, Aysel. Je ne suis pas comme toi. Je ne mérite pas de vivre, lâche-t-il dans un gros soupir. Je ne supporte plus de me regarder dans une glace, surtout quand je sais que c'est ma faute si Maddie est morte.

– Et le 7 avril, alors ? Le suicide par noyade ?

Cette fois, c'est lui qui refuse de me regarder en face.

– Je ne voulais pas sauter de Crestville Pointe sans toi. Ça ne rimait plus à rien. Et plus j'y pensais, plus je me rendais compte que je n'avais pas le droit de mourir le même jour que Maddie ou de la même façon qu'elle. J'aurais eu l'impression de lui voler quelque chose.

Il essaie encore de remuer la tête.

– Je ne sais pas pourquoi j'ai choisi le coup de la voiture. À un moment, j'ai juste senti que si je ne le faisais pas maintenant, je n'en serais plus jamais capable.

Je baisse la tête, menton rentré, pour qu'il ne voie pas mes yeux. J'étouffe le bruit de mes sanglots, mais les larmes coulent quand même en silence sur mes joues.

– Ne pleure pas, dit-il. Viens par ici.

Je reste immobile.

– Aysel, approche.

Je prends une grande inspiration et viens m'asseoir dans le fauteuil près de son lit.

Il tend une main vers moi, que je saisis. Elle est molle et lâche, bien loin de cette poigne qui étreignait la mienne à la fête foraine. Au moins, cette fois, ça me fait de l'effet. Je suis troublée dans le bon sens du terme. Et j'ai envie que ça dure, envie de continuer à ressentir les choses, même les émotions les plus cruelles et les plus douloureuses. Car ce sont les émotions qui nous font savoir qu'on est vivant.

Et je veux me sentir vivante.

– Je ne veux pas te perdre, Roman.

– Ne dis pas ça, murmure-t-il.

– Non, c'est vrai, je ne veux pas te perdre, il faut que tu choisisses de vivre. Je sais que rien ne pourra jamais effacer ce qui est arrivé à Maddie, mais tu ne dois pas renoncer.

Il tente péniblement de froncer les sourcils. Ça a l'air difficile. Je vois presque ses muscles se tordre de douleur sous sa peau. Le contour de ses yeux est tout noir et contusionné, comme s'il avait reçu plusieurs coups de poing dans la figure.

– Je ne te demande pas de vivre pour moi. Même si ce serait sympa, vu que je suis amoureuse de toi. Eh oui, si tu veux, tu peux dire que je n'y connais rien à l'amour mais ça m'est égal. C'est ce que je ressens. Mais il ne s'agit pas de moi ni de ce que j'éprouve pour toi. Je veux que tu vives pour *toi* car je sais qu'il te reste encore plein de choses à vivre, à apprendre et à découvrir. Et quoi que tu en penses, tu le mérites. C'est vrai. C'est ça que je suis venue te dire aujourd'hui : que tu le mérites. Et crois-moi, je sais à quel point ça paraît nul de dire ça. Il y a encore un mois et demi, je me serais giflée de dire des conneries pareilles, mais ma rencontre avec toi…

Je laisse quelques secondes ma phrase en suspens avant de reprendre :

– Ma rencontre avec toi m'a permis de porter un regard différent sur la vie… et sur moi-même. Tout ce que je veux, c'est que tu te voies comme moi je te vois.

À la fin de cette longue confidence, je me sens vidée, à plat. Je sais que pour la plupart des gens, « être à plat » a un sens négatif, mais pour moi, aujourd'hui, c'est extrêmement positif. J'ai gardé trop de secrets pendant trop longtemps, mais maintenant je les ai tous évacués. Je me sens plus légère, libre. J'ai avoué à Roman que je l'aimais ; j'ai envoyé cette charge positive dans l'univers et, à présent, j'attends de voir si elle va faire des étincelles et nous faire avancer.

Roman émet un bredouillement, comme s'il était sur le point de dire quelque chose, mais ensuite ses yeux se ferment et sa respiration s'apaise. Il s'est endormi. Je reste assise là un moment, ma main gauche tenant toujours sa main droite. Je me sens un peu mal à l'aise de l'observer pendant qu'il dort, mais je ne peux pas m'en empêcher. J'ai peur que si je le quitte des yeux un seul instant, il disparaisse.

Sa poitrine se soulève et redescend à un rythme régulier. Il a l'air vraiment faible, mais au moins, il est toujours en vie. C'est le plus important. Les yeux rivés sur lui, je me surprends à rêver de pouvoir me glisser dans sa peau pour percer ses secrets, et voir s'il y autre chose en lui qu'un grand vide plongé dans l'obscurité.

DIMANCHE 7 AVRIL

C'est aujourd'hui la date fatidique : l'anniversaire de la mort de Madison. J'ai failli ne pas trouver le courage de me rendre à l'hôpital, mais je savais que si je n'y allais pas, je ne me le pardonnerais jamais.

Pour la première fois en trois ans, je porte autre chose qu'un t-shirt gris à rayures et un jean. J'ai emprunté une robe noire toute simple à Georgia, je me suis lavé les cheveux et je me suis fait une tresse africaine. À mon avis, Roman s'en moque, de quoi j'ai l'air, mais pas moi. Et c'est ce que j'essaie de lui montrer.

Le bruit de mes pas dans ces ballerines argentées que j'ai aussi empruntées à ma sœur résonne doucement sur le carrelage tandis que je remonte le couloir. Arrivée devant la chambre de Roman, je passe la tête à l'intérieur et vois ses parents réunis au pied de son lit.

– Oh ! bonjour Aysel, fait sa mère en me lançant un sourire joyeux.

Contrairement à ce que Roman affirme, je commence à croire que le côté chaleureux de sa mère n'est pas une façade : elle déborde réellement d'amour.

Monsieur Franklin, qui tient sa femme dans ses bras, l'attire tout contre lui en me voyant.

– Entre, me lance-t-il.

Son ton est moins affectueux que celui de sa femme, mais il n'est pas froid pour autant.

Roman me lance un regard sans rien dire. Je me fais peut-être des films, mais je pourrais jurer que ses yeux s'éclairent un petit peu. Les contusions sur son visage n'ont pas disparu, mais c'est déjà moins impressionnant qu'il y a deux jours.

– J'ai faim, pas toi ? lance Mme Franklin à son mari.

Ce dernier reste perplexe l'espace d'une seconde mais, d'un coup, il saisit.

– Oh si. Je suis affamé !

Madame Franklin se tourne vers moi.

– Ça ne t'ennuie pas de veiller un peu sur Roman, le temps qu'on aille grignoter quelque chose ?

– Pas de souci.

Je lui souris pour lui faire savoir que je suis sensible à sa gentillesse et pour la remercier de m'avoir inscrite sur la liste des visiteurs autorisés et de me traiter comme un membre de la famille.

Elle embrasse son fils sur le front et, dès qu'elle et son mari sont partis, je m'installe dans le fauteuil près du lit.

– Je devrais être en train de me recueillir sur sa tombe, finit par lâcher Roman. Surtout aujourd'hui, j'aurais dû être là-bas.

Quoiqu'encore fatiguée, sa voix est déjà un peu plus vaillante que vendredi.

– Elle n'a pas besoin que tu ailles sur sa tombe pour savoir que tu penses à elle.

– Tu crois vraiment ? demande-t-il, hésitant.

Je hoche la tête

– Oui, Roman. Elle n'est peut-être plus là physiquement, mais son esprit, lui, est toujours présent. Et elle veut te voir heureux. J'en suis certaine.

Il ne dit rien pendant un moment, le drap remonté jusque sous son menton et le corps totalement immobile. On se regarde fixement sans rien dire, jusqu'à ce qu'il me demande :

– Quand je sortirai d'ici, tu voudras bien m'accompagner ?

– Sur sa tombe ?

Sa bouche se contracte, ce que j'interprète comme un oui.

– J'irais n'importe où avec toi.

Mes joues s'empourprent. Je n'ai pas l'habitude de ce genre d'effusion. Mais en le voyant sourire peu à peu, toute ma gêne s'évanouit.

– Et voilà : tu me fais encore dire des trucs cucul.

Il part d'un rire sourd et rauque.

– En parlant de sortie, dis-je en fouillant dans mon sac.

Je sors le livre que j'ai acheté sur les plages de Caroline du Nord et le pose sur son plateau pour qu'il puisse le voir.

– Je me suis dit que quand tu irais mieux, on pourrait aller là-bas.

Les yeux rivés sur la couverture du livre, son regard s'éclaire. Le vert terne de ses yeux laisse place à des reflets doré foncé.

– Au bord de la mer, dis-je comme si je me sentais obligée de préciser.

Toujours sans répondre, il attrape le guide sur le plateau et feuillette quelques pages. Je vois bien qu'il essaie de jouer les indifférents et pourtant, à certaines pages, il s'attarde un peu sur les photos de papier glacé.

– Pourquoi ? questionne-t-il finalement.

– Pourquoi quoi ?

– Pourquoi tu t'obstines alors que tu sais très bien que je suis paumé ?

Pour toute réponse, je hausse les épaules. Puis je me lève et m'approche de la desserte où sa mère a posé tous ses Jules Verne et son bloc à dessin. Je m'empare de ce dernier et viens me rasseoir dans le fauteuil en commençant à le feuilleter page à page.

– Pourquoi ? insiste-t-il. Explique.

Plongée dans ses croquis au fusain, je finis par relever le nez et me force à le regarder dans les yeux.

– Parce que mon amour pour toi m'a sauvée. Ça m'a permis de me voir autrement, de voir le monde différemment. Et tout ça, c'est à toi que je le dois.

Il n'a pas le temps de réagir qu'on frappe à la porte.

– Bonjour… glisse une voix qui a tout l'air d'être celle d'un médecin.

La porte entrebâillée s'ouvre et une femme apparaît dans l'embrasure. Elle ne porte ni blouse blanche ni tenue d'aide-soignant mais un pantalon noir et un chemisier blanc.

– Vous devez être Aysel, devine-t-elle avant de s'adresser à Roman. Bonjour, Roman. Comment te sens-tu aujourd'hui ?

Il la fixe, hébété.

Elle s'approche et m'effleure le coude.

– Ça vous ennuierait de nous attendre dehors ?

Je fais non de la tête et quitte la pièce en refermant doucement la porte derrière moi. Tandis que je fais les cent pas dans le couloir, j'essaie d'imaginer la discussion en cours dans la chambre. Je vois d'ici le visage muet et impassible de Roman et cette femme qui fait de son mieux pour lui soutirer des réponses.

Alors que je m'apprête à remonter le couloir sur toute sa longueur pour la vingt-troisième fois, soudain la porte s'ouvre et la femme ressort de la chambre en repoussant une mèche brune sur son front.

– Je suis le Docteur Stead, se présente-t-elle en me tendant la main.

—Aysel, dis-je en la serrant mollement. Mais ça, vous le savez déjà. Roman est votre patient ?

– En effet, acquiesce-t-elle.

Tant mieux, me dis-je sans rien en laisser paraître.

– J'espère que vous réussirez à, vous savez… communiquer avec lui.

Sans pour autant sourire, elle parvient d'une certaine manière à présenter un visage amical. Je me demande si c'est une technique qu'on apprend en école de médecine.

– Je vais faire tout mon possible, acquiesce-t-elle. En général, je sais plutôt y faire.

Elle plonge la main dans sa poche pour en sortir une petite carte de visite qu'elle me tend.

Le papier est doux, et je caresse du pouce les caractères en relief.

– Si un jour vous avez envie de parler ou besoin de quoi que ce soit, vous pouvez me joindre à ce numéro, ajoute-t-elle.

Elle me contemple de ses yeux clairs et bienveillants.

Elle est peut-être au courant pour Crestville Pointe et notre pacte avec Roman ? Il lui en aurait parlé ?

– Merci, dis-je faiblement en retournant la carte dans ma main.

La psychologue s'éloigne et le cliquetis de ses talons résonne longtemps dans le couloir.

Quand je reviens dans la chambre de Roman, il me lance aussitôt un regard dur.

– Qu'est-ce qu'il y a ?

– Tu ne vas quand même pas me dire qu'il faut que je me confie à cette femme ?

– Tu lui as dit, pour nous ? dis-je en serrant la carte de visite entre mes doigts.

– Quoi, pour nous ?

– Tu sais…

Il se redresse pour caler son dos contre la tête de lit en métal. Ça a l'air de lui demander beaucoup d'efforts, mais il y parvient.

– Non. Je lui ai strictement rien dit. Et je n'en ai pas l'intention.

Je reprends ma place dans le fauteuil.

– Pourtant, ce serait peut-être pas plus mal.

Il pousse un soupir, et une fois de plus, je pourrais jurer entendre les muscles de sa gorge gémir de douleur. J'imagine à quoi doit ressembler l'intérieur de son corps, tout intoxiqué et meurtri. J'essaie de chasser cette image de ma tête.

– Je ne te reconnais plus, murmure-t-il.

Je me mords la lèvre.

– C'est injuste de dire ça. Au fond, rien ne t'oblige à lui parler. Mais au moins, parle-moi à moi.

Il ne répond rien. Je me relève et retourne vers la pile de livres, puis reviens m'asseoir avec *Vingt mille lieues sous les mers*.

J'ouvre le volume. Les pages soyeuses sont faciles à tourner. Je commence à lui faire la lecture. Au début, ma voix tremble un peu, mais très vite je trouve le rythme. De temps à autre, je lève les yeux et constate qu'il me regarde, les traits détendus, l'air d'écouter l'histoire.

Il me laisse lire le deuxième chapitre jusqu'à la fin puis il m'interrompt.

– Aysel ?

– Oui ?

Il se hisse pour se rapprocher du bord du lit, ses gestes-sont lents et laborieux.

– Approche.

Il me prend le visage à deux mains, je me penche vers lui et nos bouches se rejoignent. Malgré ses lèvres gercées et enflées, notre baiser est doux, léger, parfait.

– Je te parlerai, déclare-t-il tout bas. Promis.

Je contemple son regard vert doré sans trop savoir si je le crois. Je sais qu'il est encore anéanti, terriblement triste, mais dans le pouls de sa main qui m'étreint, je sens le potentiel de bonheur qui l'habite.

– Et tu sais, quand tu disais l'autre jour que grâce à moi, tu avais changé de regard sur toi-même ? ajoute-t-il, son visage encore tout près du mien.

– Oui ?

– Eh bien, c'est pour ça que j'ai fait ce portrait de toi. Pour essayer de te montrer la personne que je vois quand je te regarde et non celle que tu croyais être.

Je cligne des yeux comme si un puissant flash d'appareil photo venait de se déclencher : tout est blanc et vaporeux et, pour la première fois de toute ma vie, je me sens exposée. Je sais qu'il voit clair en moi, qu'il connaît toutes mes failles même les plus petites et les plus honteuses, mais ça ne me fait pas peur. Je comprends alors que cette lumière me plaît et j'en ai des palpitations. J'en ai fini de rester dans l'ombre.

Il m'observe, promenant ses yeux partout sur mon visage.

– Je crois que j'aimerais bien voir le monde différemment...

Il s'interrompt, l'air à nouveau triste. Il règne un tel silence dans la pièce que j'entends le plafonnier bourdonner.

– Mais il est quand même un peu pourri, tu trouves pas ? ajoute-t-il finalement.

– Si, c'est vrai.

J'en ai mal pour lui et j'aimerais pouvoir l'aider, soulager sa peine, mais je sais que la seule chose à faire, c'est de ne pas l'abandonner.

– Je continue à lire ? Ce monde-là, dis-je en agitant le livre, il a l'air d'être un peu moins pourri.

– C'est ce que tu crois, mais attends de voir la suite.

En reprenant ma page, je découvre l'illustration d'une créature marine au regard hypnotique. Je relève le nez et lance un regard à Roman.

– J'attendrai de voir la suite si tu attends aussi.

Il me prend la main et la serre fort.

– J'attendrai. C'est promis.

NOTE DE L'AUTEUR

J'ai commencé à écrire ce livre en janvier 2013, après la mort d'un de mes plus proches amis. Je me trouvais alors dans une passe très difficile, et ce projet m'a permis de combattre ces émotions. Pour moi, *Le vide de nos cœurs* a toujours été une histoire sur les gens qui savent nous comprendre, nous tous, jusque dans nos travers les plus effrayants, les plus étranges. Elle décrit ces gens qui entrent dans nos vies quand on s'y attend le moins, de la plus extraordinaire des façons, et qui bouleversent tout – elle rappelle combien il est important de laisser ces gens entrer, de s'ouvrir à eux. Elle parle de ces gens qui nous aident à nous percevoir différemment et soulignent les véritables liens qui peuvent unir les humains.

Bien que ce roman s'achève sur une note d'espoir, le chemin de la guérison peut être très long et éprouvant. Dans bien des cas, la lutte contre la dépression dure toute la vie. À ceux d'entre vous qui peuvent éprouver des émotions similaires à celles d'Aysel et de Roman, je tiens à dire que, même si vous avez l'impression d'avoir tout perdu, vous n'êtes jamais seuls. Si vous avez des idées de suicide, considérez-les comme une urgence médicale. Alors, je vous en prie, parlez-en à quelqu'un. Aussi effrayant que puisse paraître l'idée de vous confier à d'autres, j'espère que vous trouverez la force de le faire. L'organe le plus puissant que nous possédions est notre voix.

À ceux d'entre vous qui pensent avoir des amis en pleine dépression, je vous conseille de prendre contact avec eux. Je sais à quel point ce peut être compliqué, mais c'est en parlant qu'on les aide à effacer les stigmates associés à la dépression et aux pensées suicidaires. Le mieux que vous puissiez faire pour vos amis est de les faire parler, à vous ou à toute personne qualifiée. En les encourageant à parler, vous pouvez les aider à prendre le chemin de la guérison.

En fin de compte, j'espère que ce roman vous aura rappelé l'existence de tous ceux qui comptent dans votre vie. Chérissez-les, soyez gentils avec eux et souvenez-vous que la vie est fragile. Je vous souhaite une belle vie bien cinétique.